在思南
阅读世界

第六辑

孙甘露　主编

上海人民出版社

《在思南阅读世界·第六辑》编委会

目　录

001　每个人心中都有一部《红楼梦》

025　短篇小说的20种可能性

039　阿尔都塞的馈赠
　　　——《论再生产》读书会

063　遇见《娘》，读懂孝
　　　——彭学明读者见面会

073　《我们的木兰》新书分享会

089　开放的文学批评
　　　——《我的批评观》《批评家印象记》分享会

109　侦探俱乐部和解谜的游戏

123　新老上海，饮食男女
　　　——《家肴》新书分享会

139 "江南第一枝笔"唐大郎的交游

155 平原上的文学肖像
    ——谈王苏辛新作《在平原》

173 中俄青年文坛：现状与互动
    ——第三届中俄青年作家论坛

183 与无数先驱的心灵对话
    ——程小莹《白纸红字》分享会

199 有温度的人民城市
    ——《这里是上海：建筑可阅读》新书分享会

211 阅读是一种信仰
    ——《我信仰阅读：美国传奇出版人罗伯特·
    戈特利布回忆录》新书分享会

229 沪上味道与人间烟火
    ——《心居》新书分享会

245 《证言》新书分享会

257 我们心爱的批评家
    ——《既有集》新书分享会

275 一代人的法国文学翻译
    ——《郑克鲁文集》分享会

297 小说中的青春与伤逝
    ——《时间的仆人》新书沙龙

323 生活在彼岸的人们
    ——《海南岛传》读者分享会

每个人心中都有一部《红楼梦》

时间：2019年10月19日

嘉宾：刘晓蕾、潘向黎、路明

左起：路明、刘晓蕾、潘向黎

主持人：各位读者朋友，下午好，欢迎大家来到第 321 期思南读书会。今天的题目是"每个人心中都有一部《红楼梦》"。也许大家不是很熟悉《红楼梦》的版本，比如甲戌本、庚辰本，也不太知道考证派专家们的意见分歧到底是什么，但是大家会对林妹妹有印象，知道宝姐姐是什么样的，抄检大观园是怎样的"风刀霜剑"。

欢迎北京理工大学的刘晓蕾老师，她在《文汇报》开设的"闲话红楼"专栏很受欢迎。另两位嘉宾，一位是潘向黎老师，她是《文汇报》的特聘高级编辑，代表作有《梅边消息：潘向黎读古诗词》。还有一位是路明老师，思南读书会的新朋友，是物理学博士，也是上海作协的青年作家，作品有《名字和名字刻在一起》。

下面来听听三位老师心中的《红楼梦》吧。

潘向黎：在这个场合见到这么多朋友，很高兴。我们来这里都是为了《红楼梦》，更是格外令人愉悦。刚才主持人介绍刘晓蕾，提到她在《文汇报》开的"闲话红楼"专栏，我是了解情况的，因为我就是这个专栏的责任编辑。当时有很多出版社打电话想出这本书，最后花落生活・读书・新知三联书店。晓蕾本身就是大学老师，口才很好，之前做的活动，包括在清华大学的演讲，可以说是"嗨"翻全场。这次你可以收一点，思南公馆可是保护建筑，你不要震碎玻璃，哈哈。

刘晓蕾：潘老师给我定了这么高的调子，我心里直打鼓。刚才看到外面排队的盛景，我有点惊讶，她说你不要一副没见过世面的样子，我们上海的读者就是这么好。潘老师是我的责任编辑，也是我的文学引路人。我和她的故事很多，我在《醉里挑灯看红楼》的后记里用了一半的篇幅写她，没有她就没有《文汇报》这个"闲话红楼"专栏，也就没有这本书。

我本科是读的哲学系，硕士和博士是中国现当代文学专业，毕业后就在北京理工大学当老师，开通识课讲《红楼梦》。这些年专心上课，没写过东西，偶尔在朋友圈发发关于《红楼梦》和《金瓶梅》的感想。潘老师认识我没多久，突然向我约稿，那是2014年5月的一天，我记得很清楚，她说你写一篇文章比较一下西门庆和贾宝玉呗。我挺忐忑的，读书时倒是写过几篇论文，但毕业后再也没拿过笔，也从没有为报刊写过文章，不知道她怎么想的，居然向我约稿。她就很笃定，说你可以的，你可以不相信自己，但一定要相信一个资深编辑的眼光。她当年是《文汇报》的首席编辑，本身又是著名作家，于是在她的鼓励下，专栏就开起来了。专栏写了四年，她比我还累。为啥？因为我产量很不稳定，她又不能明目张胆地催，怕一催我就彻底躺倒。总之一句话，没有潘向黎就没有这本书，我也不会在这里跟大家聊《红楼梦》。

潘向黎：我先提一个问题，提供一个切入口：《红楼梦》里的薛宝钗和林黛玉哪个好？这个争论可是自《红楼梦》问世以来就有的。从审美的角度来看，哪一个才是理想女性的典范？或者用日常开玩笑的话来说，应该娶林黛玉还是娶薛宝钗？我们三个人可以从各自的角度先说一下，当然不限于这两个人，范围还可以扩大到《红楼梦》里的其他女性。先问路明，你是男士，你会选谁？首先声明一下，事先我们三个没沟通过。

路明：很惭愧，平时我读《红楼梦》不多。凭着我对《红楼梦》浅显的了解，以及看过的影视剧，我觉得应该娶晴雯吧。最重要的原因是，1987年版电视剧《红楼梦》里演晴雯的演员非常好看，她叫安雯，我十几岁看电视剧时就对她印象深刻。林妹妹当然也很好看，但有那么多人喜欢她，我还是选一个相对来说比较冷门的晴雯吧，当然原著里的她也很好看。

潘向黎：颜值即正义吗？

路明：第二点，晴雯会补衣服。

潘向黎："钢铁直男"的思维。

路明：她虽然长得好看，但不是非常娇贵的贵族小姐，而且她还愿意去补衣服，这比较难得。

刘晓蕾：没错，晴雯好看又有本事，我也挺喜欢她的。但爱一个人要看能不能忍受她的缺点，晴雯是有点毒舌的。比如她病了还要给宝玉补雀金裘，嘴巴却不饶人：没个福气穿也就罢了，不用你蝎蝎螫螫的……明明心很软，说出来的话却像小刀子，你受得了吗？

路明：能否忍受得了，那要看她。

潘向黎：我来说说。反正我觉得薛宝钗不是理想人选。当年我一直和我的师兄弟"战斗"，因为他们都喜欢薛宝钗，认为她最完美、最踏实，挑不出毛病来。我说真没劲，跟这种人过一辈子，这一生不觉得太长吗？当时我的首选是林黛玉。林黛玉如果爱你，她自带的诗性光芒会照亮你的生活。只要林黛玉的身体还可以，她能跟贾宝玉过哪怕是很简陋的生活，粗衣淡饭依然会吟诗作画，一起回忆过往，甚至有可能生儿育女，这是完全可能的。因为精神的力量是很强大的，只要不击垮她的肉身层面，她的光芒可以一直照亮生活。

但是呢，我现在的首选不是黛玉了，因为黛玉只能做宝玉的好妻子，她嫁给其他人都是灾难。因为她的精神要求很高，如果她不爱你的话，能带来一场又一场的精神灾难，量级很高、具有摧毁性的那种。她会作天作地、不可理喻，所以我不推荐她了。现在我的答案是探春和湘云。如果男士的性格比较温和的话，可以选探春，她大气、敞亮、务实，而且能力非凡。她是内宇宙很强大的大女人，用现在的话说，探春有点女王范儿，我喜欢。

另外一个是湘云。湘云很明快，笑点特别低，随时随地都能高兴起来，而且湘云很有才华，不仅文学方面，很多方面她都是非常有趣的。同样的条件下，跟湘云在一起，快乐指数会很高。

刘晓蕾：我知道你会选探春。刚刚潘老师说到宝玉和黛玉一起生活的时候，我忽然有个想法：今天下午我们在这里做讲座，如果宝玉黛玉知道了，他们会携手来听讲座的。

像林黛玉、贾宝玉这样的人，如果来到现代社会，尤其在上海这样现代化程度比较高又比较多元化的城市里，他们会活得很好。他们的精神生活当然会很富足，现实生活也不会差。我已经为他们找好了职业。宝玉可以做手工化妆品，而且还是怡红院出品，上等佳品，他会做手工的粉和胭脂。还可以当一个诗歌评论家，他的文学鉴赏力是很强的，对美好的东西非常敏感。这样的人，和现代社会的适配度是非常高的。黛玉也是，可以当大学老师，她教香菱写诗是很有一套的。她还可以做一个诗人，诗人在现代社会不也活得很好？

那么问题来了，我会选择谁呢？我跟潘老师和路明的答案不太一样，你们猜猜看吧。

读者：平儿、袭人。

潘向黎：我看了晓蕾的所有文章，我知道，但是我不说。

刘晓蕾：猜我选平儿或袭人的，你们错看我了啊，我选王熙凤！我坚决不选宝钗。我在北京理工大学开"《红楼梦》导读"通识课很多年了，几乎每个学期都会有学生来跟我"吵架"：薛宝钗那么好，老师你怎么会不喜欢呢？有一个男生还给我写了一封邮件，说自己就想娶薛宝钗，自己主外，她主内，她会处理得非常到位、妥当，她又会平衡人际关系，长得还好看，娶了她真是倍儿有面子。最后是这样一句话："娶妻如此，夫复何求！"

哈哈，不管怎么说，我都对薛宝钗喜欢不起来。在《醉里挑灯看红楼》这本书里，有我为宝钗写的两篇文章。第一篇写于 2014 年，写的时候很爽，但是话很冲，火气有点大。

潘向黎：她说薛宝钗这个人啊，不是在搞人际关系，就是在搞人际关系的路上。

刘晓蕾：对对，不是去串门就是在串门的路上。不过，我的第二篇文章火气小了点，对薛宝钗好像多了点理解，少了点敌意。这篇文章写于 2018 年，这四年还是有点变化的。

为什么不选薛宝钗而选王熙凤呢？一般人喜欢把薛宝钗跟林黛玉比，但她们根本不属于同一个世界，所以拥黛派和拥钗派永远在打架，谁也说服不了谁。把薛宝钗跟王熙凤、贾探春比较一下，就能看出门道了。为了图方便，我把《红楼梦》里的主角大致分为两类，"有用之人"和"无用之人"。"有用之人"是那些在现实的层面上有所作为的人，属于现实主义者，薛宝钗、王熙凤和探春都是。宝玉、黛玉、香菱等人，看起来有点"无用"，但他们有自由、美好的灵魂。

为什么这么多人喜欢薛宝钗？因为她的思维方式和做事的方式，是我们中国人相当熟悉而且颇为认可的。举个例子，第三十七回第一次起诗社，也就是海棠社，湘云没赶上，她知道后匆匆赶过来，写了两首海棠诗，意犹未尽，便提出自己要做东道起一次诗社。大家都表示欢迎，唯有薛宝钗想得多。她邀请湘云去蘅芜苑住，提醒湘云，起诗社这事有点复杂。她是这么说的：诗社虽是个"玩意儿"，但是也要瞻前顾后，不要得罪这个也不要得罪那个；再说了，诗社是需要花钱的，你手头又不宽裕……这一席话说完，湘云不禁踌躇起来。宝钗自然胸有成竹，于是就说：我帮你想好了，听说老太太和太太都爱吃螃蟹，太太（王夫人）也正准备请老太太吃螃蟹赏桂花，咱不如请一次大的，等大家吃完螃蟹咱们再写诗。刚好有人送我哥几篓又肥又大的螃蟹，酒你也不用担心，我让哥哥弄几坛上好的酒来。说完，她又非常贴心地说：你别见外，你见外的话我就不做这些事了。湘云自然是感激宝钗的一番好意。螃蟹宴非常成功，贾母一行人来到藕香榭，发现几个小丫头，一些在烹茶，一些在煮酒，准备得特别细致。湘云说是宝姐姐帮我预备的，贾母就夸宝姑娘懂事，做事妥当。湘云得遂所愿，王熙凤、平儿、鸳鸯也都吃得开心，可以说，里里外外充满了快活的空气。吃完螃蟹，老太太走了，他们又开始写菊花诗。总之，这是一场难得的盛会，做到了多赢。

这个螃蟹宴体现了宝钗的什么素质？她擅长组织活动，把小小的文青聚会做大做强，做成了公司年会。其实第一次的海棠社就是文艺青年的小聚会，非常随性。先是探春一纸邀约，众人纷纷捧场，刚好贾芸送了两盆白海棠来，那就咏白海棠。至于押什么韵、写什么诗体，让迎春从书架上随便抽了本书，翻开一看是七言律诗，让丫头说一个字，她正倚着门，随口说了"门"，那就押"门"韵……多么简单，也没花钱。但同样的诗社，到了宝钗这里，就复杂化了。她没有把诗社当成文艺活动，而是当成社交活动。大观园里还有谁像她这样想、这样做呢？

潘向黎：后来李纨带着小姑子们玩，其实她有不少钱的，搞这些活动，也用不着向上面打报告拨经费，但是她领着小姑子们就直接跟王熙凤要钱。王熙凤就讥笑说，大嫂子你这么多钱，陪她们玩玩怎么了？会亏了你吗？好吧，我不拿点钱出来不是成了大观园的反叛了吗？所以呢，复杂仅次于宝钗的是李纨，她瞎紧张，生怕要她出钱。

刘晓蕾：是的，李纨想事情也挺复杂的。刚才听下面的朋友说王熙凤也复杂，其实吧，王熙凤做起事来心思并不复杂。她的很多想法都是明晃晃的，你都不用猜谜。宝钗能把一次简单的文青聚会理解为不要得罪人的社交活动，这说明她的思维方式很复杂。她看到的都是人，她的世界很拥挤，挤满了人。为什么直到今天还有很多人觉得宝钗是成功人士，要向宝钗学习呢？就是因为宝钗真的很擅长做人，会平衡人际关系。但是，我总感觉大家还是把她看得太简单了，宝钗是一个非常复杂的人，没人看得透她。比如，我问你们几个问题：宝钗最喜欢谁？她的目标是什么？她喜欢什么？她爱不爱宝玉呢？

路明：我觉得应该是爱的。

潘向黎：宝姑娘是一个很有城府的姑娘。我曾经讲过，宝钗什么都好，挑不出毛病，太完美，但她的问题在于，她好像从来没有真正的少女时期，过于成熟，过早中庸。对"中庸"这个词，其实很多人有误解，中庸是恰如其分的意思。宝钗就是过早成熟中庸。晓蕾认为宝钗喜怒不形于色，她到底讨厌谁、什么是她的心头好、她的原则底线在哪里，大家不太能看清楚。

至于宝钗爱不爱宝玉，我个人认为不爱。她虽然有时候被宝玉激起了一些感情波澜，也为宝玉脸红过几次，还因为宝玉被薛蟠说她和宝玉的"绯闻"掉过泪、失过态，但她毕竟是一个年轻女子，在那样一个环境里，她无处寄托的一腔情愫只能寄托在宝玉这个唯一还能看得过去的男人身上。她身边没有什么像样的男子，在这么狭小的范围内，每个处在那个时空里的女孩子好像都会爱上贾宝玉，没有选择余地。

但如果我们说的是严格意义上一对一的爱情，也就是非他不可的爱情，宝钗是不爱宝玉的。如果她有更好的机会，不嫁给宝玉，而是嫁一个门第、知识、人品、相貌、谈吐、才华相当的男人，她会更幸福，而且她会跟夫婿谈论当年的表兄弟宝玉，多么有趣但不怎么成才。可惜她运气不太好，偏偏嫁给了宝玉。

刘晓蕾：我补充一句，宝钗应该不会觉得宝玉有趣。她对宝玉一直恨铁不成钢，说他是"无事忙"，是"富贵闲人"。香菱学诗的时候，她也能旁敲侧击地教育宝玉：你能像她这样，有什么做不成呢？可见，在宝钗的生命里，"有趣"应该是没有地位的。她肯定不认为有趣很重要，不认为这是好品质，她甚至都不懂得欣赏有趣。

刚才潘老师说宝钗也有自然萌发的情愫，是的。不过，这一面是被宝钗非常刻意地隐藏的，这就造成一个非常复杂的宝钗：表层的她和内在的她不一样。表层的宝钗是"珍重芳姿昼掩门",但内在的她却是"绣鸳鸯梦兆绛芸轩","羞笼红麝串",她的复杂性就在这里。

先说一个特别小的细节,第八回"探宝钗黛玉半含酸":宝玉去梨香院看望宝钗,两个人寒暄了一番,宝钗要看宝玉的玉,宝玉就把玉拿出来。宝钗拿过来左看右看,念了两遍玉上面的字,"莫失莫忘,仙寿恒昌"。念完,扭头说丫鬟莺儿,你怎么还不去倒茶?莺儿就说,我怎么听着这玉上的字跟姑娘金锁上的字是一对呢?宝钗嗔她多嘴,宝玉的好奇心来了,要看宝姐姐的金锁。宝钗一边说是一个和尚给的,不然沉甸甸戴着有什么意思,一边解开排扣把金锁拿出来。宝玉一看,"不离不弃,芳龄永继",果然跟我的玉是一对。这个情节很有意思,讨厌宝钗的读者就说宝钗是阴谋家,她这是故意的。而喜欢宝钗的,觉得这样解读属于阴谋论,认为这不过是一个非常家常的细节而已。

但是,你也不能说"阴谋论"毫无道理,是不是?这就是《红楼梦》有意思的地方。曹雪芹的笔法是很狡猾的,他不提供结论,他只提供人性的细节,让你自己去咂摸,这一咂摸,可就见仁见智了。不过话又说回来,黛玉、湘云、晴雯这样的人,就不需要去咂摸,因为她们心口一致,不用猜。宝钗就比较复杂,她是谜一样的人。

第二十八回"羞笼红麝串"更有意思了。话说元春赏赐亲人礼物,只有宝玉和宝钗的礼物是一样的,宝玉挺纳闷的,以为是搞错了,应该跟林妹妹的一样才对啊。宝钗怎么想的呢?这里有宝钗的一段心理活动。宝钗早就听说母亲薛姨妈跟王夫人说,宝钗有金锁,将来有玉的就可以婚配(全世界都知道,有玉的只有宝玉),她就觉得没意思,从此就远着宝玉。又看到黛玉和宝玉缠缠绵绵的,索性就让他们黏糊好了。这次又看到元春赏赐的东西,居然自己的和宝玉的一样,于是"越发的没意思起来"。不过,她正在这样想的时候,遇到了宝玉。宝玉说，我想看看你的红麝串，刚好宝钗戴着，于是褪下来给宝玉看。因为她比较丰满，一时半会儿褪不下来，刚好又露出一截雪白的酥臂，把宝玉给看成了"呆雁"。他想：这膀子真好看，可惜长在宝姐姐身上，要是长在林妹妹身上就可以摸摸了。

我说这个情节的意思，是想表达宝钗的表里不一。她是"珍重芳姿昼掩门"的人，怎么会在表弟面前露出雪白的一段酥臂呢？这不符合她的教养啊。你可能会说她一直很虚伪，虽然我不喜欢宝钗，但我不会轻易说她"虚伪"，也绝不说她是什么"阴谋家"，处心积虑破坏宝黛爱情。她可能自己都不知道自己的真实想法，但行动中还是不小心地暴露了自己的真实想法。分析宝钗，不能只看她怎么说，还要看她怎么做，她的行动会透露她的潜意识。比如，她说自己总远着宝玉，可是，她经常串门，最爱去怡红院串门。第二十六回，她又去怡红院了，还惹得晴雯发牢骚：有事没事就来坐着，让人三更半夜睡不着觉。第三十六回，她又去怡红院串门了，是为"绣鸳鸯梦兆绛芸轩"。那是一个夏日的午后，宝钗来到怡红院，丫头们都睡了，仙鹤也在芭蕉树叶下睡着了，宝玉当然也睡着了，只有袭人坐在宝玉的睡榻旁绣东西。宝钗悄悄地走进来，把袭人吓了一跳。宝钗开始问袭人，你旁边放着苍蝇拍子干什么？你绣的是什么呀？原来袭人绣的是宝玉的肚兜，上面还是鸳鸯的图案，薛宝钗就笑了：这么大了还戴这个？袭人说后半夜他会蹬被子受凉，得哄着他戴上，别人绣的他还不爱戴，就得我们自己绣才行。袭人说自己脖子怪酸的，就出去了。接下来曹雪芹写得很含蓄也很好玩：宝钗看到袭人的活计这么鲜亮，就忍不住绣了起来，刚好坐在袭人的座位上。其实吧，这个场景不符合宝钗的道德自许，也就是"珍重芳姿昼掩门"，也不符合她的"总远着宝玉"。

当然，就像刚才潘老师说的那样，她可能对宝玉有一种自发的自然的情愫，这是非常值得尊重的感情。但宝钗的内在和表层是分裂的，她在人前的形象是相当庄重自持的，写诗的时候也不肯放松。宝琴作了十首怀古诗，最后两首跟《西厢记》和《牡丹亭》有关，宝钗装糊涂，说最后两首怪生的，我不懂。她这是在撇清自己：我可是没看过这两本书的人。黛玉、李纨和探春都解释，没看过书，戏是看过的，没关系。那时候的规矩是姑娘们可以看西厢戏，但不要看书，也不要背下台词来。宝钗坚持撇清自己，就是在迎合这样的一种规范，她对自己的道德形象非常在意。这是一种自我坚持，也不是什么坏事，但不管怎样，她说的跟她做的，有严重的背离。维持这个"珍重芳姿昼掩门"的形象挺累的，好的"人设"收效是明显的，但也非常累，也有"人设"坍塌的风险。

为什么那么多人喜欢宝钗？因为她的这种累，我们都能感同身受啊。而且，她的"违心"和表里不一，不就是我们很多人早就习惯的一种生存状态吗？这种生存状态不用我多说，大家就能心领神会，所以很多人认为宝钗是有生存智慧的。这是不是真的智慧，不好说，但我不喜欢这样的生存状态。想想看吧，如果身边都是宝钗，而你也真娶了宝钗，她会给你提很多要求：你看隔壁老王都当处长了，你怎么还是一个科长？你要像他那样努力，什么做不了？

所以我不选宝钗，我选王熙凤。她是另一类人，把自己的欲望都写在脸上，她喜欢权力、金钱、吃醋，活得很真实，也很铿锵有力。还有，王熙凤的眼光好，趣味好。第二十七回"滴翠亭杨妃戏彩蝶"，宝钗扑蝶，来到滴翠亭下，无意中听到两个丫鬟说话。一个是小红，还有一个是坠儿，说小红丢了手帕，被贾芸捡到，要通过坠儿还给小红，但他希望小红能送给他一个礼物。薛宝钗一下子听出是怡红院里小红的声音。她对小红的印象是什么呢？认为她眼空心大，头等刁钻古怪，属于有心机的奸淫狗盗之徒。她很担心被小红发现自己偷听了她的秘密，于是使出一招"金蝉脱壳"，把锅甩到林黛玉头上，风险就过去了。我们先不评价宝钗这么做到底对不对，再看王熙凤。正在此时，王熙凤在山坡那边喊人帮忙取东西，小红飞快地跑过去，说，二奶奶你有什么吩咐呢？王熙凤还有点担心她不够伶俐，小红说，如果我做不好，就凭二奶奶责罚。这件事，小红做得特别好，还带来一大串话，什么舅奶奶、姑奶奶，这边奶奶那边奶奶的……王熙凤一下子就看上了小红：你以后就当我的贴身秘书吧。小红本来是怡红院最低等的丫头，就干点烧水扫地的活儿，但她有野心有欲望，老想改变自己的处境，跟别的丫鬟不太一样。在今天，她一定是个职场精英。

对于同一个丫鬟，宝钗就认为她眼空心大，头等刁钻古怪，是坏人，这是一种坚固的道德判断。但王熙凤是不屑于进行这种道德论断的，她是识人的，识人就是不用一般的主流的道德眼光来判断别人，于是她能不拘一格降人才，能看见别人的优点。谁不愿意被看见呢？对于这个，我是深有感触的，如果潘老师当年没看见我，我就不会写专栏、写书。

潘向黎：我这是当编辑的职业素养，和纯作家有点区别。纯作家就是阅读和写作，不需要随时保持对同行以及潜在写作者的敏锐，编辑必须保持鲜活的判断。我们编辑有点像找翡翠的人，翡翠原石是很厚的石头，很多文学人才最早的样子，真的和普通石头没什么两样。做编辑时间长了，如果又很爱这个行业，就会不停地磨炼自己的专业眼光和专业判断，能看出这一刀下去是不是翡翠。请继续说你的王熙凤。

刘晓蕾：谁不愿意被发现、被看见呢？所以你跟王熙凤一样厉害。识人是一种高级能力，识人之人对世界有好奇心，擅长发现别人看不见的事物，也不会被主流的价值观裹挟。她就像一束光，一下子就能照出对方的成色。

王熙凤的正牌婆婆是邢夫人，但王熙凤很看不上她，而邢岫烟是邢夫人的娘家侄女，王熙凤对她就没有偏见，对她格外照看。她也很喜欢宝玉和黛玉。秦可卿葬礼时，宝玉骑在马上，王熙凤担心宝玉出什么闪失，不好跟贾母交代，就说，宝兄弟，你女儿一样尊贵的人品，别猴在马上，快到我车里。她知道女儿的尊贵，也知道宝玉喜欢女儿的尊贵。她也喜欢跟林妹妹开玩笑，说，你吃了我家的茶，为啥不做我家的媳妇？

我喜欢王熙凤的有趣和眼光，这是很现代的素质。相比之下，薛宝钗就比较保守。她认为小红是坏人，人品不好，这就是完全拿着那个时代的道德标准来衡量人，她没有自己的眼光。其实袭人也是这样的，听到宝玉对黛玉诉肺腑就吓死了，认为这两个人的相爱是丑祸，是"不才之事"。她无法理解主流道德之外的人和事，无法理解当时不能理解之事，这样的人充其量就是一个庸人。王夫人也是，对晴雯有如此深的偏见，也是因为理解力太差。其实晴雯是最清白的，反而是王夫人自己看好的袭人，跟宝玉不清白。

《红楼梦》写了很多清新另类的生命，就是来考验大家的，考验我们是否对人性有理解力和想象力。在这方面，王夫人、宝钗还有袭人是不合格的，但是王熙凤表现优异，她能看到别人的优点。

王熙凤还是实干家，非常会做事。她协理宁国府的那段，身段真的太漂亮了。我心情不好的时候，就爱看王熙凤做事，很治愈，感觉人间真值得。她先是统筹安排，想到五个弊端；接着就分组，责权利分明；再接着就是杀鸡儆猴，处理了一个迟到的人，很快就治理得井井有条。曹雪芹真的会写，"协理宁国府"轻重缓急，抑扬顿挫，大事小事一个都没落下。王熙凤一边协理宁国府，一边担着荣国府的担子。中间还有几个小插曲：荣国府那边有四个人来支取银子，她一看，其中两个账目算错了，重新算；宁国府有个媳妇赶在下班前来拿对牌，她早就在这里等着了；中间还搞定了宝玉的书房，还抽空让人做了精致小菜，给贾珍和尤氏送过去……身段霸道又从容。

在现实层面有所作为，是多么美好。在《红楼梦》里，有用和无用都那么美好。有用甚至可以说是无用的基础，大观园这样诗意的乌托邦，也是建立在现实之上。只有贾家这样的钟鸣鼎食之族、诗礼簪缨之家，才能有这样美轮美奂的大观园。当然，王熙凤有点无知者无畏，她没文化，手里有权力，很霸道，探春就好很多了。探春对权力非常谨慎，这种审慎的态度，林黛玉都看到了。她对宝玉说，你家三姑娘是个乖人，换了别人早就作威作福起来了。探春是《红楼梦》里最有见识、最有远见的人，她说过，但凡我是个男人，我早就出去干一番事情去了。抄检大观园的时候，她特别痛心，说百足之虫，死而不僵，像我们这样的大户人家，外面杀不进，只有内部闹起来、乱起来才会一败涂地。这真的是才自清明志自高啊。

我喜欢王熙凤和探春，就在于她们是开创性的人才，能做事，会做事，敢做事。相比之下，宝钗显得过于保守，在做人方面用了太多的力气。大观园改革的时候，她一心想着不要得罪这个那个，不要这个那个不高兴。其实任何改革都会动一部分人的奶酪，会让一部分人不高兴，如果想让大家都开心，一心搞平衡，那就原地踏步好了。王熙凤和探春的勇气和另类，让她们更接近"正邪两赋之人"。也有很多人看不惯探春，觉得她对母亲赵姨娘比较凉薄，其实换个角度看，如果没有探春，赵姨娘难道不会更惨吗？探春帮赵姨娘解决了很多麻烦事。也有很多人害怕王熙凤，对于过于强大的人，很多人从心里感到恐惧。这没必要，要知道，如果懂得欣赏这些人，生命会强劲有力得多。

　　说完了有用之人，咱们聊聊"无用"之人，比如宝玉、黛玉、香菱这样的人。为什么说他们无用呢？在大观园里写诗，黛玉葬花，宝玉就恸倒，手无缚鸡之力……但如果没有这些"无用"之人，世界就太理性、太单一了。"黛玉葬花，宝玉恸倒"是整个中国文学史上最闪亮、最富有哲学色彩的时刻，因为这是他们觉悟的时刻。黛玉的《葬花吟》是在哀悼落花，哀悼青春和生命，她问"天尽头何处有香丘"，是在问人的终极意义。既然人终有一死，我们的人生又有什么意义呢？而当她唱到"一朝春尽红颜老，花落人亡两不知"的时候，宝玉一下子懂了，他完全理解黛玉的悲伤，所以他恸倒在山坡之上，站不住了。他想到人终有一死，像黛玉、薛宝钗、袭人、香菱这样美的女儿，有一天会死去，大观园的花草树木会迎来新的主人，而新的主人还会死去，再迎来一茬新的……但是月亮还是那个月亮，草木还是那些草木，想想人真的太悲哀，生命太无常了。这样的时刻，就是直面死亡的时刻，既然人终有一天会死，那么我们该拥有怎样的人生？

　　有一次我给学生讲托尔斯泰的《伊万·伊里奇之死》，让他们给自己写墓志铭。他们纷纷抗议，说老师我们还年轻呢，这样不太吉利。我们就是这样，明明人终有一死，无可逃避，死亡是每个人的归途，但我们宁愿不提起，假装死不存在，或者死还很遥远，孔子就说未知生焉知死嘛。但海德格尔说，从死亡的角度来观照人生，非常有必要。深知死亡不可避免，才会知道人生是短暂的，才会对生命更迫切、更有规划，所以要向死而生，也叫未知死焉知生。黛玉葬花，宝玉恸倒，就是这样的哲学上的觉悟。他们也许早就知道自己的爱情是一场空，也知道死是人的终点，但依然有勇气去爱，依然热爱美好的人和事。当一切成空，唯有爱和美不朽。

潘向黎：我忍不住要鼓掌了，讲得太精彩了。我再抛出一个问题，我们跟观众一起来解答，那就是《红楼梦》里你最讨厌或者最鄙视谁。我们一般说爱的反面是恨，其实爱的反面是鄙视、漠然。假如出现在你的生活里，你会轻蔑到眼珠子都不屑于转一下，白眼都不想给他，绝不会理他，这样的人《红楼梦》里有吗？

路明：我想了想好像真的没有。听到这个问题的第一反应是薛蟠和袭人，但我再一想，就觉得他们两个人其实是可怜人。我看《红楼梦》不多，但我觉得书里的人，哪怕看起来很可恶可憎，但你在厌恶他之后，也会理解可怜之人必有可恨之处。这句话反过来也一样，可恨之人必有可怜之处。如果你问我《水浒传》里最讨厌谁，我是有答案的。

潘向黎：你是潜伏在我们红迷中间的水浒迷。

路明：我最讨厌的是陆谦，他和林冲从小就是朋友，最后在现实利益面前他毫不犹豫地出卖了林冲。经常有人抨击《水浒传》，为什么同样是中国古代四大名著，很多人会力捧《红楼梦》而抨击《水浒传》？我从小喜欢《水浒传》，心里有点小小的不爽。但我刚才有个小小的想法，那就是在《红楼梦》里很难有一个人让我特别讨厌的，每个人物好像都可以理解。但在《水浒传》里，陆谦这个人的形象就比较平面，他做的事，用一两句话就可以说清楚。这样的人好像我们不需要理解，只需要厌烦。

潘向黎：从小说的角度来讲，《红楼梦》高于《水浒传》。《红楼梦》里很难选出谁最讨厌，而且红楼人物往往会激发出你复杂的感情。有句话说凤姐，"骂凤姐恨凤姐，一天不见想凤姐"。《红楼梦》的粉丝们都很认可这句话，这说明就人物塑造和美学境界而言，《红楼梦》的高妙超过《水浒传》。

路明：我认同，可是我依然喜欢《水浒传》。《水浒传》也有复杂的人物形象，比如林冲。可是聚光灯只会打在武松等人身上，把他们写得比较复杂，旁边的闲杂人等就只有一两笔。

刘晓蕾：我也认可潘老师的观点。能跟《红楼梦》相提并论的中国古典名著，我认为是《金瓶梅》，而非《水浒传》。当然，水浒人物也有很复杂的，那些正面人物的内心有不可逼视的深渊，感觉作者都没意识到自己写出了人物的复杂性。你刚才说到武松，《水浒传》里我最不喜欢的就是武松了，尽管他在书里算是比较讨人喜欢的英雄好汉，金圣叹对他评价很高，说他是上上人物。但武松身上有一种特性，让人细思极恐：他对女性特别阴狠毒辣。杀潘金莲，杀张都监家十五口人，其中八个是女性。当然，杀潘金莲是走投无路，法律不给力，他就自行给哥哥武大复仇，这个不能太苛责。但他对女性的态度非常值得探讨，他似乎有点"厌女症"，对女性有很深的敌意。

为什么这么说呢？《水浒传》里的潘金莲很漂亮，然而她被张大户嫁给了武大郎，这个婚姻是很无情的。潘金莲自然看不上武大，因为他不仅长相丑陋，人品也不够硬朗。潘金莲还典当了自己的首饰，换了一个大一点的住所。武松打死了老虎，当了阳谷县的都头，在街上遇到了武大，武大邀请他来到家里。潘金莲一见到武松，就动心了，赶紧邀请武松来家里住，武松当天也就搬过来了。这个场景作者写得很迤逦，写潘金莲的热情，武松一见到嫂嫂妖娆，也低下头。一家三口相处得很好，潘金莲殷勤做家务，武松也送嫂嫂礼物。再接着，潘金莲就准备挑明，结果武松严词拒绝了。这个故事大家都知道，我想探讨的是，武松在被潘金莲"撩"的时候，他的潜意识。那是一个雪天的午后，武松踏着乱琼飞雪回家了，潘金莲早就在武松房里准备好了酒菜，就邀请武松一起喝小酒。武松说等哥哥来一起吧，潘金莲说等不了。潘金莲的心思昭然若揭，武松是怎么应对的？这是最有意思的，他一开始并没有拒绝，当潘金莲一步步深入的时候，武松只是内心焦躁，沉默不语。

正常人如果不想跟潘金莲发生点什么，无论如何是不会给对方机会的。但武松不是正常人，他是硬心的直汉，就是"钢铁直男"。他看这潘金莲越来越失态，他就从不安到焦躁，一直等到潘金莲使出杀手锏——请他喝半盏残酒的时候，才勃然大怒，推倒潘金莲，并痛骂了她一番：我认得嫂子，但是我的拳头不认嫂子，我是顶天立地的男子汉，不会做猪狗不如坏人伦的事。好了，事情到了最极端的地步，覆水难收了，从此三个人的命运都发生了巨大的逆转。

我感兴趣的是，为什么武松不一开始拒绝潘金莲？作者施耐庵显然是把武松当主角的，突出他不为女色所动的道德自持，但这对潘金莲公平吗？路明是男士，如果你是武松，你会如何对待潘金莲？

路明：婉拒。

刘晓蕾：是的，婉拒——我要去给女朋友修电脑了，我有事先走了……理由多的是，正常人都会婉言拒绝。而武松这一路下来，等于是放任潘金莲一条路走到黑了，最后忍无可忍，才掀桌子。

路明：他不太聪明。

刘晓蕾：不是不聪明的问题，而是残忍，没有把女性当人来看。当然，《水浒传》里的女性都没有被当人来看，而是被当成衬托英雄不近女色的工具。相比之下，《红楼梦》就慈悲得多，曹雪芹就会把女性当成非常丰富的平等的个体来写，不仅发现她们的美，也让贾宝玉在女儿面前极其温柔谦卑，心甘情愿地低下头来。他不仅尊重女儿，也尊重刘姥姥，尊重薛蟠，对整个世界温柔以待。比起《水浒传》里的杀气腾腾，我喜欢这样的温柔，这是文明的力量。

潘向黎：从《红楼梦》说到《水浒传》，又回到《红楼梦》。时间过得真快，我们是不是应该让读者提问了？

读者：三位老师好。我有两个问题，一个是薛宝钗的"滴翠亭事件"，这点争议很多。有人认为宝钗的"金蝉脱壳"是自然本能的反应，也有人认为她非常有心机，故意陷害林黛玉。我想听听老师们的看法。

还有一个问题，既然薛姨妈说出"金玉姻缘"，为什么"慈姨妈爱语慰痴颦"这一回，她说林黛玉和贾宝玉是很好的一对，还要跟老太太说？紫鹃顺杆爬，请她跟老太太、太太说，她挡回去了。薛姨妈到底怎么想的？

刘晓蕾：我先回答你的第二个问题。"慈姨妈爱语慰痴颦"是第五十七回，刚发生了"慧紫鹃情辞试忙玉"事件。紫鹃骗宝玉说，林妹妹要回苏州老家，结果宝玉死过去了，黛玉这边也着急，这样一来，地球人都知道他俩的爱情了。接下来就是薛姨妈、薛宝钗和林黛玉在潇湘馆里说话。黛玉先说到岫烟许给薛蝌这门亲事，觉得很神奇，薛姨妈就说：婚姻都是月老牵线的，如果月老不牵线，两个人即使是从小一块儿长大，大人也都默许，也不成的；但如果月老牵线，凭两家是世仇，也会成为婚姻的。越说越亲呢，薛宝钗后来就开黛玉的玩笑，说哥哥薛蟠看上了黛玉云云。于是就引出了薛姨妈的那一段话，要撮合黛玉和宝玉。她到底是什么意思？

我们要分析薛姨妈的想法。她刚来到荣国府就放出"金玉姻缘"的风来，自然是愿意把宝钗嫁给宝玉的，王夫人就是金玉党。她俩可不是省油的灯，可以说，金玉姻缘和木石前盟一直在暗暗博弈，后者的代表是贾母。但这个时候，薛姨妈又提出要撮合黛玉和宝玉，当然不是真实想法。你看她接下来怎么应对的。紫鹃跳出来说，姨太太既然有这个想法，干吗不给老太太、太太说呢？薛姨妈就将了一军：你这么急，是不是也想赶紧找个小女婿了？她当然不会提，但她这样说，恐怕是觉得自己已经胜券在握了，黛玉和宝玉没戏，所以她完全不当回事，就随口开个玩笑。如果过度解读的话，会感觉薛姨妈也有点残忍，她明明知道黛玉和宝玉的感情，也明明知道这两个人没戏。

薛姨妈城府是很深的，别看她笑眯眯的，但一涉及自己的利益，就是另一回事了，她和王夫人在下大棋，为了金玉姻缘一步步下棋。《红楼梦》特别会写日常生活背后的人情世故以及人性的暗流。曹雪芹从来不直接写金玉姻缘和木石前盟的博弈，但我们能看得出来，不显山不露水，但人心的较量就在那里。

潘向黎：我来回答你的第一个问题吧。宝钗扑蝶，无意中听了小红的悄悄话，她怕被小红发现，就故意放重脚步，说刚才看到颦儿在亭子下面撩水玩，假装在找林黛玉。这一段是有争议的。她明显是把祸水引向林黛玉了，她是有意的还是无心的呢？我想了很久，也许我的答案不能说服所有人，但我确实是这样想的：人的内心世界像一个大自然，里面有山有水，有一些怪石植被，有奇花异卉，有不好看的树，也有枯枝败叶，任何人的心里都不会只有一种单纯的东西。宝钗脱口说出翠儿，是曹雪芹用得非常漂亮的障眼法。薛宝钗跟林姑娘很熟，湘云不常来，所以她有很正当的理由随口叫出翠儿，何况她那天正好要去找黛玉。好比说，如果有个人纠缠某个女孩子，女孩子会随便抓个闺蜜，说我和闺蜜约好看电影了。这是第一个合理的层面。

第二个就是现实角度。宝钗和宝玉、黛玉的关系很微妙，三个人的心理世界就像笼罩在雨雾中的山，而山在虚无缥缈间，云雾的背后有山，这座山就是薛宝钗对林黛玉总体上的不认可。当然，这不是情敌间的敌意，我向来不主张把薛宝钗看成黛玉的情敌，这样的评价是把宝钗看低了。她们两个三观不合，宝钗对黛玉，首先是对三观不合的人的不认可，情敌间的不舒服只是非常小的一部分。这座山边会飘来一种不认可、不舒服的云雾。但曹雪芹写得很微妙，这一幕，你也可以只看见云雾，但是山在虚无缥缈间，山是怎样的，就见仁见智了。

刘晓蕾：《红楼梦》的魅力就在这里，经得起各种各样的解读，这就是伟大文学的魅力。

读者：不少人会说，"娶妻要娶薛宝钗，谈恋爱要找林黛玉"。还有人认为林黛玉和薛宝钗是一个硬币的两面，没有那么对立，其实她们各自表达了作者或者男性对女性的理想。三位老师能谈一谈吗？

刘晓蕾："钗黛合一"论早就有了，认为理想的女性是宝钗、黛玉兼有。问题是，宝钗就是宝钗，黛玉就是黛玉，是不可能合起来的，二者根本就不兼容。而且《红楼梦》又不是在塑造理想的女性，而是描写真实而丰富的人性，想找完美的女性形象，《红楼梦》里根本没有。不完美才是真实的人性世界啊。"跟黛玉谈恋爱，跟宝钗结婚"，就有点追求完美的意思，啥好处都想得。不过，我好奇的是，都跟黛玉谈过恋爱了，经历了最好的爱情，怎么还能跟宝钗结婚呢？难道不会生不如死？哈哈。

读者：其实一开始宝钗是要进宫的，是要选才人的，她的性格也挺适合宫廷政治的。她落选不能进宫，是后来的事。那薛姨妈为什么要散播"金玉姻缘"的说法，宝钗也留意宝玉呢？

刘晓蕾："选秀女"这事看起来是挺蹊跷的，薛姨妈带着宝钗和薛蟠来到贾家，由头之一就是宝钗"选秀女"。其实这是一个幌子，一个借口。咱得看看当时选秀女是怎么回事。元春最初也是被选进宫的，当贵妃是意外之喜，因为一般世家贵族的女孩被选进宫，是当伴读、当女官的，在宫里待上两年就会出来，是一种例行的公务差事，不是选妃。薛宝钗参加"选秀女"有可能是真的，但终身大事也还是要考虑的，而且本身进宫当女官的机会并不多，可能选得上，也可能选不上，即使被选上，也不是多大的事。那么，也就能理解为何有"金玉姻缘"这个说法了。

读者：史湘云很有意思，她出场特别晚，出场时也没有交代，好像大家都认识她，根本不用解释她是谁。我很喜欢她，但是我很尊敬的红学家周汝昌老先生说史湘云才是《红楼梦》第一女主角，林黛玉、薛宝钗都是来衬托史湘云的，贾宝玉最爱的也是史湘云，我觉得这个说法有点牵强，想听听潘老师和刘老师的意见。

潘向黎：你说湘云出场没什么介绍，真的是，没有隆重的开场锣鼓，莫名其妙地史大姑娘就来了。对她进行工笔细描的一幕，就是湘云眠芍，这已经是第六十二回了。湘云突然就来了，而且一来就跟宝玉很亲热。宝玉看到湘云和黛玉两个人躺在床上，说这胳膊放在外面，等下着了凉，明天又要嚷嚷心口疼，就帮她把被子盖上。这两个人一点没有男女之间的心动，没一点微妙。我曾经看到一个很有趣的说法，跟大家分享一下：湘云很可能有原型，曹雪芹本人有一个青梅竹马的玩伴，所以两个人在一起没有什么性别意识，写到湘云也不需要特别介绍。其他形象的虚构性比较强，而写到湘云的时候，曹雪芹的内心深处没有刻意安排这个姑娘什么时候出现，她是不知不觉出现在他生命里的，所以他跟她只是很亲热，并没有怦然心动。这个解读很有趣，曹雪芹的生命里真的有可能有湘云这样的人，史湘云很有可能真的有原型，而且很有可能就是脂砚斋，所以在点评里会埋下线索。

刘晓蕾：这个分析真的很有道理。相比之下，周汝昌先生对湘云的分析就不太可取，太个人化了。《红楼梦》的女主角当然是黛玉和宝钗。虽然说每个人心中都有一部《红楼梦》，但是前提是尊重文本，而不是把文本推倒重来。

短篇小说的 20 种可能性

时间：2019年10月26日

嘉宾：赵松、张屏瑾、小白、周展

左起：周展、小白、张屏瑾、赵松

周展：大家下午好，先介绍一下今天的三位嘉宾：第一位是赵松老师，他是著名作家；下一位是张屏瑾老师，同济大学人文学院教授；坐在我身边的这位是小白老师。我们今天聊的话题和一本书有关——《巴黎评论：短篇小说课堂》。《巴黎评论》杂志的前主编洛林·斯坦恩邀请了20位当代小说名家，从杂志的历年作品中挑选一篇他们最喜欢的短篇小说，再加以点评，集合成册。这本书包括作品，也包括评论，评论和作品在一个文本中进行对话。我们今天请到的嘉宾既有小说家，也有评论家，我们希望把作品和评论这种对话形式在一个空间内延续下去。既然是谈短篇小说，首先还是从作品开始，让我们先把问题抛给两位作家老师，请谈一下你们在这本书里最喜欢哪篇小说。

小白：最喜欢的是《曼谷》。其实我都挺喜欢的，这本书性价比非常高。我听说现在关于创作方法的书非常好卖，说明现在的读者中有一种需求：本来是想作为一个普通读者来看小说，后来开始考虑小说带来什么意义，结构该怎么分析，也愿意从写作者的角度看。这样的读者很适合买这本书，后面的点评非常有意义。

赵松：这本书是不同作家的短篇小说合集。平时我们看短篇小说，往往是通过某个作家的短篇集或者选集看，或是在杂志上看到不同作家的短篇小说，但是这两种形式都做不到这么浓缩。《巴黎评论》精选的这20篇，作家实力都很强，但之所以选这些篇目，我觉得主要是考虑不同题材和角度，让这20篇作品形成一个总体的效应，传达《巴黎评论》对短篇小说的态度。这些作品的时间跨度还是挺大的，有不少作家是我们比较陌生的。在阅读体验上，这本书始终能保持一个强度，可见编者在选择上是花了不少心思的。

另外，作家点评作家这个方式，我觉得挺好的，跟评论家写的那种文章是不一样的。而且每篇点评都不长，一页或者一页多一点，却又能点出一般评论者看不到的东西。比如第一篇小说，点评者说，读到第三遍才发现这个主人公没有说话。读到第三遍才发现这一点，这种发现就很有意思。他也是一个作家，但是为什么会到第三遍时才发现呢？这个话题里面其实包含了对作者的技巧或形式追求的体会。

张屏瑾：这本书实际上是小说家来选小说。小说家评论小说，有非常独特的地方，我们写文学评论的人可能不会这样写，这很有意思。

举一个例子，书里有卡佛的一篇《要不你们跳个舞》。大家买了书以后可以注意一下这一篇，大卫·米恩斯写的点评，我给大家念一下："一个精彩的故事就像身上奇痒，总得不停地抓挠，它带给了读者一种恒久而奇异的体验。"这个开头很有意思，因为我们写评论不会这样写。身上有痒的地方，要不停地抓，这个形容非常贴切，因为卡佛的小说就是这样的，说一半藏一半，让你觉得有一点痒，但是不知道怎么挠。这是非常感性、直来直往的评论。小说家们像"头脑风暴"一样，互相辩论，其实也有批评，不一定完全都是捧场的。虽然他们选了自己最喜欢的小说，但是小说家可能会从小说生产的角度，看到一种对应自身的写作的可能性。这就为我们阅读这些小说提供了更复杂的参照。通过这本书，我们不但认识了 20 位小说家，也认识了 20 位评论他们的作家，我觉得这一点很有意思。

这本书的强度很大，因为是请一流的小说家选的，所以选的几乎没有弱篇，每一篇都有非常强烈的特色，哪怕是非常短的一篇，像微型小说，也会给你一种浓度很高的感觉。很难说我自己特别喜欢哪几篇，但是我觉得卡佛的和博尔赫斯的非常好，因为它们可以代表这两位作家的特点。

周展：张老师提到了卡佛的《要不你们跳个舞》，我想请老师们解读一下，阅读这个故事时，我们读者该如何切入？

赵松：卡佛小说的背景比较特别，可以称之为一种塌陷的深入。他的小说人物，不管是什么角色、什么身份，干什么工作，生活都处于塌陷的状态。卡佛在成名之前也是过得比较惨淡的，家庭负担很重，他就酗酒，生活基本属于快触底了。他写小说的时候，这种调子就会自然带进去，作为一个大的背景。这种调子不是为了卖惨，我们可以从中看到在内心塌陷状态下的不同人的状况。我和你都过着塌陷的生活，这是一个奇怪的关系，包含着某种理解或是不理解，这种状态是支撑卡佛小说空间的一个主要的力量。

很多时候，读者喜欢问"这篇小说在写什么"，但是作家并不是要告诉人们他要写什么，他提供的更多是一种调性、一种氛围，或者一种状态。这篇小说里没有什么故事，很多事已经塌陷在过去的时间里了，而在这个时候又开始有了一点点闪光，它的不可言说性和味道就在这里。

卡佛小说的文体，其实是编辑为了适应读者的口味，为了引发读者的阅读欲望，做了很多加工。这也是为什么卡佛到后期特别想改回来。他要恢复这些作品的本来面目，不想要编辑为他量身打造的那种风格。所以我们通常知道的"卡佛风格"，其实并不是他原来的小说风格，他原来的风格更放松、更微妙丰富，当然总体上的味道是不会变的。卡佛的小说，真的读进去之后，就会发现里面有一种味道，苦味也好，微苦也好，说不清楚，而这就是卡佛小说的魅力所在——人的设身处地的代入感和离开语境的茫然感，会引发读者联想，思考个体存在究竟意味着什么。

小白：说实话，我不是特别喜欢卡佛的小说。有一些读者非常喜欢他的小说，我知道他们为什么喜欢，那种感受性的生活状态，包括那种让读者觉得在字里行间还有一点什么东西的隐隐约约的感觉，但我不太喜欢，因为我觉得这对一个写作者来说，太容易了。当然，首先要进入他那种状态，这可能是挺难的，要有很多的体验和经验进入，但它整体其实是不难的。所以说实话，我不是那么喜欢。

周展：小白老师说得很有意思。这本书里的第六篇《搭车遇祸》，后面的评论里说，短篇小说难写的原因，在于既要让叙事简洁，又要发挥小说的功能，作家要想清楚该把哪些东西留在篇幅之外，留在篇幅之内的内容则要暗含深意。小白老师写作时很善于做充分的材料细节调查，旁征博引，从这个意义上说，小白老师的写作有一些博尔赫斯的味道，就是用一定的篇幅去表达整个宇宙。

小白：博尔赫斯确实很厉害，但是写小说不需要读很多书。我写小说或者随笔的时候，其实也不做卡片，不做笔记。写小说写上一年，接触几万张照片，各种档案、报纸，要做卡片、笔记是很难的。我就用自己的脑子，记住多少写多少，写的时候脑子里会自动浮现出这些东西。我想营造那种贴近历史现场的感觉，我就用这种写作时浮现出来的伪造的记忆。

张屏瑾：制造一种作家的在场感，通过各种各样的信息、线索、他人的讲述，让作家产生自身的记忆，造成身体的在场感，这是作家的合法性的表现。小说家能够以这种能力引领我们，把我们带入他们所叙述的、所体验的一幕幕场景中，所以读小说是非常迷人的。

在如今信息化的时代，我们每天在手机上获得大量的直接信息，这时我们为什么还需要读小说，我觉得这是一个问题。尤其是短篇小说，它和长篇小说不一样，长篇小说会给读者一个构造完整的故事，里面有非常多的支撑，而短篇小说是一幕一幕的，像切片一样，需要读者迅速进入。但是读者会在里面停留多久，会获得多少，会留下什么记忆？这样的体验在小说阅读当中是非常特别的。

周展：赵松老师，您在创作的时候，似乎不像小白老师那样，做得那么细，您是怎么做的？

赵松：我们使用的素材不一样，但放到写作层面来讲，又是一样的。小白老师看了很多资料，问题在于要如何呈现，怎么重新组合。

一个作家能干什么？跟写新闻报道有什么区别？小说能给人一种虚拟的体验，还有重新审视这个世界的可能，让人用虚拟的方式重新看现实世界。说一些谎言吸引读者完成阅读，当然这么说也成立。小说可以不是现实中曾经发生的，也并不一定有真人真事，但它能提供现实生活中所无法获得的体验。我们每天打开手机，接收到的常常是无效信息或者重复信息。我们不会觉得看了一个新闻就是体验了什么，即使新闻里的内容很残酷，很触目惊心。这不是小说要表达的东西。小说要表达的是很难言说的东西，所有可以说得清的东西，其实都不是那么重要的，说不清的东西才可以让人一想再想。

周展：请几位老师谈谈，什么叫短篇小说，短篇小说的"短"字有什么意义，和长篇小说有什么不同。

小白：首先讲讲短篇小说从哪里来。16世纪的那些欧洲小报，把人们聚在一起谈论的丑闻八卦印刷出来，从这开始，一点一点变成短篇小说。因为城市生活比较繁忙，大家每天只能用业余时间读一点东西，所以篇幅不能长，要用非常精准的方式写出来。好的短篇小说应该有一个特点，要非常精准，一下子扎进去。读者为什么要读短篇小说，为什么要读故事？读故事的核心就是通过听别人的叙述，来接受一点不需要真实体验的经验。不读小说，其实就少学了人类的一部分经历。

张屏瑾：读小说要有主动性，要有想象、体验、补充，然后共情，是在训练情感的共通性，还有智力的共通性。在我看来，读小说是一个人从智力到情感的训练，跟我们被动接受信息不一样。小说家有各种各样的风格，比如这本书里的20篇就非常不一样。把每一篇都读了，就像做了20遍训练。

我是做文学研究的，我想从文学研究的角度谈谈短篇和长篇的区别。可能长篇小说对于文学研究来讲更有用，因为长篇小说往往是历史化的，往往更加整体，讲述一个人或是一个家族在历史中的各种场景。因此，做文学研究的人很容易把长篇小说作为对象。而短篇小说是横断式的，当我们开始讨论文学本身，短篇小说与长篇小说相比，就能更好地体现出文学性、艺术性。比如这本书里的20个短篇，在审美上都非常精准，是对于艺术性的很好展现。所以当我们谈文学性的时候，就会更多地谈到短篇小说，这是我的感受。

周展：赵松老师，您之前说最喜欢这本书里的第一篇，为什么？

赵松：第一篇《微光渐暗》，这个作者我原来不知道，他还是有相当的深度的。这篇小说读起来还是有一点难度的。作者通过人物意识的层次变化，把一些生活的环境和背景穿插在里面，呈现的是比较惨的生活状态，就是一个孤儿怎么从濒临崩溃的家乡被送到美国……很多故事已经被消隐了，两万多字的篇幅，但并没有那么多的故事。我觉得支撑它的，是作者对于小说人物意识层次变化的把握。不同的意识层次交织在一起，会让读者有种错觉，仿佛在看一个电影，很多画面镜头被反复剪辑，不是像讲故事那样讲人生经历，而是根据人的记忆中闪烁的点和回避的过程来展现，让它们在时间倒推中根据记忆的强弱来分布。你会感觉这个小说读起来很长，不是说它的篇幅有多长，而是说，它给你带来一种始终还有什么事要发生的感觉。其实并没有什么事，只有某种悲伤和极度的绝望。这个故事有很奇幻的东西在里面，有一种能打动人的味道，但是基调是黑暗的。

我觉得编者把这篇小说放在首位，或许就是想传达，短篇小说确实不是为了讲故事而存在的。换句话说，对于今天的人来说，有那么多可以阅读的小说，还有这么发达的资讯系统，而当我们说"有故事"的时候，往往并不是非要有一个完整的故事，而是其中存在故事的可能性，会有一些耐人寻味的东西在里面。

讲一个悲惨的故事很容易，但是也很容易落入俗套。好莱坞的电影其实就是那种流行小说模式。但是，阅读的过程是不断体验与交流的过程。实际上，人在进入社会、适应社会的过程中，不可避免地会被规训，思维、情绪会变得模式化。阅读小说如果还有意义的话，首先就是能让人回归一种个人化的体验。你可以每天看电视剧，或是追网络小说连载，可以把大把时间耗在里面，但这跟读短篇小说是完全不一样的，短篇小说不会给你提供阅读的寄生性。就像这本书里的短篇小说，要是你读的时候稍微懈怠一点，可能就要重新读，否则你就进不去。我猜，这个编者其实是在强调，读当代短篇小说是有难度的。如何把一个故事讲得漂亮，并不是短篇小说存在的意义。短篇小说的意义在于，把那些似乎没什么事的事，展现得耐人寻味，好像总有什么事隐藏其中，直到最后也没有完全呈现出来。这是小说家要干的事。

还有一点，编者并没有强调只有高难度的小说才是好的。比如这本书里选的戴维斯的《福楼拜的十个故事》。我们知道福楼拜写了很多信，很好看，甚至比他的小说还好看，因为读来很轻松。福楼拜写小说的时候很苦，写信则很放松，喜欢把他看到的、想到的东西讲出来。这个故事是虚拟了一个福楼拜在国外的情景，模仿他写信的状态，像在信里讲故事一样，都很短，但是，改变的是结构。它的结构表面上看很像在写信，但实际上这只是一个外壳。叙述都很朴素，但其实留了很多余地，里面还有很多关于小说本身的可能性。中国古代有很多文人笔记，历代文人听到什么事就会记下来，留下大量笔记，跟西方的小说很不一样，我觉得这能让我们对于小说的可能性，有些不同于西方的认识与想象。

我们对一件事感兴趣，往往在知道了事情的来龙去脉之后就没兴趣了。另外，人的记忆、意识、想象，有着非常大的不确定性。我们聊十年前的事，会有记忆的错位。小说就是很多不同信息的融合，很多东西融合在一起，可以生成一个很大的叙事空间，哪怕篇幅很短。博尔赫斯的这一篇就很短，讲了一个故事，看起来好像什么都没有忘记，但实际上它仍然具有开放性。短篇小说的特点在于，它可以提供更多的想象空间，不像长篇那样，通过信息量的不断延展去满足读者的需要。

小白：我读短篇小说，还会比较注意它的"断"，短就短在断了，这个"断"很见功力。短篇小说的精准与精炼，正体现在它的"断"

上。书里的 20 篇，几乎每一篇都断得不一样，都有巧妙之处。比如书里的最后一篇，非常有特点，讲一个作家自身写作的事。那个作家很想得奖，就想要行贿，但不是拿钱，而是拿肢体，拿一个耳朵行贿主席，然后再是一个手、一条腿，或者一个内脏器官。最后终于得到了大奖，飞机载着他所剩无几的残躯去领奖。我觉得这非常有意思，黑色幽默，很有象征性。

周展：想问一下几位老师，在美国，有《巴黎评论》这样的杂志，反映自己的短篇小说史，那么作为中国的写作者，有没有从国外的小说史中受到重要的启发？

赵松：美国的短篇小说很发达，因为从 20 世纪二三十年代开始，短篇小说的稿费很高，很多著名作家都是靠写短篇才有钱的。那个时候在《纽约客》这种杂志上发个短篇，稿费很高。海明威的一个短篇小说可以卖几万美金，就像卖一件艺术品。另外，对美国的短篇小说，我感觉上读了很多，但看了这本选集之后，发现很多作者原先都不知道，时间跨度有半个世纪。我们从中可以看出技巧、世界观、语言观的变化。这样长的时间跨度，其中涉及非常丰富的话题。

说到借鉴，我觉得最终还是要看能不能转化在你自己的系统里，形成能量。没有放之四海而皆准的方法，谁的方法就是谁的，只对他自己有效，对别人其实没有用，那是学不来的。你做不了他们中的任何一个，但是你有可能做你自己，他们的存在为你提供了这种可能性，让你重新思考自己的写作方式。

张屏瑾：这本书主要还是强调艺术上的共识性，而不是一种历史性的选编。因为有艺术上的共识性，所以也呈现出一种完整性，这是这本书的一个优点。

说到借鉴的问题，我突然想到中国文学史上的两个时刻，一方面是受西方文学影响比较大，另一方面也是产生短篇小说最多的时刻。一个就是五四时期，那是一个文化启蒙的时代，从《狂人日记》开始，涌现了很多短篇小说。还有一个就是 20 世纪 80 年代，那是一个受到新的启蒙思潮影响的时代，也产生了很多试验性、探索性的短篇小说。但讲到当下的小说，如今的长篇小说非常落魄，短篇相比较而言还算略有成绩，不知道会不会有一个新的时刻到来。《巴黎评论》重新唤起了我对短篇小说的热情。

小白：这本书里有一些小说非常难懂。小说为什么要这么难读？这就是一种训练。其实小说还是原来的基本模型，它既希望把事情告诉读者，也想把某些东西藏起来。这两方面该怎么配比，要看每个作家的处理。小说一定有两面性，作者创造了一个世界，让一部分读者进入这个世界，又不想让另外一部分读者进入这个世界。所以读小说时要训练怎么猜测作者的意图，怎么理解人物的动机，通过这种训练，你可以适应更复杂的生活。

周展：谢谢三位嘉宾的讲解。现场的读者有什么问题？

读者：我想问几位老师，小说的结局设计应该考虑哪些因素？因为故事的发端往往是作者有了创作欲望，但结局一般要考虑到读者的感受。

赵松：从文本结构上讲，应该叫结尾。这取决于小说是怎么开始的，怎么开始就决定了怎么结束，所有的密码就藏在第一句、第二句里。如果第一段还没有形成基本的调性，故事到后面就很难结束了。

比如我们现在看到的这本比较经典的小说选集，其中的每一篇都在结构上有自己的特色，并没有一个通用的逻辑。要是不能找到自己的方式，就只能去模仿别人，用别人的模式讲你的故事。只有找到自己的方式，才能写出自己的故事。

小白：我写小说的方法是不断拆开。比如我写十万字的小说，最后七八万字，我会不断拆开，在拆的过程中一遍又一遍地改写、重写，甚至视角都转了。如果是这样的写作方式，那就最好不要考虑结局，像玩一样写。怎么写结局其实要看作家的工作方法。

赵松：一个真正的作家是不会考虑读者怎么看的，要为读者考虑，你就不用写了。任何作品写出来，总归会有人喜欢，有人不喜欢，问题在于你自己满意不满意，有没有觉得这是一个很有意思的过程。好莱坞电影是会为观众满意来制作的，但作家不会这样考虑写作的问题。

读者：请问几位老师，评价短篇小说，有没有一个共通的标准？

小白：我觉得没有什么东西能用一个共通的标准来评论。其实读小说还是要靠读，不用想。还要靠缘分，看你跟小说的机缘，看你的状态和情绪能不能在那个点上和它碰撞。你读得多了，就会知道小说家的一些处理方法，就肯定可以发现其中的东西。当然，文学史发展至今，积累了一套评价标准，但是当你面对一篇小说时，还是要依靠你的经验、你当时的感觉。

赵松：我觉得共通标准更像是一个教学的范畴，老师为了教学方便，要概括共通的标准，但评价小说没办法形成一个标准。作为一个读者，可以不喜欢任何一个伟大作家。伟大作家之间有时候都不能彼此认同。关键还是你跟小说本身是什么关系，它是如何影响启发你的。你要回到个体的语境中探讨小说的问题，只能通过感受，通过渐渐生成的阅读经验，去形成你的小说标准。你20岁时不喜欢的，不代表30岁时还不喜欢。不要急于寻找共通的标准，你自己的标准才是重要的。

张屏瑾：我们要区分一下"好"和"重要"。你自己可以从博尔赫斯的小说里找到非常好的东西，而文学研究更多呈现的是重要性，这个重要性是由历史、思想、审美共同决定的。文学史本身是历史的产物，是呈现重要性的，而"重要"和"好"是两个概念。

周展：今天的主题是"短篇小说的20种可能性"，"可能性"是一个非常好的词。我们在阅读中受到的训练、开拓的眼界，就是一种可能性，是一种生活的可能性、生存的可能性、阅读的可能性、审美的可能性、体验的可能性。非常感谢三位嘉宾的分享，感谢各位读者的参与。

阿尔都塞的馈赠

——《论再生产》读书会

时间：2019年10月26日

嘉宾：吴子枫、陈越、罗岗、毛尖

左起：毛尖、陈越、吴子枫、罗岗

一、作为西学翻译典范的《论再生产》

罗岗： 各位朋友好，本来这场读书会是大家非常熟悉的毛尖老师主持，但是因为毛老师今天去上海交大闵行校区开会，打车过来，车堵在路上，所以我临时客串一下主持。首先介绍一下今天来的两位嘉宾，这位是吴子枫老师，这位是陈越老师，他们两位是什么关系？具体来说，吴子枫老师翻译的阿尔都塞《论再生产》被收入陈越老师主编的"阿尔都塞著作集"中，而这套著作集又被收入陈老师主编的更大的一套丛书"精神译丛"中，对中国的阿尔都塞研究起到了非常重要的推动作用。

我算是思南读书会的老朋友，参加过很多次活动，印象中思南读书会很少做纯理论书籍的活动。这次之所以做阿尔都塞的读书会，我想首先是因为阿尔都塞本人是一个非常有魅力的理论家，他对当代理论的影响非常深远，而且他的思想和中国也有很深的渊源。其次是，阿尔都塞生前只出版了几本书，如他著名的《保卫马克思》，很早就有了中译本，但是阿尔都塞过世后，他的遗稿的整理和出版，极大地改变了人们通常认识的阿尔都塞的面貌。《论再生产》则是其中最重要的遗稿之一。随着这本书的中译本出版，我们想借此机会，在思南读书会对不怎么熟悉阿尔都塞的人讲一下他为什么重要，对阿尔都塞有一些了解的朋友，则想谈一谈通常理解的阿尔都塞形象因为遗稿的出版有了怎样的改变。大家一起聊聊阿尔都塞和他的《论再生产》，想达到两个目的——毛老师来了，我把话筒交给她，让她行使主持人的职责。

毛尖： 不好意思，从另一个会场赶过来。在思南谈阿尔都塞多少有点不合时宜，我们一直在这里谈小说、谈诗歌，各种大清新、小清新，阿尔都塞这样的作者确实是第一次做。等一下我们可以来谈谈阿尔都塞的"不合时宜"问题，尤其对今天而言。我在思南做了不少读书活动，这大概是最有难度的一本书，也是最为深刻的一本。阿尔都塞是一个极有原创性的思想家，他的经历也很具传奇性，有兴趣的听众可以读一下陈越老师主持翻译的《来日方长》。阿尔都塞从精神分析的角度回顾了自己的一生，既镇静又惊心动魄。

1980 年 11 月 16 日，一个睡衣男冲出房间，在巴黎高师的庭院大叫："我扼死了埃莱娜，我扼死了我的妻子。"这个人就是路易·阿尔都塞。1980 年 11 月 16 日就此成为他人生的分水岭。之前他是名满天下的哲学家，"二战"后法国最具影响力的思想家，马克思主义的激进旗手，被誉为"结构主义马克思主义"奠基人；之后，他就是一个杀妻者，饱受舆论攻击。虽然阿尔都塞因精神病被获准"不予起诉"，也有人为他辩解，但这不是阿尔都塞想要的结果，他甚至愿意接受"被声讨"。反正，阿尔都塞是一个谜面。而从今天世俗的眼光看，阿尔都塞的朋友圈也是顶流的，当今很多著名的哲学家、思想家都是他的弟子——福柯、德里达、巴利巴尔、米勒、朗西埃、巴迪欧等，都是。但即便他弟子众多且都赫赫有名，怎么阅读阿尔都塞依然是一个问题。阿尔都塞生前出了 11 本文集，包括《保卫马克思》《阅读〈资本论〉》。他去世后陆续整理出版的遗著有《来日方长》《论再生产》《马基雅维利的孤独》《论哲学》等十余种。这本《论再生产》被认为是阿尔都塞最重要的著作，很多重要的论文都出自此书，比如他最有影响力的论文《意识形态和意识形态国家机器》即由从中抽取的片段合成。巴利巴尔说，此书铭刻进了"马克思主义、结构主义和后结构主义的后继传统中，成为当代哲学仍在继续研究的文本之一"。比岱则认为，此书是阿尔都塞思想最理想的入门书。

在座的都是阿尔都塞专家，陈越老师是这套"精神译丛"的主编，他也是国内最能胜任这个主编位置的学者。陈越老师是我个人的偶像，他可以把理论讲得鞭辟入里又性感非凡，听他讲理论，比听人解读小说更有快感。理论可以如此饱满地沁入身心领域，只有陈越老师做到了。此书的译者子枫老师，是国内第一个阿尔都塞研究中心的主任。如果他不是世界上最好的译者，至少是世界上最好的阿尔都塞译者，连法国编辑都说这是阿尔都塞最好的一个译本。子枫在这本书上豪掷八年时光，"良心译家"已经不足以形容他的工作。八年，他对阿尔都塞的所有理解都汇聚在这个译本中了，反复编校，反复查阅，一会儿请子枫先讲一下他的光阴译事。罗岗老师不用我介绍了，他也是这里的常客。罗岗旺盛的精力、博述的能力，就是让我们既感到学海无涯又自暴自弃的源头，他同时向我们馈赠绝望感和希望感。罗老师还主持着一个公众号叫"保马"，《保卫马克思》也是阿尔都塞的一部著作的名字。好，我不啰唆了，先请子枫讲一下他和阿尔都塞的相遇。

吴子枫：谢谢毛尖老师的介绍和谬赞。首先感谢思南公馆，让我们有幸在这个特殊的日子、特殊的地方相遇。说到相遇，我想到刚才罗岗老师所说的，阿尔都塞原来给中国读者的印象是一个非常传统的马克思主义哲学家，但他的思想实际上非常丰富。他晚年有一个概念叫相遇唯物主义。什么叫相遇唯物主义呢？它可以通过伊壁鸠鲁的一个哲学构想得到形象说明。按照伊壁鸠鲁的构想，在世界开始时，什么都没有，只有平行下落的原子——也就是运动中的物质——其中有一两个原子发生了偶然偏斜，于是跟其他原子相遇，结果就产生一个事件，世界由此开始。借着思南公馆举办的这个活动，我想我们今天在这里的相遇，也可能会成为一个事件。它会产生什么样的后果，现在还不知道，但我想一定会有某种后果。所以我要特别感谢主办方提供了这次相遇的机会。

我还想特别感谢在座的三位老师，因为正是通过三位老师，才有了我与阿尔都塞的相遇。2003 年，我从上海师大硕士毕业，因为毛尖老师的支持，我才能继续留在上海，在华东师大读博士。而在我读博期间，罗岗老师邀请陈越老师到华师大做了一次讲座，其中就谈到阿尔都塞。那还是十多年前，当时阿尔都塞在国内还没有什么人关注，至少没有得到现在这样的关注，但罗老师那时就发现了他的重要性，请陈越老师来做讲座。那次讲座也成了我和阿尔都塞的第一次相遇。我发现阿尔都塞的思考清晰有力，充满思想的魅力，尽管我当时的专业是中国现当代文学，但我开始被他的思想所吸引。所以感谢在座的三位老师，他们是我和阿尔都塞相遇的开始，也让我有了后来和阿尔都塞的一系列相遇，包括翻译他的著作，包括到法国访学专事阿尔都塞研究，等等。

关于相遇唯物主义，还有一个形象的比喻，来自阿尔都塞本人。他说相遇唯物主义者和唯心主义者——包括自称唯物主义但实际上仍然是唯心主义的唯物主义者——的区别是：唯心主义者登上的是一辆有预定起点和终点的火车，他一开始就知道自己从哪里来，到哪里去，于是上车后，什么都不操心，对身边的人和事也漠不关心，只埋头自己看书读报，到了终点就下车；唯物主义者登上的是一辆不知道起点和终点的火车，或者说他是在半路跳上一辆行进中的火车，上车后他不是安坐在那里，等着抵达自己的目的地，而是关心自己身边的人和事，和人们交谈，真正和人们相遇，并从他人那里学到许多东西。从这个意义上来说，我想自己也是在时间的长河里偶然搭上了一辆不知通往何处去的火车，遇到了三位老师，并通过他们遇到了阿尔都塞。这种相遇最终会产生什么结果，现在还不清楚。这就是我与阿尔都塞的相遇，无论如何，我很感谢这样的相遇。

毛尖：现在我们请陈越老师讲一下这本书出版的意义，为什么《论再生产》如此重要？

陈越：《论再生产》是阿尔都塞在 1969 年写的。1968 年法国五月风暴中，深受阿尔都塞影响的学生们站在斗争的最前线，但是阿尔都塞自己当时住进了精神病院，所以很多学生对他很失望，甚至跟他决裂。他有名的学生朗西埃，后来还写了一本书来表明这种决裂。但是阿尔都塞在五月风暴之后，对这场失败的斗争进行了系统的反思，在 1969 年春天写下了我们今天看到的这本手稿。这本书是他篇幅最大、最具体系理论的著作之一，但只是整个计划的前半部分，所以在他生前没有出版。在写作的第二年，他把其中的两个片断合起来发表了一篇文章，非常有名，就是《意识形态和意识形态的国家机器》。虽然之前因为《保卫马克思》和《阅读〈资本论〉》两部著作的出版，阿尔都塞已经成为法国哲学界的代表人物之一，但是这篇文章却是他至今为止在学术界甚至在普通公众当中阅读量最大、影响面最广的文本。

有一个虚构的小故事，很能说明问题。有一部小说叫《小世界》，作者是英国小说家戴维·洛奇。他写了一个英文系教授叫扎普，在去意大利的飞机上，遇到一个搞文化研究的意大利女学者，叫富尔维亚。两人凭着对方膝盖上摊开的书本，就知道了对方的身份，一看书名就知道是同行。女学者看的书叫《列宁和哲学》，是阿尔都塞的一本英文版文集。两人谈笑甚欢，然后富尔维亚邀请扎普到她的豪宅里，准备共渡爱河，可结果呢，其实是把他和她的丈夫叫到一起，玩三个人的性游戏。为了把富尔维亚塑造成一个时髦的左翼文化研究学者的形象，戴维·洛奇给她安排了一个道具，就是《列宁和哲学》这本文集，因为这里面最重要的一篇文章《意识形态和意识形态的国家机器》，一定是阿尔都塞引用率最高的文章。它被认为是阿尔都塞最重要、最有力，同时又是他理论上最脆弱、最容易被人攻击的文章。其实这篇文章只有放回阿尔都塞手稿的整体当中去，才能得到准确的理解。后来人们对它做的许多攻击，如果放到整体中，其实并不成立，或者并没有找到他真正有问题的地方。这本书的法文版于1995年出版，2011年出了第二版，前年出版了英文版，我们的中文版于今年出版。我们可以说，经过大量细致的翻译和校对工作，中文版甚至消灭了法文版当中的不少印刷错误。我们为读者和学界提供了一个优质的译本。

罗岗：《论再生产》的中译本可以说提供了当代理论翻译的"典范"，陈老师和吴老师花了很大的功夫。因为法文版编校比较粗糙，有不少印刷错误，英文版的翻译也存在不少问题，尤其对某些重要术语的理解有错误，需要在翻译时纠正。另外，因为《论再生产》是阿尔都塞的手稿，虽然出版时经过了专家的编辑，但相关引文并没有一一注明出处，而中译本译者注释则做了大量为阿尔都塞引文查找出处的工作。所以，在某种程度上，中译本是一个比法文版、英文版更好的"善本"。当年陈康先生翻译古希腊的著作，曾经说中文翻译应该有一种竞争力，古希腊著作的中文译本应该和古希腊著作的英文译本进行竞争，中文译本不比英文译本差，甚至超越英文译本。我认为，陈先生这段话还隐含着一个意思，就是中文学术界不应仅仅通过英文理解古希腊甚至理解西方世界，尽管英文是一种"全球语言"，譬如德法意思想家、理论家的著作，只有翻译成英文才能产生世界性影响。中文翻译应该突破英文限制，直接从原文而不是英文转译进入西方思想，这样才不会老是跟着学术潮流走，这样才有了中文学术的自主性。《再生产》的翻译提供了一种可能性，阿尔都塞的中文译本可以和英文译本竞争，甚至在编校质量上超过法文原版。

毫不夸张地说，《论再生产》的译本，包括陈老师主编的"精神译丛"，在今天的翻译界，特别是西学理论翻译界，绝对是一股清流。现在很多的西学理论翻译，号称是从原文翻译的，但其实不少是从英文转译的，后来发现翻译的错误都源于英文版。这样的译本自然没法和英文版竞争，反而可能给我们理解原文增加了很多的困难。更糟糕的是，因为有版权期限，一个成问题的中文译本出版，如果译者自己不作修订，别人即使有更好的翻译也没法出版。举一个例子吧，阿尔都塞的名著《保卫马克思》的中译本很早就出版了，译者顾良先生作出了重要贡献，但因为条件所限，译文也有不少缺憾。可惜出版单位版权在手，却不愿意修订译本，不知道印了多少，可能前后有七八个版本，却连最起码的印刷错误都没有修改。我带学生读了一学期的《保卫马克思》，大家的中文版本五花八门，一对照，发现有不少明显的错误，后出的版本也没有改正。相比之下，《论再生产》乃至整个"精神译丛"，无论是译者、编者还是出版者，都精益求精，这非常难得，确实是翻译的"典范"。

二、"馈赠"与偶然相遇的唯物主义

毛尖：谢谢老罗。《论再生产》是"精神译丛"里的一本，译丛里的每一本都在豆瓣得到高分评价。对我们读者来说，这就是馈赠。当然，这和阿尔都塞的"馈赠"不一样。我们今天的题目是"阿尔都塞的馈赠"，不妨先读一段子枫在后记中写的话，这段话出自《来日方长》，我们可以同时感受一下阿尔都塞文风的跨度："从那以后我认为我学会了什么是爱。爱不是采取主动以便对自己不断加码、做出'夸张'，而是关心他人，是有能力尊重他的欲望和节奏，不要求什么，只学会接受，把每一项馈赠当作生命中的惊喜来接受，并且有能力给别人同样的馈赠和惊喜，不抱任何奢望，不做丝毫强迫。总之，就是自由而已。"

从这个"馈赠"说起，我们请子枫来谈一下阿尔都塞文本中非常重要的概念——馈赠。

吴子枫：毛尖老师刚才读的这段话非常重要，翻译得也非常好，很动人。我在译后记中引用了这段话，是因为它谈到了对"爱"的理解，并把这种"爱"与一种非常重要的哲学观联系起来。这段话最后说："为什么塞尚随时都在画圣维克图瓦山呢？这是因为每时每刻的光线都是一种馈赠。"整段话让我以另一种方式领悟了阿尔都塞一个非常重要的哲学论点：历史是没有主体的过程，历史是没有目的、没有意义的过程。所以在引用这句话之后，我提到了阿尔都塞晚年写的《相遇唯物主义的潜流》中的一段文字，涉及法国哲学家马勒伯朗士的一个困惑。马勒伯朗士是哲学家，也是神学家，他信仰上帝，认为上帝创造世界上的一切都有目的。但有一天他对下雨产生了疑惑，他觉得下雨这件事很奇怪，因为雨会下到稻田里，也会下到大海里、沙丘上和大路上。下到稻田里很好理解，因为可以滋润农作物，但雨为什么要下到大海里，下到沙丘上呢？大海里又不缺水，沙丘上也没有农作物要浇灌。马勒伯朗士觉得这样的雨下得没有意义，白白浪费，因为找不到它的目的。但阿尔都塞说，其实这就是这个世界的真实面目，它的存在没有目的，就像雨一样，就是这样下着，并不为了什么而下。而如果世界或历史是一个没有目的的过程，那就等于说，在它之外没有一个为它预设目的的主体——也就是没有上帝。所以世界或历史是没有目的的过程，和它是没有主体的、没有意义的过程，其实是一回事。把这里所包含的意思与刚才毛尖老师读的那段话联系起来，就能理解什么是馈赠。它和阿尔都塞偶然的、相遇的唯物主义有内在联系，和他的反目的论哲学思想密切相关：馈赠就是没有目的的赠予。

我想，就像雨落在地上，就像世界的存在，我们的生命也是这样一个过程，一个很偶然的过程。我们并不是"为什么"来到这个世界，而是就这样来到世界，所以每时每刻的光线都是一种馈赠。我在翻译阿尔都塞的过程中比较投入，我希望自己也有馈赠的能力。与历史是没有目的、没有主体、没有意义的过程相似，我还想到萨特说过的话，他说生命是一堆无用的激情。既然有了这堆无用的激情，就总要做点什么。我博士毕业没多久就开始翻译阿尔都塞，《论再生产》翻译了很长时间，因为有这样一种心态，所以没有那么急，没有那么功利，可以很静心地慢慢打磨。

三、阿尔都塞的"不合时宜性"

毛尖：说到馈赠，比如你可以做其他的工作，可以翻译简单点的书，八年可以翻译八本，但你用八年翻译一本阿尔都塞，这也是馈赠。没有目的的馈赠有很多的方式，你译阿尔都塞，包括我们今天在这里讲阿尔都塞，细想想，都是不合时宜。那我们接着请陈越老师谈谈，为什么要引进不合时宜的阿尔都塞，为什么要做这样的事，他的不合时宜在今天有什么意义？

陈越：阿尔都塞是 1990 年去世的，1988 年在美国开了一场（也应该是他生前唯一一场）以阿尔都塞本人为主题的学术讨论会，主题叫"阿尔都塞的遗产"。很奇怪，阿尔都塞还没有死——有一些人活着，但是他已经死了。在这个会议上，他的弟子巴利巴尔（也是他最忠诚的学生之一）发表了一个演讲，题目是《阿尔都塞的不合时宜》，这个词可以译为"非当代性"，或者"非同时代性"。阿尔都塞跟我们不是属于一个时代的。从标题可以看出，巴利巴尔当时思考的是阿尔都塞在法国乃至整个西方的命运。

其实在中国也是一样。1984 年阿尔都塞的《保卫马克思》在中国翻译出版。当时是内部发行，不是普通读者可以买到的。80 年代的热词是"人道主义"，"人是马克思的出发点"，在这样的背景下，阿尔都塞的到来是不合时宜的。他的立场与当时大多数知识分子不同。他也希望从教条主义中解放出来，但是他选择了一条更艰难的道路，是要从"左面"批判斯大林主义。他保卫的马克思，是成熟的马克思，他提出的口号是"理论的反人道主义"，他说理论上的反人道主义是实践中的一切可能的人道主义的前提，因为在资产阶级意识形态中的"人"的概念早已被马克思彻底否定了，在理论上失效了。所以在当时的中国读者眼里，看不到多少阿尔都塞 1965 年在法国思想界登场时的异端色彩，在当时国内"人道主义和异化问题"讨论的背景中，他无疑就是一个正统理论的代表。

不过时至今日，这种不合时宜正在发生变化，这种变化应该归功于三十多年来在神州大地上发生的变化。我们的时代发生了巨变，这种巨变给了我们教训，使我们可以重新理解阿尔都塞。这本书可以出版，受到年轻读者的欢迎，我觉得应该感谢历史的成熟。历史的成熟会带来知识上的成熟、思想上的成熟。

毛尖：谢谢陈老师。子枫要不要补充一下，为什么选择阿尔都塞？

吴子枫：确实，我们也可以选择翻译其他人的著作，但为什么会选择阿尔都塞呢？我同意陈越老师的看法，很大程度上是由于历史的成熟。所以与其说是我们选择了他，不如说是历史通过我们选择了他。对于中国读者来说，虽然我们跟西方读者不一样，但由于历史的成熟，我们现在和他们共享了同样的现实。刚才陈老师提到阿尔都塞的弟子巴利巴尔，后者在《论再生产》法文版序中就说，阿尔都塞的某些作品，虽然迄今已有四十余年（2019 年正好是《论再生产》创作五十周年），"虽然出自完全不同的语境，但却作为一种知识、道德和政治资源出现在这里，或者跨越地球，出现在另一些地方，这对我来说真是一堂绝妙的历史课"。

我想，巴利巴尔的这个感慨也是我们的感慨。历史的成熟让我们重新发现阿尔都塞的价值，这个价值说到底，就是他有助于我们思考如何从马克思主义理论出发，通过发展这个理论，去应对资本主义的问题。其中最核心的问题，就是资本主义的持久存在。这种社会形态是极不合理的——虽然它的口号是自由、平等、民主，但它的实质却是一部分人剥削和压迫另一部分人，不是作为例外，而是作为这个制度的基本结构。这样一种不合理的社会形态，如何能维持自己的持久存在，也就是如何维持它自身的再生产？这就是阿尔都塞《论再生产》要处理的核心问题，在这个意义上，这本书非常重要。

之所以选择翻译阿尔都塞，当然是因为他是个哲学上的唯物主义者，但更重要的是因为他是位马克思主义者。或者说，通过他，我们可以更好地回到马克思，回到马克思要处理的资本主义的现实问题。马克思当年以自己的方式处理了一些问题，还有些问题他可能没有完全处理好，或者没有完全想透，而且今天资本主义的发展又带来了一些新的问题，所以我们有必要在新的形势下去继承和发展马克思。但这有一个前提，就是必须首先回到马克思。因为马克思为思考那些问题奠定了科学基础或基本原理，如果偏离了这个基础，就根本无法在正确的方向上前进。而在今天，对马克思思想的许多阐释，恰恰让我们偏离了马克思的正确方向，或者说成为我们理解马克思的障碍。选择阿尔都塞，是因为他可以帮我们扫清这些障碍，使我们重新回到马克思。

阿尔都塞提出要"保卫马克思"，一方面批判僵化的斯大林主义的马克思主义，另一方面又反对从资产阶级的立场出发，用理论的人道主义去批判，而是主张以真正马克思主义的方式，"从左面"去批判。这就开启了第三条阅读马克思的道路。阿尔都塞的成名作《保卫马克思》，就是要扫清这两种障碍，带我们回到真正的马克思。重要的是要用马克思本人的唯物主义把他著作中真正的马克思主义理论重新阐释出来。这就是阿尔都塞的出发点，也是《保卫马克思》和《阅读〈资本论〉》的核心主题。

如果说《保卫马克思》是阿尔都塞带领我们回到真正的马克思的出发点的话，那么《论再生产》就不仅仅是"保卫马克思"了。随着资本主义的变化、新的现实情况的出现，即便是回到被阿尔都塞所阐发的那个真正的马克思也还是不够的。从马克思逝世到阿尔都塞写作《论再生产》的 20 世纪 60 年代，再到今天，资本主义已经远不是那个资本主义了。这就要求发展马克思主义。从他的成名作《保卫马克思》到这本《论再生产》，阿尔都塞就这样从"保卫马克思"走向了"发展马克思"。当然，《论再生产》对马克思思想的发展，一方面与资本主义的新的现实相关，另一方面也与对过去革命实践的理论总结相关。具体来说，就是阿尔都塞所看到的 60 年代的学生运动，使他关注到资本主义社会形态中一个特别重要的现实，即他所说的在今天占统治地位的意识形态国家机器，也就是学校。那场席卷全球的学生运动及其所引发的资本主义危机，使一个过去不可见的现实暴露了出来，即学校（或学校—家庭）构成了资本主义社会进行自我再生产——包括劳动力再生产和生产关系再生产——的重要部分。这引发了阿尔都塞的一系列思考，并促使他提出了意识形态国家机器的概念，补充了经典马克思主义国家理论。但他的这种发展又不仅仅来自他所看到的那些新的现实，还来自他对列宁和毛泽东的革命实践中所包含的东西的理论总结。列宁和毛泽东虽然写下了很多著作，但实际上他们的许多重要思想没有明写在那些著作里，而只是体现在他们的革命实践中。阿尔都塞就像马克思当年从"巴黎公社"的革命实践中汲取理论养料一样，也从列宁和毛泽东的革命实践中去总结经验，对"以实践状态存在的马克思主义"进行理论化。所以《论再生产》中关于意识形态国家机器的理论，关于学校的重要性的理论，其实都与隐含在列宁和毛泽东的革命实践中的理论有关。

所有这些都是我们选择阿尔都塞的理由：通过阿尔都塞回到马克思，回到在马克思的理论指导下进行的革命实践，并从那些革命实践中总结经验，立足于新的现实，去发展马克思主义，以应对今天我们所身处的世界。选择阿尔都塞，不是因为阿尔都塞有多么伟大，因为他自己也非常清楚，他是走在马克思所开辟的道路上。比如在《论再生产》第45页，他就明确地说，他本来计划写两卷，但是现在要先出这一卷，为什么呢？因为"它有可能有助于我们回到马克思列宁主义理论的那些基本原理——关于资本主义的剥削、压迫和意识形态化的性质的原理"。

总之，我觉得人们之所以被阿尔都塞所吸引，我个人之所以愿意将翻译阿尔都塞作为一种馈赠，归根到底，其实跟阿尔都塞在今天可以让我们去反思自己的时代有关。

毛尖：谢谢子枫，我们接下来请罗岗老师谈一下。阿尔都塞的理论提出来之后，他自身处于困境中，被各种责难挑战，一直有人质疑阿尔都塞是对马克思主义的偏离。詹姆逊说，围绕着他的责难其实暴露了他的理论的复杂性，也暴露了它内在的各种难题。而在阿尔都塞这边，他始终认为自己是在"保卫马克思"。到底怎么理解？

罗岗：正如陈越老师前面讲的，这大概与阿尔都塞的"不合时宜性"有很大的联系。这种不合时宜性，一方面与阿尔都塞的精神状况有关。看过《来日方长》的人应该都知道，阿尔都塞一生饱受躁郁症的折磨，有时候焦躁，有时候低沉。雅克·比岱在《论再生产》的法文版编者序中，也特别指出阿尔都塞的写作与他精神状况的关系。而更重要的另一方面，阿尔都塞是一个特别有理论野心的思想家。与他相比，很多理论家或者思想家没有什么野心，只是在某个领域做局部的探索，精深或有过之，但缺乏强有力的问题意识。表面上看，阿尔都塞非常强调阶级斗争，强调无产阶级专政，强调辩证法唯物史观。这些术语似乎很老旧，但其实阿尔都塞的思想非常具有创新性。如果没有创新性，很难想象他可以吸引当时法国最优秀的年轻人，形成一个"小圈子"。阿尔都塞有一个重要的身份，就是巴黎高师的教师，他的巨大影响力来自他教书时可以把最优秀的学生吸引到身边，接受自己思想的熏陶。即便是那些后来和老师决裂的学生，过了很多年之后，还是愿意强调自己和阿尔都塞之间具有某种精神联系。可以说，当年思想和理论上的馈赠，到今天成为重要的资源和营养。根本原因在于他重申了这些看上去似乎过时的术语，同时包含了巨大的创新性，这种创新既体现了理论的新颖性，也表现为理论的"干预性"。正是这种创新性吸引了 20 世纪 60 年代在思想上再不愿意安分守己的学生们，巴利巴尔为《论再生产》法文版写的序言，重构了当年作为学生的他们与作为老师的阿尔都塞之间的互动。而在赵文写的一篇讨论斯宾诺莎和阿尔都塞关系的文章中，他披露了从 1967 年开始，阿尔都塞组织了一个"斯宾诺莎小组"，该小组一直活动到 1969 年春。参与其中的知识人都受阿尔都塞的指导，小组一位重要参与者米歇尔·托德（Michel Tort）保留了一份该小组的"理论形势"表，可以让我们窥见阿尔都塞对斯宾诺莎的改造和用斯宾诺莎进行干预这一双重任务的广度和深度。而"莎学"（斯宾诺莎学）复兴，构成了当代理论最强有力的变奏，一直影响至今，阿尔都塞可以称得上是引导者。

阿尔都塞的创新性并不是以某些特别新颖的理论术语或者理论体系取胜，他的理论野心体现在希望把马克思、列宁和毛泽东领导的无产阶级革命和社会主义实践提升到一种新的、能够回应时代的理论高度。这些马克思主义的领袖们首先是政治家，他们也进行理论思考，但目的是为政治实践服务，政治实践往往需要应对各种局势，把握各种形势。具体这样做了，但为什么这样做，特别需要在理论上予以说明，这样的工作却没有展开。不过，阿尔都塞对"理论"有着非常严格的定义，不是在一般意义上谈论"理论"。可以说，他要将"理论"提升到"哲学"的高度，这也是为什么《论再生产》"这第一卷从可能会令人惊讶的一章开始（即从讨论哲学的'性质'开始），可能更让人惊讶的是，在树立起了一些基础性的标杆之后，我又将关于哲学的问题丢在一边悬而不论，兜了一个非常大的圈子之后，又去讨论资本主义生产关系再生产的问题"。更为关键的是，阿尔都塞理论创新的出发点，是站在历史发展的大潮流中。为什么社会主义对人们有如此强大的吸引力，原因在于它代表了人类一种新的、超越资本主义剥削和压迫的生活想象和社会想象。所以，阿尔都塞觉得应该站在这样的高度加以理论总结和理论创新，这也是为什么在《论再生产》的"告读者"这部分，他多次强调"时机已到"："时机已到，至少在我们这里，为了总结马克思列宁主义哲学，是时候阐明马克思列宁主义哲学的革命性，是时候对其某些方面进行详细说明，并立即（甚至就在今天）让它针对一些科学的难题（其中有些直接关系到阶级斗争的实践）'工作起来'。"这种对"时机"的把握，在很长一段时间里，都被视为阿尔都塞"不合时宜"的根本原因。而在今天看来，这种"不合时宜性"让他回避了20世纪80年代以来当代理论的各种"转向"热，也让他奇迹般地重新恢复活力，介入当下历史和理论的斗争中。

四、如何理解"意识形态国家机器"？

毛尖：罗老师提到了阿尔都塞的理论严格性，那我们来聊一下他的思想体系中最重要的一个概念——意识形态国家机器。陈老师是不是可以把意识形态国家机器的重要性讲一下，因为很多概念大家听起来很熟悉，但是并没有真正理解。

陈越：我想先念一段话，是德里达在阿尔都塞的葬礼上的致辞里的一段话，我特别喜欢。他这样说阿尔都塞："他的这种丰富的多样性，这种绝对过度的充裕，为我们缔造了一个契约，就是不要总体化，不要简单化，不要阻挡他的步伐，不要使轨迹凝固不变，不要追求某种优势，不要抹杀事物也不要抹平，尤其不要做自私的打算，不要据为己有或重新据为己有（即使是通过那种名为拒绝而实为打算借此达到重新据为己有之目的的悖论形式），不要占用过去和现在从来都不可能据为己有的东西。"——我也时时提醒自己，不要把阿尔都塞据为己有。

关于意识形态国家机器，我讲一个我们经常在理解上出现的误差。这个概念是对现代资本主义社会中意识形态权力及其功能的一种认识。它可以用来分析最发达、最典型的资本主义社会的意识形态权力的运作，比如美国；它也可以分析最复杂、最矛盾、最不平衡或最不典型的社会中意识形态权力的运作，只要这种社会是在全球资本主义的背景下存在和发展的。这点我认为非常重要。

康德在两百多年前写过一篇文章《回答这个问题：什么是启蒙？》。这篇文章很诡异地颠倒了两个概念的关系。他提出启蒙需要一种公开运用理性的自由，他使用了"公"和"私"这一对概念。我们一般讲的"公"，总是和官方有某种直接的关系，但康德讲的这个"公"很奇怪。什么叫公开利用自己的理性？就是把一个人在晚上或者周末作为一个独立思考者的智力活动叫作理性的公开运用；而如果这个人在自己的公职岗位上运用自己的理性，反而被康德认为是理性的私下运用，是不合法的。所以很奇怪，康德好像把"公"和"私"的关系颠倒了。

康德为什么要做这种颠倒呢？他是要提出一个新的"公"，来和那种我们传统认识上的"公"分庭抗礼。他用一个新的权力，就是他说的"学者"（现在叫作知识分子）的那种公的权力，也就是所谓"公共知识分子"的权力，来和旧的公权力分庭抗礼。康德在这里实际上通过概念的颠倒，为我们描绘了一个现代历史发展的进程：随着现代资本主义社会的建立，权力结构发生了重大的变化。政治权力和意识形态权力在现代之前是结合在一起的，我们叫政教合一。现在这两者分化开来，现代社会的意识形态权力从国家层面下放到市民社会层面的公共领域，尤其是其中那些知识分子的手里。新的公权力和旧的公权力会发生矛盾，但历史会证明这两种权力在根本上是一种共谋的、合作的关系。这种矛盾，如果站在新的"公"这个立场上，就叫作"批判"，所以"批判"成为"公共知识分子"的一个特权。但是很多公共知识分子在批判时，却假装自己是一个被公权力迫害的私人，这并不符合康德描绘的情形。作为现代社会意识形态生产者的知识分子，手上也有一种公权力，不能伪装成一个单枪匹马和权力做斗争的私人。

这一点对于阿尔都塞也非常重要，他把在康德那里描述为"公"的东西，用一种新的概念表述了出来，就叫意识形态国家机器。他写道："一定会有人……提出反驳，问我们凭什么把大部分不具有公共地位而完全只是私人性质的那些机构看成是意识形态国家机器。作为一个清醒的马克思主义者，葛兰西早已用一句话堵住了这种反对意见。公私之分是资产阶级法权内部的区分，在资产阶级法权行使'权力'的（从属）领域是有效的。而国家领域避开了这种区分，因为国家'高于法权'：国家是统治阶级的国家，既不是公共的，也不是私人的；相反，国家是公共与私人之间一切区分的前提。在这里，当谈到意识形态国家机器时，我们也可以说同样的话。它们在'公共'机构还是'私人'机构中得到实现，这并不重要，重要的在于它们如何发挥功能。私人机构完全可以作为意识形态国家机器'发挥功能'。"

理解了这段话，我认为我们就可以在一种真正现代的意义上来理解什么是意识形态国家机器了。当然这是我的一点认识，不能说是对这个概念的全面说明。

五、与阿尔都塞的"偶然相遇"

毛尖：谢谢陈老师。现在我们把最后的时间留给子枫，请他讲一下，我们还有没有资格成为阿尔都塞的代言人？虽然子枫的翻译不是为了成为代言人，但事实是很多读者都把你看成了阿尔都塞的代言人，光是你花费的时光就令人动容。子枫能否讲讲这段动人的岁月，也讲一两个阿尔都塞对你特别有号召力的概念？

吴子枫：谢谢毛尖老师。我想我没有资格说自己是阿尔都塞的代言人，作为译者，我只希望尽可能减少一些障碍，让中文读者更容易接近阿尔都塞的思想。但为了理解他的思想，我自己也努力从多方面去接近他，由此经历了一些事情。用前面关于相遇唯物主义者搭火车的比喻，我想我可以分享一点自从与阿尔都塞相遇后的经历。

前面我说过，我是读博士期间与阿尔都塞相遇的。博士毕业之后，我就开始翻译他的东西，第一篇文章是从英文翻译的。但我觉得——包括陈越老师他们当时也提出——要翻译阿尔都塞，最好还是从法文原文翻译，所以就从零开始自学法语。刚学了一周，我就受孔子学院总部委派，去马达加斯加——不少朋友可能看过那部电影《马达加斯加的企鹅》，知道那是个离我们很远的地方——的孔子学院任教。巧的是马达加斯加曾经是法国的殖民地，所以刚学的法语正好可以派上用场。没想到在那个遥远的地方，我又与阿尔都塞相遇了。我第一部法文版阿尔都塞著作就是在马达加斯加首都的一个旧书摊上买到的。这让我体验了偶然相遇的惊喜和奇妙，心想居然到这里来也能遇到阿尔都塞。那边孔子学院的外方院长对中国很友好，也懂哲学，20 世纪 70 年代曾作为第三世界国家的青年，到北大哲学系读过研究生。闲聊的时候她就问我平时干些什么，我说除了孔子学院的工作，主要翻译阿尔都塞。她听了很吃惊，因为这个名字虽然在他们国家的知识分子中广为人知，但没想到我正在翻译他的著作。后来这位院长每次开会介绍我时，都会说这是孔子学院的老师，正在翻译阿尔都塞，而她每次这样说时，我都能感受到听众投来的异样的目光。或许他们觉得阿尔都塞虽然很重要，但一位刚来孔子学院教汉语的中国老师居然也翻译他的著作，还是挺意外的。当然，得知遥远的非洲岛国的知识分子知道阿尔都塞，我自己也有非常奇特的感觉，加上翻译过程中又发现阿尔都塞有些著作也会提到马达加斯加，就更让我有了偶然相遇的兴奋和惊喜感。

带着这样的奇妙经历，我在马达加斯加翻译完了《政治与历史：

从马基雅维利到马克思》。那是我从法文原文翻译的第一部阿尔都塞著作，也是阿尔都塞第一部还没有英译本就先有中译本的著作。不过阿尔都塞的著作太多了，这些年他的遗稿被大量整理出版，基本上平均一两年出一本。所以我就想跟踪了解他的遗稿整理出版情况，还想自己去查阅他还有哪些重要遗稿，都研究了一些什么问题，等等。我们不想再跟着英文学界的步子走了。所以从马达加斯加回国后，我就申请去法国访学。那时有几个地方可以选，但我最后说只去巴黎高师，因为那是阿尔都塞待了半辈子的地方。他中学毕业后考入高师，还没入学就被征入伍，然后被德军俘虏，在纳粹集中营待了四五年。"二战"结束后回到高师，在那里完成学业，毕业后又留校当老师，直到 1980 年的悲剧事件后才离开。去巴黎高师，方便我更全面地了解阿尔都塞。

因为我不是法语系出身，也不是搞哲学出身，所以去巴黎高师哲学系访学时，其实在法国没有一个熟人。记得那天夜里抵达巴黎后，我背着一个大包、拖着两个箱子下飞机，茫茫人海，谁也不认识，几乎要露宿街头，因为虽然出发前在网上联系了一个家庭旅馆，但到了之后人生地不熟，费了很大劲才找到。接下来一段时间，又找租房，又办入学手续，每天早出晚归在外面跑，还不敢乱花钱——因为不知道后面会发生什么——所以开始那段时间过得比较苦。很疲惫时，我甚至也会想，一个人在国内待得好好的，何苦要离家万里跑到这儿来。但安定下来后就好了很多，开始着手收集阿尔都塞的资料，也总是第一时间就能读到新整理出版的遗稿。比如《写给非哲学家的哲学入门》一出版，我就买来读。记得其中有一段话，在那种状况下尤其打动我。因为有时候人在异国他乡，就很容易想到生死问题和人世的无常。

我把那段话念一下："对人来说，最困难的事情可能莫过于接受由唯物主义者所捍卫的这个观点：世界上'存在'死亡，死亡统治着世界。关键的不在于仅仅指出人会死而生命有限（在时间上是受限的），关键的在于断言世界上存在着无数没有任何意义、毫无用处的事物，在于断言苦难和恶的存在可以没有任何对等物，没有任何补偿，无论是在这个世界还是在别的地方，都没有。关键的在于承认，存在着一些绝对的（永远得不到弥补的）损失，一些不可改变的失败，一些既没有意义也没有后果的事件，存在着一些流产了的事业甚至完整的文明，它们消失在了历史的虚无中，没有留下任何痕迹，就像宽阔的河流消失在荒漠的沙地。这个思想所根据的唯物主义论点是：世界本身没有任何（预先确定的）意义，而是像一种奇迹般的偶然一样存在，它从无数其他已经消失在冰冷星辰的虚无中的世界中浮现。因此，人们会发现，死亡的危险、变成虚无的危险，纠缠着所有地方的人，当他们过的生活不仅没有让他们忘记死亡，而是把死亡更切近地呈现到他们面前时，他们会为此感到恐惧。"

这段话很重要，它和我们前面讲的偶然相遇的唯物主义，和历史是一个没有目的、没有主体、没有意义的过程这一唯物主义观点是相通的。我觉得理解了这段话，可以获得精神上的极大解放。但他接下来说的话更打动我，因为它从前面关于世界存在的偶然相遇的唯物主义观点，引出了一种面对人生的唯物主义态度和智慧。他说："唯物主义哲学和人民智慧的一个伟大的悲剧性论点是：无论是在劳动、战争、疾病的危险中，还是甚至在爱的危险中，都要懂得正视赤裸裸的死亡，完全清醒，不存畏惧。弗洛伊德在患了严重的口腔癌之后，知道自己患的是不治之症，但他却在知道自己要死，并且知道什么时候会死的情况下，忍受着极大的痛苦，一直工作到生命的最后一刻。"

阿尔都塞有很多有力的概念，比如"难题性""症状阅读""认识论断裂"等，它们都包含着阿尔都塞的理论创新，对我有很多启发。

他的著作中也有一些概念对我有号召力，但其中大多数都来自马克思主义传统。如果要我提一个完全由他自己创造的对我有号召力的概念，我可能会提这两段话中包含了但没有明确写出来的概念——"偶然唯物主义"或"相遇唯物主义"。因为对我来说，它们包含了解释世界的原则，包含了自由的可能性，还为一种无畏无惧的人生态度提供了理论根据。

在访学那段时间，这个概念所包含的思想，尤其减轻了身处异国他乡的孤独感给我带来的消极影响。所以到巴黎一个月后，《论再生产》初译稿如期完成——其实大部分已经在国内译完了——然后我就去追寻阿尔都塞的足迹，由此发生了其他一些相遇的故事。我跟大家分享其中一件——寻找阿尔都塞在巴黎高师的公寓。

其实一到高师，我就发现阿尔都塞在那里变得不合时宜了。高师进门后的那个走廊上，会挂很多本校名人的照片，有福柯的照片，还有很多其他人的照片，但就是没有阿尔都塞的。然后，我在学校到处打听阿尔都塞当时住的公寓在哪里，哲学系的老师都不知道。我问系主任，他也说不知道。后来我打听阿尔都塞的墓地，系里的老师也都不清楚。最后我问了一位上年纪的校工，才确认了阿尔都塞在高师公寓的方位。我去那里一看，发现是很大一片地方，包括好几间办公室。在户外察看时，我还发现一块煤气管道上的铭牌，上面写着"M. ALTHUSSER"（阿尔都塞先生）。这下就完全确定了。我拍了照片发给陈越老师，他开玩笑说可以把它抠出来，带回来当纪念。这当然是开玩笑，但就是那个煤气管道上的铭牌——高师人可能从来没注意过它——证实那里确实是阿尔都塞的公寓。后来进去才发现，在通煤气管道的那间办公室工作的老师，一位外系的老师，也知道这个情况，他说那间办公室原先就是阿尔都塞的厨房。阿尔都塞当时住的公寓很大，是由好几间办公室和教室改造而成的。我想到另外一些房间参观时，被办公人员赶了出来，他们说这里已经不是阿尔都塞的办公室了。不过经过实地这么一考察，我了解到阿尔都塞住的那一片地方起码有一百平米，而整个巴黎高师面积其实并不大，还不如我们一个中学那么大。我觉得仅这一点，或许就能说明法国的知识界对阿尔都塞曾经真的很重视。当然那是在"二战"以后。而到 20 世纪 80 年代之后，他就变得不合时宜了。这是我在巴黎与阿尔都塞相遇的故事中的一个。还有其他的偶然相遇，有些我记录在译后记里了，感兴趣的朋友可以看看。谢谢！

遇见《娘》，读懂孝
——彭学明读者见面会

█ 日期：2019年11月2日
  嘉宾：彭学明、杨扬、钟红明

左起：钟红明、彭学明、杨扬

主持人：大家好，今天我们有两场活动，下午第一场活动的主角是彭学明老师。这本书跟我们传统的话题特别相关，就是我们的父母这一代人。这本书的名字就一个字：《娘》。先介绍一下今天的三位嘉宾。中间这位是彭学明老师，著名作家，也是中国作家协会创作联络部的主任，跟全国作家打交道最多的可能就是他了。钟红明老师，《收获》的副主编。杨扬老师，上海戏剧学院副院长，是一位卓越的评论家和学者。接下来的时间交给三位老师。

　　彭学明：我先要向在座的各位朋友鞠个躬，感谢你们。今天是周末，你们能抽空到思南读书会跟我分享《娘》的创作经历，我非常感动，也非常感谢。上海思南读书会是我一直向往的地方，因为这里是大上海的文化地标，有浓郁的人文气息。你们的到来，把上海的文化底蕴、文化气息衬托得更浓郁了。

　　我先跟大家汇报一下为什么写《娘》。其实娘在世的时候，我是个极端叛逆和极端自我的孩子，我没有好好珍惜娘、理解娘、孝顺娘。作为不怎么好的一个孩子，在这里跟大家分享母爱、孝道、亲情，我觉得我是不够格的。读过《娘》这本书就会知道，在跟娘朝夕相处的过程中，我自始至终就没有读懂过娘，没有读懂过母爱，所以就不懂得珍惜母爱。直到母亲去世后，我才忽然间醒悟，感觉自己人生中最重要的人、最宝贵的财富被我弄丢了。我在工作、生活中倍感压力时，经常想起母亲。

　　我们湖南的冬天特别冷，湘西大山里就更冷。但我以前一下班，冬天就有一盆炭火等着我，夏天有杯凉茶等着我，我不用拿钥匙开门，母亲听见我的脚步声就把门打开了。但是现在一回到家里，把门一打开，再也没有那么一盆温暖的炭火了，再也没有人坐在炭火旁边等我了，再也没有人沏好凉茶等我了，家里冷冷清清，没有一点生气。有母亲在和没母亲在，完全是天壤之别。走到门口就有母亲给你开门，那是家的感觉；走到门口没有母亲给你开门，那是客房的感觉。所以我感觉，失去母亲就失去了家，家的生气不在了。母亲是家的灵魂，而我把母亲弄丢了，把魂弄丢了，想到就很心痛。

母亲去世十一年后，有一个晚上，我有一种不吐不快的感觉，就开始连夜写，连续写了五六天，写了七八万字。如今七八万字的散文还有读者吗？说实在话，我对自己都没信心。我找了二十多个读者来检验，有普通朋友，有铁杆哥们，有刊物主编，有大学教授，有文坛的同行作家和评论家，也有军人、记者、大学生、中学生、农民工和小学生，各种不同职业、不同阶层、不同文化背景、不同年龄的读者。结果他们看了以后都说好，而且都说得特别激动。这让我有了信心，于是寄给刊物。没想到发表出来之后，反响如此热烈。

这本书主要写的是什么呢？我父母是重组家庭，两边原先都有孩子。封建文化理念认为一个女人要嫁鸡随鸡，嫁狗随狗，不然就是不贞节的女人，就是不守妇道。我们为什么要文化强国？就是因为文化的影响力实在太大了，几千年的封建文化还在影响着我们的人情生态和社会生态。我的湖南湘西老家，一个土家族、苗族、汉族杂居的地方，民风特别纯朴，人心特别美好，美好得像世外桃源。但就是这样一个民风淳朴、人性美好的地方，也被一些残留的封建理念破坏了人情生态。我们那个村庄的人本能地认为我母亲改嫁就是不守妇道，所以瞧不起我们一家，大人欺负母亲，小孩欺负我们。因此，我从小对母亲有一种怨恨，觉得母亲把我带到了这么一个屈辱的家庭，让我感受不到做人的尊严。我从小就想逃离这个家庭，逃离这个母亲。

后来上了中学，要寄宿了，我终于可以逃离给我带来屈辱的家庭和村庄了。我的成绩特别好，在学校里得到了空前的荣耀和尊严，因为校长、老师、同学都夸我，我更加不愿意回到那个家了。初中、高中外加补习的六年，我寒暑假都没有回家，都以学习的名义留在学校。

我母亲真以为我是为了学习而不回家，还是无怨无悔地供我读书。就在我没有回家的这六年，我母亲遭逢了她人生中最大的黑暗。一个大雪封山的冬天，她在割牛草时突然晕倒在雪地里。跟她一起割牛草的一个婶婶发现后，用捆牛草的绳子把我母亲拖回了家。之后，我母亲就一病不起，瘫痪在床了。瘫痪了快两年，我都不知道。我母亲怕影响我学习，不让任何人告诉我。后来一个民间医生治好了母亲的病，她能勉强拄着双拐走路时，就到秋收的田地里捡遗落的庄稼，然后请乡亲们把捡来的粮食送到学校。我母亲就是这样千辛万苦、牺牲一切地抚育我们的，而我却不知道珍惜。

我大概分了三部分内容写《娘》。一部分写母亲怎么千辛万苦地养育我们兄弟姐妹，里面有很多小故事，一个小故事是一个章节。比如母亲怎样舍命生下我，比如我受人欺负时，母亲为了保护我跟别人拼命。写母亲的顽强、平凡、为母则刚。

第二部分写母亲怎样言传身教地教育我们、影响我们。母亲除了是我生命的赐予者、生活的养育者，还是我人生的导师和榜样。其实在我们的成长过程中，父母都是我们的老师，都在以一种润物无声的言行影响着我们。

比如，因为我从小受到屈辱，母亲为了我经常去吵架、打架，我就低三下四地去讨好人家，母亲看到了非常气愤，追着我一顿痛打。她说你骨头软了，我要把你的骨头打硬起来。又比如有一次，家里饭煮少了，我没怎么吃饱，就去偷五保户的黄瓜。我自己不敢承认，就说是我妹妹偷的。我母亲知道以后，把我绑起来一顿痛打。我娘边打边说，你从小就害人，害的还是自己的亲妹妹，你良心长黑了、长歪了，我要把你的良心打正。母亲还教我尊重人，做人要记人家的好，不要记人家的坏。

母亲向我们言传身教的，都是朴素而深刻的道理。我的人生能够如此顺利，全得益于母亲对我的言传身教、耳提面命。

第三部分写我对母亲的不解和亏欠。母亲流干了所有的泪水养育了我，我却视而不见；母亲熬干了所有的心血培育了我，我却视而不见；母亲牺牲了她所有的名誉保护了我，我却视而不见。

后来我长大了，懂得了要对母亲好，但我对母亲的报答、赡养，只是尽一种天职和义务，从没有站在母亲的角度和立场去考虑问题。我一辈子都没有尝试着去理解母亲、读懂母亲。我以为母亲吃好穿好就行了，从没想过母亲的精神需求，她想什么、要什么、做什么，我从来没关心过。有时我晚回家，母亲问，你怎么这么晚才回来，跟谁喝酒去了？我就说，你问那么多干什么，你也不认识。我要去出差，母亲会问，你去哪里出差？我说上海。她就问上海在哪儿，我说不清楚上海在哪儿，她若继续问，我就烦了：上海你又去不了，问那么多干什么？我觉得不管她问什么都是多余的。虽然同处一个屋檐下，但我和她是精神上的陌路人。我总是以一种知识分子的优越感，去规范娘的行为、违反娘的意愿、绑架娘的意志，总觉得娘跟这个时代、这个社会格格不入，觉得她这也不懂那也不懂，这也要问那也要问，觉得她啰唆。我总是以我自以为是的孝、自以为是的敬去孝敬母亲，而不是站在母亲的角度去想。所以有时候我的本意虽是好的，结果却是反的，做出了种种违背母亲意愿、伤害母亲的行为，从而让母亲活得忧郁，整日提心吊胆。

比如母亲做小生意，我觉得丢脸，不让她做。发现她仍然悄悄做小生意时，我满腔怒火，大发脾气，吓得她大气都不敢出。生意做不了，母亲又想学打麻将，医生告诉我，她有心脏病，不能打麻将，一激动可能人就没了，所以我不让她打麻将。得知母亲偷偷去打麻将，我又是一顿发火。有一次，母亲听人说我知道她在打麻将，吓得连家都不敢回，在楼下坐了好几个小时。在这个陌生的城市里，一个农村母亲的孤独、凄凉和无助，我从来没去想过。

这本书本来是自己写给母亲的检讨书，是想给母亲讲讲知心话，没想到在全国引起了如此巨大的反响，从 2011 年到现在已经快八年了，一直畅销不衰，销售两百多万册了。这本书也走向国外，俄语、日语、法语、阿拉伯语、哈萨克语都翻译出来了，在国外反响也很好。

我把我写这本书的初衷和内容给大家做了介绍，请大家批评指正！我跟大家一样，更想听这两位德高望重的、在全国影响巨大的专家谈谈对《娘》的感受。

杨扬：谢谢大家。彭学明是我的老朋友，他这本书很早就送我了。我看了以后确实非常感动，觉得学明不容易。

我想到作家沈从文，因为沈从文也是湘西的。我 1997 年第一次到张家界去，早晨 7 点，从长沙坐着长途车到索溪峪，我此前从没见过这么多山。从盘山公路开上去又开下来，没完没了，沿途的风景非常好，但也很危险。我一边坐车一边想，沈从文真是了不起，从深山里一步步走出来。彭学明也是这样的，无非当初沈从文是坐竹排出来，他是坐汽车、火车出来，都不容易。

人的成才过程都是艰辛的，想要在事业上有所成就，一定会经历各种各样的磨难挫折，一蹴而就是很少的。看了这本书以后，我对学明有了更深的了解。

这本书具有非虚构性，内容来自他自己的生活感受，所以它有励志作用，适合给孩子看，让孩子们知道人生奋斗是一个漫长的过程，不要想一步登天。不断地奋斗，不断地努力，总会有成果。机会属于勤奋者。总之，这本书把一个真实的彭学明展示在我们面前。我先讲这些。

钟红明：看彭学明这本书时，我在想，这个人好胆大，敢用这样一个名字，一个我们通常会认为是"大俗"的名字。在翻开这本书之前，我不知道我会读到怎样一个故事，我猜想会不会跟其他文学作品中的一些细节有重合的地方。以前我们看到的非虚构作品，写到自己的家族，写到祖辈、父母亲，往往都是一些显赫的、有来头的人物。彭学明写的是一个底层的女性形象，但当你读完时，会从细节里看到，那是一位绝对不平凡的女性。

这样一个母亲的形象，是对很多中国的伟大母亲的概括，这是我读这本书的第一个感受。

第二个，我想大家可能也都感受到了，彭学明在讲书里细节的时候，对自己是不留情面的。很多人在写回忆录或者非虚构作品时，会不自觉地对自己进行美化，或者解释自己的动机。当我一章一章看下来，看到他母亲对他的两次痛打等情节，我觉得，如果换作我自己，也不会比彭学明做得更好。可是他很坦然，非常真诚，甚至有一种可怕的真实。

这不是一本描写美德的书。这本书感动人的力量，在于无数真实的细节，它写出了一个母亲的一切，也写出了一个孩子成长的一生。对母亲与孩子的两种人生的阐述，有着丰富的层次。所以我觉得，这部作品可能是对我们这个时代的情绪的概括。在这部非虚构作品里，你会看到人，看到这个人跟周围人的接触，我觉得他是放在一个大的时代变迁的背景里写的。读完这本书，你会了解湘西的文化生态，也会了解那个时代的人迫不得已的选择。

书里写到一些湘西的特殊的乡土人情，很现实，跟我小时候的生长环境不一样，但我又能从中切身感受到人性本身的东西。彭学明写到母亲的死亡时，我想到我父亲的离世，有一种战栗的感觉。

你的选择构成了你的命运，当然你也无法离开大环境。每个人所做的选择，有时来得及改变，有时候来不及改变，而对所有这一切，你的思考能达到怎样的深度？我很感谢彭学明把这些东西认真梳理，让我们在别人的书写里，安放我们自己的灵魂。

这本书里还有特别多的金句。在每一个小节结束时，彭学明总会有一个概括，非常精辟。有些大段的描写，比如写到那些山、那些田地，尤其是写到湘西的时光，也写得很美。口语化的书写，真的是一个老太太在说话的样子，活灵活现，有影像化的效果。

我去年跟着中国作协采风团去了湘西，风景非常美，那时我想起了很多文学作品。我才一下子意识到，我是先通过文学认识这块神奇的土地的。这本书所展现的人性和生命力，非常强韧，让人百感交集。

彭学明：感谢杨扬老师和红明老师的鼓励和分享。我开始写这本书的时候，真的没有一点功底，其实是在老老实实地检讨，在跟娘说知心话。没想到写出来以后，会受到各个层面的读者的喜爱。我在书里写的是真实的娘、真实的儿子、真实的湘西、真实的时代与社会，没有一点虚的。

为什么这本书让那么多人喜欢？一是真情产生感动，二是真诚产生高贵，三是真实产生力量。大家可以看看网上对这本书的评论，不少评论说要揍我。但是他们一边读，一边想到自己的父母。通过我描述的母爱，他们重温了自己的母爱。通过我写的对母亲的不孝，他们联想到自己对父母有所亏欠的地方。这使得他们把对我的恨转化成了对我的敬。所以真诚反而产生了高贵。读者能够从我的母亲身上，联想到自己的母亲和平凡伟大的母爱。

很多时候，我们会把陌生的人、无关的人请进自己的生活，而把我们最亲的人踢出自己的生命。最亲的人反而成了最难相处的人，跟自己没什么关系的人反倒成了最好的朋友。但是，在这个世界上，除了友情以外，我们更应该珍惜亲情。

也许我们的父母有点啰唆，但我们要学会倾听，这是一种孝顺。父母为什么啰唆？一定是我们做得不够好。对你越啰唆的人越在乎你。

也许我们的父母有点固执，但我们要学会沟通，这也是一种孝顺。陪伴更是一种孝顺。抽出更多的时间来陪伴父母，而不是抽出时间来陪领导、陪朋友。我们该停下忙碌的脚步，回到父母身边，不要以忙碌为借口。

除了孝顺以外，我还想跟孩子们说，第一，要学会珍惜父母，要明白父母是我们人生中最宝贵的财富。父母给了我们一切，如果没有父母就没有我们的一切。我们经常讲，时间溜走一天，父母就老了一天，一定要学会珍惜。

第二，要学会理解父母。我们要多站在父母的角度思考问题，多想想父母缺什么，想想父母在想什么、父母在做什么、还要为父母做什么。

第三，要敬畏父母。我们说有敬才有畏，有畏才有顺。我们为什么听领导的话？我们因为怕领导，不仅是敬，还有畏。小时候我们怕父母，长大了都是父母怕我们。对父母没有了敬畏感，他们说什么我们都当成耳旁风，所以我们经常忽略父母、怠慢父母。

还要报答父母。我们有出息了，为国家作了大贡献，让父母过上了好生活，这肯定是一种孝顺。但是作为儿女的如果并不出众，也没关系，只要不给父母丢脸，不让你的父母在人前人后抬不起头来，也是对父母的孝顺。对学生来说，现阶段就是好好学习，成绩好，听老师话，当三好学生，这是对父母的孝顺。对公务员来说，廉正为民就是对父母最大的孝顺。

钟红明：彭学明刚才说到的孝顺，其实有很多层次。我觉得，写父母的过程中，最难的往往是面对你自己，面对很多你可能不愿意记起的时刻。而把这些真实记录下来，哪怕是先给自己看，也是一种对自己生命的重视。即便我们经历过同样的苦难，也未见得就会写出好的文学作品，因为文学还包含着其他东西，但是人对自己的生命是绝对应该重视的，不管是在心里还是在笔下。我们都待在一个中间的层次，上面有比你老的人，下面有比你年轻的人。真正作为你自己，拥有你的独立自我，这是特别重要的。

彭学明：今天难得有这么个机会，跟大家一起分享交流。第一，我会好好地消化；第二，我会更好地努力；第三，我真心希望大家看了这本书以后，给我提出宝贵的意见。一部作品如果能够引起读者的共鸣，能够让读者感同身受地想起自己的很多事，反思自己的很多事，那么这部作品就是成功的。在这里，我衷心希望在座各位的父母都能得到理解，都能受到珍惜。希望在座的父母们，以及全天下的父母们，都能幸福、健康、长寿。

《我们的木兰》新书分享会

日期： 2019年11月2日

嘉宾： 张屏瑾、毛尖、朱枫、陈嫣婧

左起：陈嫣婧、朱枫、张屏瑾、毛尖

陈嫣婧：各位朋友，大家下午好，欢迎来到第 325 期的思南读书会，今天的主题是张屏瑾老师的最新评论集《我们的木兰》。这是一本随笔化的评论集，涉及影像、性别、城市等话题，这些也是今天三位嘉宾的研究领域。下面先来给大家介绍一下我们的三位嘉宾。坐在中间的这位是《我们的木兰》的作者张屏瑾老师，也是我的老师，她是同济大学人文学院的教授，文学评论家。左边这位是毛尖老师，华东师范大学教授，影评家，也是思南读书会的老朋友。右边这位是上海电影评论协会会长朱枫导演。

先谈谈我自己对于这本书的感受。张老师最近出的两本书我都看了，一本是"述而批评丛书"中的《追随巨大的灵魂》，另一本就是这本《我们的木兰》。我觉得看《我们的木兰》，在心态上会稍微轻松一点，因为基本都是两三千字左右的评论性随笔。但慢慢看下去，又会觉得有一点沉重，里面谈到的问题与当下的文化生活关系紧密。我个人感觉，能在学术论文、随笔、评论等不同的文体之间切换的人真的挺了不起，我很好奇怎样做才能够实现这种文体上的自由。那么我们先请张老师介绍一下她这部新作。

张屏瑾：非常感谢大家能来参加这场读书会。刚才陈嫣婧说我能在各种文体之间穿梭，其实并没有那么自由，更多的时候是从一个地方逃避到另一个地方。所谓"生活在别处"，写作也似乎总是在别处。这本小书《我们的木兰》收录了我这些年来在学术论文、长篇文艺评论之外的一些比较短小的评论，评论的对象有文学，也有电影、戏曲、绘画等。虽然都是小文章，但里面涉及的问题可能并不小。许多问题是我在写那些学术著作、长篇评论的同时迸发出的思想火花，只是用另外一种更能为普通读者所接受的形式，把这些思考传递给更多的人。今天很高兴请到毛尖老师和朱枫导演到这里，和大家一起聊一聊，其实不是光聊我这本书，更想从这本书发散出去，和到场的朋友分享一些心得与经验。

陈嫣婧：今天的另外两位嘉宾都从事与电影有关的工作。朱枫老师是我们上海资深的导演，毛尖老师写的影评大家都很爱看，那么我们就从电影出发谈一谈吧，因为《我们的木兰》这本书里也有不少好看的影评。这几天最热门的电影是李安的新片《双子杀手》，它一直在强调 120 帧这种技术问题，但张老师、毛老师的影评里很少谈技术。我想问，技术的东西在你们的批评里占多大的成分？

毛尖：我先说两句我的师妹。张屏瑾是我们师门最漂亮的姑娘，大家有目共睹，不是我乱扯。但这么多年来，她的漂亮和她的写作从来没有任何关系。大家回头可以看一下她的书，文字确实有一种"木兰气"，就是那种飒爽、中性。如果你事先不知道她的性别的话，看她的文本时，并不会意识到这是一位女性在写作。这是写作中难得的"中性感"，我特别喜欢。我感觉她在写作中是相当有意识地把自己软弱的，或者说是优美的东西收起来了。这在今天对一个女性写作者来说很难得，这是我对她的书的第一个感受。

回到陈嫣婧的问题。提到 120 帧，我上个礼拜刚写了一篇关于李安的新电影的文章，反对李安的 120 帧电影理念，结果收获了不少骂声。骂我的人觉得一个不懂技术的人在谈论电影，但这样的指控我是完全不能同意的。120 帧是你去电影院看就能感受到的东西，原理没有那么神秘。电影最早是 15 帧，然后到 24 帧，到今天我们一直用的都是 24 帧。一是因为胶片很贵，二是用 24 帧来表现电影内容足够了。我不反对 50、60 帧，但是 120 帧要把光影所有孔隙都填满，我不太能接受。一是因为没必要，二是我反对李安的 120 帧技术背后的理念，那就是电影可以不用讲故事了，视觉本身可以出场做主人公了。我还是觉得电影应该有一个本质，无论是和梦想有关，还是和其他东西有关，关键在于和你的想象力有关。120帧把整个屏幕塞满堆给你，它用来表现广播体操、体育、舞蹈等特别需要细节的东西可能是挺好的，但我觉得它要覆盖整个电影的话，会是非常反动的一个技术走向，是对人的想象力、对电影的全部想象力的取消，最后技术会毁灭电影，这是我对120帧的观感。120帧肯定有它无与伦比的地方，但如果用120帧代替电影本质的话，我会一直反对的。

陈嫣婧：这也让我想起很多人对老照片的看法，觉得老照片虽然像素不高，但是给人的光晕的感觉是现在像素很高的照片没办法替代的。刚才毛尖老师提到了张老师写作的特点，我想请张老师继续谈谈。

张屏瑾：我没法直接谈120帧的问题，因为读了毛尖老师的影评以后，这个电影我就没去看，所以我没有什么发言权。批评的对象不管是电影、小说还是戏剧、戏曲，任何一个文本，批评家一定要跟它亲身关联，不能听别人转述，但是因为我特别相信毛尖老师，所以她的转述也对我发生了作用。这是你在有责任感的批评家身上能找到的巨大的信任感。很感谢毛尖老师，这本书后面有一段推荐语是她写的，我很喜欢，但我其实还没有做到，所以继续苦练"杀敌本领"吧，这也算是木兰的本意。

刚才毛老师讲到评论的性别的问题，我听了确实有种知己之感，之前也有不少人在看了我的文章之后，以为我是男的。当然这本书的封面设计已经隐藏不住了。前两天澎湃新闻在采访我时也问到这个问题：《我们的木兰》这个书名是不是含有我在写作时的自我认知？这本身是一个巧合。书里有一篇文章谈到花木兰的故事被好莱坞改编的过程，叫作《别动我们的木兰》。我比较喜欢这样一种干脆、醒豁和硬朗的态度，这可能也是我的文字的特点，所以拿它做了书名。因为是木兰的故事，所以也就天然地与性别叙事建立起了联系。

在讨论艺术的、社会的、历史的、民族的问题时，我没有特别想到我发言的性别设定问题，这是否算是一种缺失？我倒是觉得自然而然，性别意识不应该在为女性打开牢笼的时候制造新的陷阱，因此我不打算改变我所习惯的方式。就像木兰习得男人的兵法，去保家卫国，寒光照铁衣，安能辨我是雄雌——这里面有种特别动人的东西，比性别麻烦更重要。回想往事，我在这样一套话语理论和概念中摸爬滚打了许多年了。从写博士论文开始，到出版第一本专著，再到几本文学批评集陆续出版，我接下来还打算专门写一本谈女性电影的书，还是在这些大的问题的框架中思考。即使我谈性别问题、女性问题，我也不会将它单列出来，而是与相关的社会历史问题同时展开思考。对我来说，这就是重要的自我认知的方式，只有这样我才能想清楚问题。多年以来我一直如此。

《我们的木兰》这本书里有一些专栏文章，是走出学院的，直接面对普通读者。大家如果读过伍尔芙的《普通读者》，就会知道这不是一个简单的词。我尽量写得喜闻乐见一些，这是向毛尖老师学习。我自己也想做点实验，看看能不能用一种更加直接的言说方式，把一些原来只属于理论研究者的东西，交付给更多的人。熟悉文学理论的人一定会从我的书里读到很多概念，但我用另一种方式来描述这些概念，不掉书袋，更不故意搞得晦涩，而是把它们一概地文学化、文辞化，说得好听点叫深入浅出、娓娓道来。今后我将继续尝试这样的实验，如果自己的想法和文字能够影响更多的人，那么躲在学术体制里的人会活得更自豪一点。

关于批评家如何面对技术，毛尖老师讲的我非常同意，技术永远是为内容服务的，如果技术能独立出来，那也构成另外一种内容。电影是工业化的产物，它的技术感与其他艺术形式都不太一样。我在这本书里也收录了一些影评文章，基本上都没有涉及技术。首先是因为，我书里写到的电影一般不会单独出现，一般是与其他电影、文学、社会现象、日常生活同时出现，将它们联系在一起来看。我很少单独面对电影文本，我会赋予它另外一种脉络，把它放置在我自己的问题意识里面，无论它的内容还是形式，都为我的问题意识服务。我在小说、电影、绘画、戏剧中游走，把各种各样的对象放到一个新的阐释结构里，这个结构背后是我想讨论的一些问题。

陈嫣婧：刚才张老师说的时候，我就想起她在后记里写的一句话，她说她"不会直抒胸臆，只愿借他人之酒杯，用别人的故事，讲自己的心事"。这句话很好地说明了这本书的写作原则、切入点以及写作观。刚才我注意到嘉宾们说的时候都很强调一点，不愿意把某一些观念抽象出来说明——无论是技术的观念还是其他的，比如性别的观念，而更倾向于把它们放在具体作品中展开——无论是文艺作品还是社会现象。因为只有把这些概念放到具体的语境里，它们才会发生效用，才会使人感动。刚才大家都提到了性别的问题，我左手边的朱枫导演是台上四位里唯一的男性，我觉得这个问题光女性来谈还不是很够，接下来想请朱枫导演谈谈。您作为一位导演，在创作一个具体的作品时，如何去把握和展现性别这个议题？

朱枫：我今天纯粹是来为两位老师捧场的，也是来听她们聊天的。张老师送了我这本书，我阅读后很喜欢她的文字。另外我觉得很有意思，在文学史上，我们的女作家往往是成双成对出现的，比如

20 世纪 20 年代的庐隐和石评梅，40 年代的张爱玲和苏青。我觉得我们现在有一个毛尖还不够，应该有一个和毛尖一样有意思，但又和毛尖不一样的影评家出现。看了张老师的这本评论集，我觉得它有另外一种特点，我能感觉到文字的温度和湿度。我们经常说好的文学、好的文艺作品是有温度的，从情怀的角度讲是一种人文关怀。但是有温度容易，因为我们能找到一个道德制高点，找到一个正当性，但我觉得好的评论文字更应该有一定的湿度，不枯燥、不干涩，有一定的鲜活的汁液在里面。我觉得张屏瑾老师的文章就非常好看，确实感觉她没有我们平时所说的那种女性气质。女性作家的文字有独特的魅力，但是往往也会有女作家的习气，有时候会过度敏感，有时候会过度地纠缠一些个人的感受和细节，以非常个人化的文风去影响读者。张老师好像不纠结这些，这是她的特点。但是我也没觉得她过分地反性别，其实这挺好。今天我坐在她边上，谈木兰，我想起《木兰辞》里面的"双兔傍地走，安能辨我是雄雌"。

陈嫣婧：感谢朱枫老师的发言，虽然他没有谈他的电影，但他其实已经把性别问题谈得非常明确了。我发现张老师的文章有一定的时效性和对当下问题的关注，这是非常重要的。虽说她讨论的作品基本上是一些文艺作品，但她并不是只就文艺谈文艺的，她有很开阔的视野，对当下很多社会问题和现实问题有很多尖锐的评价。这可能也是她的文章给人一种去性别化的印象的重要原因。我想问一下张老师，作为一个文艺批评家，在文本、影像与时效性、当下性之间，如何寻找平衡？我想这也是当下的文艺工作者所共同面临的问题。

张屏瑾：这本书里收的文章确实时间跨度挺大的，有十多年前的旧作，也有面对当下事物的最新评论。这些文章在初写出来时是很有时效性的，但一切时效性都会成为过去。特别在我们今天这个时代，一条信息刚出来就已经陈旧了，几乎没有什么东西可以保鲜，而我们也都习惯了朝生暮死的阅读。当我把过去这些文章重新搜集起来的时候，首先我没有刻意去改变它，几乎连修改润色都没有。我想让它保持那个"曾经"。这些"曾经"是我们身处其中的热点——文化的、艺术的、社会的、时事的，读者可以从中追溯大约十年来社会文艺空间里面的一些变化的踪迹，借之返回现场，但时效性并不是我做文学批评时很重要的动机，我也并不认为我在写时评。我比较倾向于从具体作品出发，对我关注到的作品，首先给予一个在艺术的普遍性之上的读解，从这个普遍性再联系到当下语境中的问题，我觉得两者是不可偏废的。

你说的大视野的问题，我觉得对这些问题的思考对我来说是自然而然的，可能确实有种写作的使命感在里面，但其实也没这么自觉，只是如果你不让我做这些思考，我就不知道怎么写文章了。无论是多么细微的，或者是多么日常的话题，在我看来必有其通道和途径，将我们导向历史、社会、人的处境这些大的问题。所以并非刻意为之，就是我的一种思维和写作的方式。

陈嫣婧：同样的问题也想问问毛尖老师。大家都知道毛尖老师的影评非常能够跟进时代，也同样很尖锐，总是给我们很大的冲击。这里想问一下毛尖老师，也是我很好奇的，因为不少学者或文学研究者会有一种较劲的心态，觉得这个东西不够经典或者不够好，自己就不会理睬它，但我看您的影评里有相当一部分，尤其是那些具有最犀利的观点的文章，专门针对烂片。您写作的时候是基于怎样的出发点呢？

毛尖：很好的问题，这么多年来我也一直在纠结要不要继续评烂片。我一直在《文汇报》上写专栏，开始的时候觉得好玩，有个烂片骂它一下挺爽的。但说实在的，当你把两年的时间花进去以后，会觉得一直沉浸于其中而没有对冲会很痛苦。所以我有时候看了一个烂片，比如《欢乐颂》，我得看莎士比亚平衡一下，否则我就觉得日子过不下去了。有好心的朋友说我是为人民看烂片，但是更多朋友会谴责我浪费了太多时间，毕竟是用阅读长篇经典的时间看非常冗长的剧集，却只为了写一千多字的文章，还经常得罪制片人、导演。其实我为人还是相当温暖的，但是当你写出很不温暖的文章而被人拉黑，有时候也会沮丧。但我从 1997 年开始写专栏，这么多年也写出使命感了，如果写一些温吞的东西，就会觉得特别惭愧，慢慢就练就了铜墙铁壁，我就是文化的"清道夫"。

我回过头再来谈谈张屏瑾的文章。她的写作和我挺不同的，我经常针对一个文本在谈，但是她写一篇文章的时候，会同时涉及十个文本甚至二十个文本，所以她的文章很好看。比如说谈一个木兰，谈一个豫剧，谈一个好莱坞的动漫，等等，面非常广阔。在本质上她可能是朱枫导演特别期待的那种评论家，她会在专业的意义上和导演有很多交流。像批评烂片，我更多时候是在扔态度，而张屏瑾更多时候是表达专业观点。所以就专栏写作来说，张屏瑾的专栏可能会更温和一些，她涉的面更广，时效性不那么强烈，这对读者是好事情。当你打开这本书的时候，不会因为她谈的是一个过去的电影而不想看。虽然谈的是过去的文本，但她涉及的十多个文本到现在还是有效的，依然有激发力，会让你觉得看了这个东西依然非常有收获。另一方面，她前面也说过，很多读者并不知道她的性别，这是因为她作为一个批评家的专业训练渗入了她的写作。张屏瑾一直有一种学院派的优雅，或者说学院派的含金量。她的用词非常准确，当她说一个人漂亮的时候，就是文本意义上说这个人漂亮，当她说一个剧值得看的时候，她是在一个学院的位置上说这个剧值得看。她更有批评家的态度，使得这本书成为一本经得起时间检验的书，因为所谈的东西是她作为一个批评家所审视过的，是有分量的，而不是一个率性的东西。

陈嫣婧：刚才毛尖老师提出了两点，一个是比较着重于谈态度，一个是比较着重于谈观点，观点和态度有时候可能确实不那么容易融合。朱导，您作为一个导演，更喜欢态度型评论还是观点型评论，可以坦诚地说一下吗？

朱枫：我更喜欢文采型的。评论可以对创作进行总结，可以向观众进行介绍，或者说进行一种告诫——这个电影是否值得去看，那么评论就连接了市场。但从另外一个角度来说，评论又是一个完全可以自给自足的封闭结构，它是另外一种作品，它完全可以借电影之酒杯，甚至像毛尖那样借烂片之酒杯，浇心中之块垒。它可以成为一篇很精彩的文章，可以跟电影有关，也可以没那么多关系。历史上批评跟创作的关系从来都是这样的。比如李白的《静夜思》，"床前明月光，疑是地上霜。举头望明月，低头思故乡"，李白死了多少年了，但是评论这二十个字的文章何止几百万字，几千万字可能都有了。你说它好、说它坏，都无所谓，关键是你这篇论文写得精彩不精彩。我太太的外婆101岁了，她躺在床上喜欢背古诗。她见了我就说，李白的那首《静夜思》，大家都说好，她却觉得跟打油诗没有什么区别，让我给她分析分析好在哪儿。我跟她说了半天，她听了以后说，你的分析比那首诗写得精彩，我还是不觉得那首诗怎么好，但是你的分析说得很好。

我们再回到120帧的话题，我赞同毛尖老师关于120帧的批评，但我和她思考的角度不一样。我觉得李安到了这把年纪，还有心气去琢磨电影技术上的事，这件事应该肯定。这个探索无论最后是成功的还是不那么成功的，仍处于电影技术发展的轨道上。所有的艺术都附于技术的发展之上。长久以来的 24 帧电影，基本上符合视觉的习惯，现在又到了 120 帧。帧的概念是一个数字化时代的概念，我们不用胶片了，不用格了，所有的数字电视我们都是按帧算的。清楚也好，不清楚也好，或者清楚得让人难受也好，以后再调整或发展得更完全，这个我觉得没问题。让我感到失望的是李安作为一个艺术家，到了这把年纪对技术还这么执着，但是他腹内却显得空虚，这让我觉得几乎不能容忍。电影发展那么多年来，在技术上不断地更新，而在技术不断走向极致的同时，我们的电影作品对人的本性、世界本质、艺术本源、艺术的本真这些方面的表现，又提高了多少呢？我们比起 19 世纪电影刚诞生的时候，在人文的理解层面又提升了多少呢？就好像我们现在做菜，各种烹饪的工具越来越花哨，但是我们对食材本身的研究，对调料配置的研究，对材质本身细微的审美的感知，又深入了多少呢？这才是我对李安感到失望的原因。对整个电影界来说，相对于技术，在人文这一块，我们的脚步慢了很多。

陈嫣婧：感谢朱导，可以说评价得非常到位。三位嘉宾至少在对于人文价值的关注和理解上是高度一致的。我们再来聊点轻松的。在我们学院里，大家都认为张老师是一个特别文艺的人，浑身散发着文艺气息，无论是谈吐还是写作。我很好奇，当下的"文艺"可能已经有点滥了，大家都去追求一种所谓文艺的状态，在这种背景下，作为一个人文学者，会不会觉得自己的一些观点正在受到挑战，或者说正在被轻质化、被稀释了？

张屏瑾：你概括得挺好的，你提到这个我才想了想这个问题。我多年来在学院里从事学术生产，虽然我比较讨厌这个词，但这就是我们的现实，学术体制化了，甚至工业化、流水线化了。说难听点，一个大学教授完全不看自己研究领域以外的书，也可以很成功，甚至更成功。但我受不了这么活着，我会用大量的时间关注文艺现象，看得比较杂，想得也比较多。所以我这本书篇幅不大，但涉及的层面确实挺多的。我事先也没有规划过自己应该关注什么，不应该关注什么，就是顺着自己的兴趣爱好来。所有这些对象都在滋养我的灵感，工作的灵感，生活的灵感，使我这个人和文字都不至于变得无趣。作为一个人文学者，文艺本身就应该是我们的出发点，我觉得这一点原初的激情是不能被丢弃的。在我看来，这是一个人文学者或者批评家最自然的生存状态。

不过对我来讲，万川归海，所有这些东西最终还是汇入那些比较重要的问题中。刚才已经谈过了，这是我自己思考和写作的方式。但同时我又觉得，所有这些日常化、轻质化的东西，它们的存在也是非常重要的，因为如果没有这些纷繁复杂的现象的话，我们又该怎样来考虑那些重要问题的复杂的构成和变化呢？我们又怎么能保证自己的思考不是在刻舟求剑呢？这就是我迷恋文学的原因。文学本身就是大和小、重和轻的关系，而且不用多么复杂的话术，几个细节、几个意象就能呈现这些关系。我这本书里的文章篇幅虽然短，但写作对我来说并不轻松，就像我在后记里讲的，脑筋开动的马力跟我写博士论文或者学术文章是同样的，只是遣词造句的方式不太一样。我醉心于重量，但我也不看轻那些不能承受之轻，这里面的平衡是我一直在寻找和感受的。

至于说观点是不是被降级或者稀释了，我觉得这不应该由文艺来背锅。文艺作品已经存在几千年了，留下来的也就那么一些，关注文艺的人、活得文艺的人，从来就没有少过。只不过现在是一个众声喧哗的时代，这是技术造成的，就像120帧使得人人都变成了千里眼，网络数字化技术使得人人都变成了评论家，而且人们更多地依靠他人的意见而活。如今最实用的批评在"大众点评"上，你要去找一家餐厅吃晚饭，肯定要看看点评，而且会专门搜差评看。我们的文学批评要能起到这个作用，倒也可以。总之这不是文艺的问题，而是说话的权力的问题。以前没那么多人有发言权，现在人人都能发言，一条狗也有生活意见，这是另外一个话题了。

陈嫣婧：毛尖老师有什么看法？

毛尖：我同意，我再补充一些。大家今天坐在这里，都是因为文艺，并不是因为其他原因。我们看到外面的一片落叶，拍个照片，这也是文艺，发在朋友圈里也是文艺。但是我比较反对文艺腔，比如男生向女生求爱，在操场上放了999个蜡烛，或把每棵树都系上黄丝带，女孩子觉得特别深情，我会觉得很烦。因为这种发酵制造了通货膨胀，弄到后来，一朵玫瑰花已经不能向心爱的人传达感情了，非得弄成999朵才能表达感情。这是我特别反对的文艺腔。影视剧中大量是这样的文艺腔。一个男孩子为了表达感情，非得走到外滩哭上三四天。这种文艺腔正在毁掉我们一代人的感情表达，也在毁掉一代文艺。实际上我们台上坐的人也好，下面的听众也好，都不可能真的去反文艺。我们热爱生活，生活中有非常文艺的时刻，但是为了反击这种文艺腔，我有时候会说：回到更普通的生活中去。今天看一部电影的好坏，就看它对日常生活表现得好不好。在座的朋友可能不是那么熟悉朱枫导演的作品，朱枫导演有一部作品《春蚕》，把江南生活拍得非常漂亮干净。江南的风景、风物、人物，通过朱枫很日常的镜头进入了生活，这就是一种真正的文艺了。用日常生活反驳文艺腔，这是我对文艺非常简捷的表达。

张屏瑾：毛尖老师讲得非常好。文艺不是虚幻的东西，如果文艺仅仅变成一种幻想，我们就要反对文艺了。我们主张的是跟每时每刻的生活、我们的身心状态真正联结在一起的文艺，那是我们无法放弃的。我有个朋友，总是说你们搞文学的怎样怎样，意思是文学没用，不如哲学深刻，不如社会学、法学实用，但他自己失恋以后，就天天写博客抒发情绪，文学救了他一命。文艺是我们每个人在这个世界上的最后良药，它本身既有很精英的一面，也有很大众化的平民百姓的属性，所以才能和日常生活相联系。文艺腔是想把自己搞成伪精英，想借文艺脱离群众，脱离地球，所以毛老师要说，一碗红烧肉比999朵玫瑰更文艺，更真实。我在这本书里写到的都是文艺的对象，但我不是为文艺腔写作的，甚至我想表达的是一些很激烈的东西。大家可能读得出来，也可能读不出来，这不要紧，这正说明了文艺的广谱作用。可能你会被我所阐释的这些对象吸引，抱着喝一碗鸡汤的期待来，最后喝了一碗连花清瘟，但我能保证它是纯粹的、有效的。

陈嫣婧：两位嘉宾都已经谈到了关于这个时代的问题。这个时代需要我们加速，就感觉浮夸的东西多了，在这种情况下，一些传统现实主义的东西就会显得难能可贵。我觉得朱枫导演的作品风格总是恬淡、从容的。很想问一下朱导，会不会觉得您的这种风格在当下，在烂剧那么多的情况下，有一种不合时宜的悲伤？我觉得这是很多真正的文艺工作者都会有的一种心态，觉得自己所坚持的美学观、价值观和当下的时代没办法同步，但真的做到同步又会觉得没什么价值。您有没有这种矛盾心态？

朱枫：这种困惑，我想任何一个导演都会有，就我自己来说，还好吧，因为我不是那种主体意识特别强的导演。我在电影学院的导师是著名的谢飞导演，他拿过许多大奖。对一个导演的要求，他谈过三点，原话我不记得了，大概是说：一是对影像的鉴定鉴赏能力，我觉得这可能就是我们说的"眼高手低"中的眼高，眼界要高，对影像要敏感。第二是电影艺术的创作能力，就是手也得高。第三是强调电影创作的执行力，因为电影不是一个个人的劳动，而是集体的劳动。虽然电影是一种文艺形式，但它又是一种特别世俗的文艺形式。你要有精神、有气力去打各种交道，拉各种投资，组各种局，所做的事情十有八九都是无用功，但你还要坚持去做。我觉得这三点说得非常准确。回到我自身来说，第一点眼高，我觉得我还可以，手高我觉得一般，而执行力，我就是特别差的，对于艺术的追求也好，对于功名的追求也好，都不是那么执着。当下这个时代，要实现自己的艺术理想，就算有强大的执行力都不一定能搞定。基本上，我还是守住了一个底线，商业上我没有给人赔过本，艺术上也没烂到家，所以我觉得还行吧。

回过头来，说到文学的普遍问题。其实我本科也是学的文学，所以我这么多年来还是愿意和毛尖老师、张屏瑾老师这些文学圈的人打交道，相对于电影创作来说更单纯，她们的人文气息与内涵也更深厚一些。在影视圈混久了，再回到文学圈，可能会觉得清爽一些，但这可能也是围城内外。不少文学圈的人会觉得最大的成就不是作品写得好，而是作品被张艺谋改编成电影了，但从我们这行来看，不一定是这样。我觉得文学是很神圣的，很清高，但这种清高又使人能够得到提升。

陈嫣婧：朱导给我们做了特别好的总结。朱导的诗写得非常好，他是一个非常有文学性的导演。他刚才说自己是学文学出身的，相信大家也感受到了，他有中文系的功底在那里。今天台上的三位嘉宾，可能在风格上各有差异，但我觉得无论时代氛围如何变化，至少做电影的一直在做电影，写作的一直在写作，非常不容易。感谢张屏瑾老师为我们带来的美好的作品，如果没有一个个字码出来，我们就看不到这本书，那么很多观点、想法都无从去谈，更没机会一起坐在这里。所以我觉得行动力是最重要的，无论在哪个时代。

开放的文学批评

——《我的批评观》《批评家印象记》分享会

▌时间：2019年11月9日
　嘉宾：张燕玲、陈思和、蔡翔、孙甘露等

左起：张燕玲、金理、周立民、黄平

李伟长：思南读书会举办六年以来，今天的嘉宾阵容是最强大的，基本上把上海的著名批评家都请到了现场。促成这一盛况的，是一本非常有影响力的文学批评刊物，叫《南方文坛》。

　　现在要向大家介绍张燕玲老师。张燕玲老师的很多精力都花在这本刊物上，可以说，中国当代文学的发展，尤其是中国当代文学批评的发展，与《南方文坛》有着非常重要的联系。《南方文坛》有一个非常重要的栏目，就叫"今日批评家"，出席今天活动的很多嘉宾都是《南方文坛》"今日批评家"的人选。

　　下面，有请张燕玲老师主持，并跟大家分享这本刊物走过的岁月。我们很想听听这些评论家和《南方文坛》之间有着怎样好玩的故事。

　　张燕玲："今日批评家"关注的是当下活跃的批评家。这个栏目的宗旨是倡导开放的文学批评，为新锐批评家、实力批评家提供成长平台。可以说，《南方文坛》一直致力于倡导新批评理念，凝聚批评新力量，获取文学新思想。

　　从 1998 年开始，我们每期做一个批评家的专题。1998 年到现在，已经有 120 个青年批评家在《南方文坛》的"今日批评家"中登场，而且这 120 个批评家遍及中国的大江南北。《我的批评观》和《批评家印象记》就是这 120 个人的批评观，以及关于他们的批评家印象记。这些文字作为当代文学批评的历史图景和版图，见证了批评家和作者、读者、编者互相成就的过程。可以说，这些人与《南方文坛》共同走过了二十年，共同成长，共同创造。

　　早在 2001 年，我们在南宁开过"今日批评家"的研讨会。当时陈思和老师说过一段话，大意是："今日批评家"集结了一支如此生气勃勃的批评力量，这不仅仅是一个栏目，而且是 90 年代文学批评的道路和规则的清晰展现。陈老师对于这个栏目一直都很支持。我想问问陈老师，如今如何看待自己当年说过的这段话？

陈思和：我是《南方文坛》的老读者，也是燕玲的好朋友。她一开始搞"今日批评家"，我就非常欣赏。当时我就跟她说，你别老是盯着我们这些人去写稿子，你应该找年轻人。我当时说的年轻批评家指的是张新颖这个年龄层的。现在"80后"的黄平、金理等也已经成为很有名的批评家了。如今，"90后"都坐在后面了。

这个杂志和这个栏目是非常好的榜样。二十年做了120位批评家的专题，这样我们看到的就不是一代批评家，而是两代、三代批评家，成为梯队，也成为这个杂志的基本作者。所以，这个杂志一定会继续繁荣。对于大学生、研究生或是一个刚刚走出校门的年轻人而言，自己的文章能发表在这个刊物上，他就会永远记得这个刊物在他的成长道路上对他的提携。

这两本书是很好的见证，见证着作者跟刊物互动，批评家跟编辑互动，大家带着共同的理想把批评事业做好。这是一个非常好的案例、典范，在此我对燕玲表示祝贺。

张燕玲：蔡翔先生当年在《上海文学》的时候，我们就是朋友。他不仅是个优秀的编辑，而且是位优秀的批评家，后来又成为一个出色的老师，带出了很多优秀的学生。其中有些人就坐在下面的观众席中，也成了批评家。蔡老师曾在专著中提出"文学研究的文本内外"这样的观念，对于我们这些做文学研究的人给予了很大的启发。

蔡翔：我是第一次到思南读书会做活动。今天的题目起得非常好，"开放的文学批评"，特别好。怎么开放？为什么开放？我们做文学批评会面临一个很大的挑战，就是文学评论总是面对最新的作品。这个最新的作品一定会挑战我们既有的知识结构和审美结构，我们每次面对一个新作品时，实际上就意味着我们原有的知识结构可能会面临一个解构的过程。因此我觉得特别累。一个好的评论家要面临两个挑战：第一是体能的挑战，要读那么多的作品；第二就是知识结构的挑战，这是更麻烦的。我原先在编《上海文学》的时候，就提出《上海文学》要评论一些好作品。开编辑部会议的时候，编辑就会提出，到底什么是好作品？我想了半天，说，能够提供一种新的思想经验和新的艺术经验的作品就是好作品。

现在想想，这话说得经不起推敲。但不管怎么说，我们面对的就是最新的作品，这个作品一定会挑战我们原有的知识结构。如果一个文学评论家一直处于被挑战的过程中，那么，最后他自己的东西到底在哪里？这是我最大的困惑。怎样在结构的破坏、重建、平衡的过程中寻找自己不变的那一面？不变的东西太坚硬不好，它会拒绝很多新的挑战，特别是到了我这个年龄，很容易形成一种"暴力倾向"。不能太坚硬，但是又不能老是在变。该怎么做一个平衡，可能是我们做文学评论时面临的大问题。

关键就是寻找我们自己的主体，包括我们自己身份的定位。我上次跟张定浩对话时，他有一句话我非常同意，就是把自己定位为写作者。我以前用"自由写作者"，后来发现自由很困难，我就把自己定位为一个业余的写作者，这样大概就能保持变和不变的平衡。做一个专业的评论家是非常可怕的，我们就是业余的写作者，这样我们的心态也能放松，但这不代表没有专业性。

张燕玲：蔡老师指出了一个以文学为志业的批评者的自我定位问题，实际就是这个时代变和不变的关系。"开放性"对于《南方文坛》

来说很重要。《南方文坛》正是以开放性为底色，才能逐渐走向全国。

今天这个活动得以在思南顺利举办，离不开著名作家孙甘露老师的支持。孙甘露老师是我非常崇敬的一位绅士，他的文品和人品也是我所敬佩的。

孙甘露：非常感谢燕玲老师，我们认识这么多年，也有很多工作上的交集。她提出要在思南读书会做活动，我感到非常荣幸，尤其是以上海的批评家作为活动主体，推出这两部重要的书。

我坐在这里非常忐忑，因为我并不是一个批评家。我实际上被在座的批评家批评过，他们也很爱护我，直到今天他们做活动还会叫上我。

思南读书会是上海作协跟上海市新闻出版局、思南公馆一起做的公共阅读活动。这里也要谢谢陈思和老师多年来一直支持我们，他来过好多次。蔡老师今天是第一次来。我们一直想把中国重要的作家、批评家都请来，但蔡老师一直都请不动。所以今天特别感谢燕玲，也要感谢蔡老师，让我们终能如愿。

除了台上的两位大佬，在座的基本上都是现在上海文学批评界重要的中青年代表。文学批评我不一定写得了，"今日批评家"中的批评家印象记我也许还可以写一写，从你们不知道的角度来写一写。这些年与他们在一起工作，来往很密切，他们的批评写作我都非常关注。看到今天在台下坐着一大批"60后""70后""80后"的评论家，确实感到非常欣慰。祝福他们，也再次感谢燕玲老师把这么重要的活动放在思南读书会。

张燕玲：刚刚孙老师讲到"今日批评家"中的印象记，那是非常活泼的文字，我也向读者们推荐一下。我们的作者队伍非常强大，有著名的学者，比如蔡翔老师、陈思和老师，还有在座的郜元宝老师、张新颖老师等。还有很多著名的作家都为批评家们写过印象记，比如李敬泽等。《我的批评观》这本书更有意思，有在座这些批评家们的照片。把他们当时的照片跟现在一对比，就会发现很多好玩的地方。刚刚孙老师说，他是被在座的一些批评家批评过的，其实这是一种对话。我记得 20 世纪 90 年代，郜元宝老师就曾经写过《说说孙甘露》。下面有请郜元宝。

郜元宝：燕玲刚才的话又印证了蔡老的话，现在变的东西太多了，其实我们真的要问问哪些东西是不变的。全国批评的开放空间，实际上是借张燕玲老师的《南方文坛》来展现的。不仅是"今日批评家"一个栏目，整本杂志的批评定位都是不停地学习。批评家好像整天在批评别人，其实我们是不停学习的。比如我们学习了陈老师、蔡老师这一辈文学批评家对于生活的直观、对于文学史宏观的把握，这是我们时刻牢记、永远不会忘记的事情。我也学到了我同时代人更加开阔的视野。又比如在座的张新颖老师那种诗一样的语言和哲学家般缜密的思维，我始终想学却学不来。刚才陈思和老师说批评家要有一个强健的体魄。我如果有像罗岗先生这样的体魄多好，我能够展开吞噬性的爆发力、穿透力，但是我学不到。像周立民、黄德海、张定浩他们，我也想学他们的博学，文章里的文学史知识和文学理论应用自如，但我也学不来。

所以我特别感谢张燕玲主持的栏目，你让我在不停的学习中去发现，我所有的努力都是要把自己打回原形，变成一个普通的文学读者。我希望，在很长时间的批评生涯之后，我终于能够回到当初陈老师带领我们学习文学批评时，那种最初的读者感受，这可能是不变的。因为我们对于文学的所有阐发，都是在这个基础上展开的。

张燕玲：特别感动，这么谦逊，这就是一个学者的风范。郜老师提到一个很好的话题，他和张新颖老师尽管文风有所不同，但他们两个都是典型的从学问中发现文学，在文学中做学问。下面请出诗人张新颖。

张新颖：郜元宝讲得那么谦虚，我就骄傲一点。我看了看二十年前我在《南方文坛》上发的那篇批评观文章，我觉得那篇文章写得不错。其实挺无聊、挺无趣的，一个人过了二十年，发现自己二十年前写的文章还不错，那这二十年就白过了。我觉得这挺无趣的，没有什么进步。

张燕玲：张新颖的鲁迅文学奖获奖作品发表在《南方文坛》上，是《南方文坛》的荣誉。就像会前毛尖跟我说的那样，今天的活动名称，应该叫"光荣与梦想"。王晓明老师曾说罗岗是文坛风云人物，下面有请罗岗。

罗岗：谢谢燕玲老师，也谢谢元宝和新颖。蔡老曾说我是当代文学的逃兵。最初确实写了不少批评文章，很多时候是给《上海文学》写的，后来跟文学批评渐行渐远，觉得自己跟不上文学的变化，也有一些力不从心。

中国那么大，给文学批评提供了各种各样的可能性。我个人作为当代文学批评的逃兵，略有忧虑。在 80 年代、90 年代的"今日批评家"中可以看到，那时候批评家相对来讲是比较多样化的，有不同来历、受过不同训练的批评家。但随着学院体制、作协体制越来越壮大，批评家基本上被"收编"了。"收编"之后，虽然当代文学批评仍然非常繁荣，但可能会出现同质化的倾向。将来的当代文学批评还是需要燕玲老师和《南方文坛》这样的刊物来起到推动作用，谢谢大家！

张燕玲：罗岗老师提出的这个问题，我也注意到了。这二十年里的120人，真正体现了各种流派、各种声音。所以，未来的日子里，我们不能仅仅把目光放在学院、作协这些机构，还要把视野放得更宽一点。"今日批评家"这个栏目一直在不断完善，中间也有过一些迷茫的过程。在做了三四年后，我们意识到，还是要继续做更年轻的批评家。下面有请王光东老师。

王光东：感谢张燕玲老师对我的支持和帮助。今天的题目是"开放的批评观"，而我感觉自己局限很多。我在从事批评的时候，常常感觉自己的经验、能力都不够。在开放的文学时代，如何突破个人的经验极限，这对我个人来说是很大的问题。

张燕玲：当年写王光东印象记的是陈思和老师，陈思和老师第一句就说王光东为人忠厚。下面有请张闳。

张闳：感谢有这个机会，跟这么多朋友聚在一起。当年燕玲老师邀请我加入"今日批评家"栏目的时候，我觉得自己刚写了几篇，没什么名气，有点不知所措。我当时想，我是今日批评家吗？我应该是明日批评家。从那之后，我就一步一步进入批评家的行列。

做了二十多年的"今日批评家"栏目，对于批评家来说特别重要，它确立了批评家的主体性。以前，批评家总是一个依附性的角色，人们关注的是批评对象，关注的是批评家批评什么。后来年轻一代的批评家开始关注怎么批评。"今日批评家"这个栏目使我们进入了另外一个阶段，就是谁来批评，这甚至比批评什么和怎样批评更为重要。我们可以从这两本书里看到，批评的开放性首先是凸显了批评的主体性和每一个批评个体的个性，还有话语的独特性。如果没有这一点，我觉得这种批评就会走向封闭，或者走向自我迷恋、自我表扬。"开放的文学批评"是来自每一个批评家个体的主体性凸显。《南方文坛》坚持了这么多年，使得全国各地的批评家都能在这里展示独特的写作者、独特的批评者的个性，这是维持批评良好身份的充分保障。再次感谢燕玲老师和《南方文坛》杂志。

张燕玲：谢谢张闳老师。他旁边坐的是王宏图老师，王老师不仅是一位批评家，而且是一位小说家。他写的文章里有都市的时尚感，我觉得他比我们每个人都时髦。

王宏图：首先要感谢燕玲老师对我的支持和提携，感谢《南方文坛》对于批评的支持。在一般读者心目中，批评家好像是可有可无的，因为大家关心的是作家，这也是很自然的，文学理论关注的中心就是作家。但实际上，批评家也是很有"杀伤力"的。我们曾经听很多作者说自己不看批评家的文章，这实际上有点矫情，他实际上很在意，如果批评家没什么影响力，他也不会关注的。我们试想一下，所有批评家的声音都突然消失了，只剩下文学作品，会出现什么情况？那时的文学生态绝对不会比有批评家时更好，会有各种粗暴、野蛮的声音出现。

《批评家印象记》更是感性的，如果大家不是专业的读者，可以把它看成一部散文随笔来读。有些写得点到为止，有些留了很多空白，有些拍案而起，有些躲躲闪闪，汇集起来不比戴维·洛奇的《小世界》逊色，也是一部饶有趣味的作品。

实际上，每个时代都需要批评的声音。我们内心时刻有一种准则，就像蔡翔老师说的，一个人有一个准则，即使僵化了，也比没有原则好。这个世界变得确实太快，批评有一些基本的准则，但是随着时代的变化，有时候的确面临各种新的挑战。人类唯一比机器高明的地方就是能对各种挑战随机应变，能够丰富我们的意识。

张燕玲：听了这番话，最高兴的应该是这本书的责编，作家出版社的编辑付出了很多心血。《批评家印象记》里还有很多著名作家的精彩文章，比如毕飞宇、阎连科、唐晓渡等，确实是值得普通读者收藏的书。下面有请漂亮的张念女士。张念的特点是，我想怎么写就怎么写，我想怎么说就怎么说，我想怎么活就怎么活。那真是一种大无畏精神。

张念：燕玲组织的这次活动特别有意思，我们很少有这样的机会，与这么多写作者聚在一起。除了写作活动、写作活动所形成的文本，还需要第三个维度，它像一个介质一样，像黏合剂一样，把一个写作活动和写作形成的物质形态的作品呈现出来。这第三个维度就是纸媒或者电子媒体。一本杂志囊括了这二十年的文学经验和文学批评，还有120个人的"黑材料"和"大数据"，甚至包括这几代人的社会信息。所以说，燕玲老师和她经营的"第三媒介"非常厉害。

张燕玲：张念确实是气势凌厉。李丹梦也是很爽直，很有批判力，有请李丹梦。

李丹梦：感谢思南，感谢张老师给我们这样的机会。我进入"今日批评家"是博士刚毕业时。有个朋友以前跟我讲,批评基本上是男性的事业,女性去搞批评,可能会有她的感触方式,但是对历史的把握可能不如男性那么生气勃勃。而我有自己的感受。写批评一是靠诚实,一是靠善意。我觉得诚实我做得还可以,但是善意,我是在这几年的批评当中才体会到的。以前在复旦读书的时候,我的导师陈老师说你的文章写得不错,但是你的语气不对,太犀利了。我听不进去,我当时想,犀利不是更有风格吗?后来我发现不是这样的,批评的本质是沟通和交流。回想起来,我觉得陈老师讲得非常对,要有善意,要沟通。这个善意不是指单纯说好话。批评首先要经过你自己的审判。

张念:批评是解析和下判断,批评行为本身是整个精神活动最重要的一个出发点。如果没有批评的话,文本和文本之间的生产就会枯竭。

张燕玲:李丹梦和张念的风格可以形成互文关系。下面有请评论家、诗人何言宏。

何言宏:和这么多老师、朋友聚在一起,我感到很荣幸。我是在 2007 年进入这个栏目的,这也是我人生道路上很难忘的事。今天活动的题目是"开放的文学批评"。文学批评向文学创作开放,向个体经验、社会历史开放,向其他人文社会科学学科开放。开放以后就融汇凝聚成自身的文学批评事件,这个事件里有社会历史和个体的经验,也有思想文化理论,也有文学的感性。

张燕玲:谢谢何老师进一步肯定了《南方文坛》和这两本书的开

放性，又回到了我们的主题。有请金理，金理上这个栏目的时候，还是学生。

金理：在我心目中，《南方文坛》有点像现代文学史上的一些名刊，不是那种面面俱到的刊物，而是有自己非常独特的风格，也携带着张燕玲老师自己的烙印。燕玲老师不是等到你硕果累累已经成熟了，她来摘果子，不是这样的。她是陪伴着、见证着你的成长。

张燕玲：共同成长。

金理：燕玲老师会包容你各种各样的缺陷。我是 2008 年有幸登上"今日批评家"这个栏目，当时我还在学校里读博士，这对我来说是很难得的机遇。后来更大的机遇来了，2012 年，张老师让黄平做一个专栏，给了我们这样的版面。我后来才知道，当时张老师是承受着一点压力的，在她耳边有质疑的声音。张老师对于年轻一代太宽容了。她当时给了我们非常多的机遇，不但让我们做专栏，还给我们资助出版图书。书出了以后，她居然还在北大帮我们召集了一个研讨会。这种包容、陪伴也使得我们不敢松懈，要永远往一个更好的方向去发现自己。

张燕玲：谢谢金理。他旁边的是他的师兄周立民先生，我认识他很长时间了。我在他身上感受到的是"工作是美丽的"，他对工作真的很投入。

周立民：谢谢张老师。我曾经说过，感谢《南方文坛》收留了我们这些批评家。从一个社会的角度来看批评，你就知道它是多么渺小和多么不重要。有时我与普通的读者和非学术圈子的人吃饭的时候，他们会说，你们可以经常拿红包吧？我觉得这是对我们的侮辱，我们难道会被这点东西收买？我们批评家的社会形象就是这样的？这让我在心里有巨大的落差。所以谈到批评，我想是不是可以更极端一点，既然批评已经到了这样不重要的地步，我们何必还小心翼翼呢？我们为什么不能更自我一点？这种自我不是一种张狂的自我，也不是一种放纵的自我，而是带有自我的克制和自我的反省。经由我们的反省，经由我们的克制，不断地锤炼自己的表达，我觉得这样才能呈现更真实的自我。

张燕玲：周老师还是一个"愤青"。我很佩服"80后"批评家黄平，也有点怕他，他绝对是雄辩滔滔的人。

黄平：感谢张老师，多年前我的照片还是张老师拍的。其实"80后批评家"这个概念，在某种程度上就是张燕玲老师奠定的。这些年来，我们对张老师在各个层面的支持，其实都保持着警醒。因为，这跟我们的个人能力是不匹配的。这么多年过去了，每次看到张老师，都觉得对自己是鞭策。从做"今日批评家"到今天，我觉得文学批评很重要。未来几年的文学批评也会非常重要，可能文学批评又到了鲁迅所谓的"极期"，进入一个大的观念出现的时刻。这当然不仅是文学自身的调整，也跟当代中国方方面面的变化以及全球的变化密切关联。这是我个人的一点粗陋判断。

张燕玲：下面有请黄轶。

黄轶：感谢张老师举办这个活动，谢谢张老师一直以来的关心。

我早期做的是晚清民初研究，在老师的鼓励下转向了批评。在我刚刚走上批评之路的时候，就得到了张老师的鼓励，我最早的文章也是发在《南方文坛》上。后来张老师鼓励我做一期"今日批评家"，这不仅使我有机会阐述自己的批评观，而且使我借这样的机会培养了自己的意识，使我认真思考我到底有怎样的批评观，到底有怎样的批评家标准，有什么样的视野、眼光来看待当下的文学创作以及批评。很多批评家谈到了当下的批评有很多让人不满的地方，但是我想，怀着对人生、对社会、对人类未来美好的愿望，我们的文学创作以及文学批评就不会死亡。文学作品经过批评的遴选，才可能成为经典进入文学史。《南方文坛》这样一本批评家杂志，已经成为当下的批评史和文学史结构性的存在。

张燕玲：大家一定要读读这两本书，他们批评的锋芒、专业的精神在里面都有体现。但是今天无一例外，每个人都非常谦虚，因为他们有柔软的一面。下面请出上海最著名的两位年轻一代，就是吴亮手下的小张和小黄。

张定浩：我来思南读书会很多次了，今天就像参加研究生答辩一样，在座的都是评审老师，我非常紧张。我刚刚还在看郜老师给我写的一篇文章。那时，我的第一本批评集还没出来，我是打印了一份稿子给郜老师看。他还嫌我不够直率，不够犀利，鼓励我更加犀利一点，让我把温情撕掉。我2001年来到复旦，一到复旦就去听陈思和老师的课。十八年过去了，我的文学心智的养成是从复旦开始的，思想的形成也是从复旦开始的，我的文学心智只有18岁，所以还是很年轻的。再说到批评的心智。我是在2015年进入"今日批评家"的，到现在也才5岁，可能刚刚上幼儿园，还有很多需要学习的地方。谢谢大家！

张燕玲：小张讲完了小黄讲。小黄的贡献很大，这个会议的题目是他定的，我特别想让他讲讲我们今天的主题。

黄德海：我们现在说的"开放"这个词基本上都是在说向外开放，但还有另外一个问题，就是我跟张定浩经常讨论的向内的开放。一个写批评的人如何对自己保持一个开放的态度，我们能不能接受新的方法、新的观点、新的思想、新的作品，这是我们每个人都要面对的问题。

我们经常会给自己一些理由，比如这个东西不是我们这代人的东西，因此我们看不懂。但我经常会问自己一个问题，我们看不懂，是我们老化了，还是这个东西真的不好？我们敢先认为是自己老化了吗？反复检验之后，你会发现有些时候确实是自己老化了。那么，我们评论的准确性还有多少？也因为这个原因，我这些年对于文学作品的评论越来越犹豫，并不是因为我没有判断了，而是因为我没有那么坚决了，会发现有很多问题是自身缺陷带来的。你自己的硬壳都拿不掉，如何希望别人来拿掉这层硬壳呢？另外是对外开放性，文学批评到底是一件私事还是一件公事？很多人认为是私事，比如你批评一个人，别人会问你跟那个人有什么矛盾，如果你表扬他，别人会问你拿了多少红包。

首先，我们在说这个人或者这件事的时候，已经决定这是一个对外的公共的发言。我们的评论一旦变成私人恩怨，会让我们的环境变得很恶劣。最后会产生一个问题，比如这几年很多人在说，现在的文学批评全是表扬文章，并不是，其实批评文章有很多。为什么批评文章没引起注意呢？因为批评文章写得太差。

一个好的文学批评，首先是自我的开放，另外是对自己公和私之间判断的开放，以及对不同风格、不同可能性的人保持开放，这样才能形成一个好的批评循环。很多搞批评的人居然说现在的批评文章没法看。张定浩经常会问，那你为什么不写？我们一直在抱怨没有好文章，如果你是这个行业的人，你最好能写出好的来。没有一个东西是凭空呼唤出来的。大时代呼唤大作品，最后会变成一个良性循环，大家在开放的环境中努力。

张燕玲：黄德海对开放的边界做了界定，有开放才能有创造。下面有请项静。

项静：我的批评观的第一句话就是没有人生来是做文学批评家的，这可能跟我的导师蔡翔老师有关，也跟我后来的工作单位上海作协，跟我身边的这几位朋友有关。一个人的成长道路是无法复原的，中间一个环节偶然断掉了，我可能就不是文学写作者了。我上大学时蔡老师教我批评的方法，于是我慢慢走上了这条道路。

今天的题目是"开放的文学批评"，我也觉得文学批评是开放的，正是它的开放吸引了我。我觉得文学批评可以承载文学研究的部分，也有非常鲜活的内容。刚才好多老师讲到，其他各种学科的知识和理念都可以被文学批评的场域吸纳，这是一个开放的文学形式，是一个开放的写作方式，所以它会承载很多生命内在的东西。

张燕玲：项静的印象记是王鸿生老师写的，我记得王老师说项静是温水里面藏着内敛和生力。下面请出木叶。

木叶：我把这两本书都仔细看了。我感觉《南方文坛》拥有自己的传统，无论是《批评观》还是《印象记》，都没有太多金刚怒目的文章，还是菩萨低眉的比较多，但是你依然能感觉到里面蕴含的跌宕，有惨烈、辉煌的文学生活和文学期待。

我之前读了一本书，里面有一句话是博尔赫斯的妈妈说的，她说：我这一辈子跟两个疯子一起度过了一生。第一个疯子是老博尔赫斯，就是我们所熟知的博尔赫斯的父亲，另一个就是博尔赫斯。这句话此时此刻特别符合我心目中对于文学批评的想法和理念。老博尔赫斯曾经也想写小说，他确实写了，自费印刷，并不成功，没有多少人看。直到后来，他的小说进入了博尔赫斯的文本中，你就看不到原来的作品是什么样了。博尔赫斯把它汲取为自己的营养，两代人之间相互汲取，相互锻造，特别美好。这里有疯的一面，也有极其清醒的一面，有浑浊的一面，也有极其澄澈的一面。当下全球化环境中有可怕的东西、恐怖的东西、悲情的东西，各种各样的东西都存在于其中，这时候你以你自己的文本、洞悉的文字把它呈现出来，完成一种抵达，这就是文学批评要干的事情。

"理智与情感"是一个好的评论家应该完成的事情，以高度的理智、高度的情感写出理智和非理智、情感和非情感的面貌，非常重要。另外，我们要避免"傲慢与偏见"。批评是对作者和读者、对自己和世界进行双重多维的锻造。

张燕玲：我感受到了木叶老师的思辨才能。下面有请李伟长。

李伟长：我的写作是从 2006 年到上海作协工作开始。我进作协两年以后，有一个叫张定浩的人溜进了作协，接着黄德海来了，紧接着项静来了。当你进入这一群人中间，你就会变成一个写作者，蓬生麻中，不扶而直。后来开始做思南读书会，我又接触了大量的学者、作家，听到各种各样的声音。其实这里对我个人来讲是一个非常开放的学校，因为我没有机会去复旦、华师大的课堂听讲，但是我在思南读书会听到太多精彩的东西，这一切给了我太多的意外。意外总会有结果，2019 年，意外登上了《南方文坛》"今日批评家"栏目。我要向张燕玲老师，向《南方文坛》致敬，非常感谢！

张燕玲：有请毛尖老师。

毛尖：今天台下的都是我的老师，非常感谢《南方文坛》。我最初开始写批评文章的时候，一直觉得是随便写写的。当时我总觉得自己以后还是要写小说的。每年回老家，朋友都会问我，你除了写骂人的文章以外还写什么？我每次都很紧张，我觉得人家都看不起我们写批评文章的，我一直觉得我以后要写小说，这个念头到现在还没有完全打消掉。《南方文坛》让我第一次作为批评家，把照片登在刊物上，一下让我觉得作为一个批评家也可以让大家知道。当时我也写了《我的批评观》的小文章。我觉得，可以凭热情去成为一个批评家，但我越来越觉得光有热情是不够的。我很认同雨果说的一句话，谨慎比大胆有力量得多。

今天常说做批评更需要专业性，热情是不够的。尤其是人到中年以后，更觉得专业性的重要。上个星期我凭着热情骂了李安，马上就被李安的粉丝骂，骂得我很沮丧。一个网友坚持不懈地挑衅我，我就用比较专业的方式讲了我理解的 120 帧，他马上被我说服了，所以说专业性很重要。

张燕玲：毛老师又回到了批评本身。前几天陈思和老师发了关于文本细读的文章，文学批评一定要从文本细读出发。我们看毛尖的文章，每句话都是有出处的，都是非常专业的。批评的专业性是我们要正视的。毛尖做得特别棒，我是她的粉丝，我读她的文章，也被戳到了痛处。而且从她刚刚说的话里，我们进一步体会到了，以文学批评为事业的人，还是光荣的。李伟长，你最后总结一下。

李伟长：毛尖老师现在成了批评的通才，文学、电影、电视……听说很多导演在电影上映之后都非常紧张，要是毛尖不出来说一下，不管票房多好，心里都没底。

毛尖：这肯定是妖魔化了。导演根本不会在乎我写什么。我自己就遇到过一个制片人给我打电话，他让我写一下他拍的烂片，我说你拍得太烂了，没法评，他说没关系，你骂就好了。我写了这么多乱七八糟的小文章，有时感觉做批评家其实没有太多的光荣可言，不管是赞美还是批评，对人家来说就是流量。

李伟长：从文学批评到比较综合性的批评，你觉得你的转变跟《南方文坛》把你列为"今日批评家"有什么关系？

毛尖：上了《南方文坛》的"今日批评家"以后，我就评上了副教授，之后整个学院也就接纳我了，张新颖老师也跟我做朋友了。我非常感谢《南方文坛》。

张燕玲：感谢毛尖老师及各位老师。今天非常感动，我得到了太多鼓励，我甚至认为《南方文坛》让我们跟这些批评家成为亲人。

李伟长：感谢各位，今天对于思南读书会来讲是一个非常荣耀的下午。这么多批评家用非常精炼的话把他们的批评思想、批评生涯表达出来，我相信很多人会因此而受益。所有的写作者，不管是做批评的还是做原创的，都得感谢另外一群人，就是我们的读者。谢谢大家！

侦探俱乐部和解谜的游戏

时间：2019年11月17日

嘉宾：[英]马丁·爱德华兹、刘臻

左起：马丁·爱德华兹、刘臻

刘臻：非常感谢大家参加思南读书会的活动，今天有幸请到马丁·爱德华兹先生来进行这次演讲。先介绍一下马丁·爱德华兹先生。大部分读者对他比较陌生，因为他的作品还没有在中国出版，但是，前几年已经有出版社购买了他非常有名的作品的版权，预计明年会出版。《"谋杀"的黄金时代》，获得过包括埃德加·爱伦·坡奖在内的众多奖项，是非常有名的研究作品，其内容是关于黄金时代侦探小说的发展历程，包括作家的传记和侦探俱乐部的信息等。

马丁·爱德华兹先生是英国犯罪作家协会的前主席，也是历史最悠久的侦探俱乐部的主席。这个侦探俱乐部大概创建于 1928 年至 1930 年，主要创始人是侦探小说作家安东尼·伯克莱，是高规格的侦探作家俱乐部，汇集了当时英国最顶尖的侦探小说作家，包括阿加莎·克里斯蒂、多萝西·塞耶斯、G.K.切斯特顿等。这个俱乐部从 20 世纪 30 年代一直到今天，虽然很小众化，但是历史悠久，始终都是英国非常高规格的侦探作家组织。

马丁·爱德华兹先生今天讲的主要是关于侦探俱乐部和解谜游戏，特别是关于黄金时代的作品。黄金时代大概是指从第一次世界大战爆发到第二次世界大战结束的这段时期，尤其是 20 世纪二三十年代，那是侦探小说在英国和美国最为兴盛的时期。这个时期汇聚了大量侦探小说的名家名作，包括阿加莎·克里斯蒂、多萝西·塞耶斯、范·达因、埃勒里·奎因、约翰·狄克森·卡尔等。这些作家在黄金时代创作了大量以解谜为目的的侦探小说，充满游戏性。我相信，今天马丁·爱德华兹先生的演讲会非常精彩。

马丁·爱德华兹：很高兴受邀来上海。现在正是聊一聊推理游戏的好机会，我会介绍一下侦探俱乐部，我很荣幸担任该俱乐部的主席。约翰·狄克森·卡尔曾将侦探小说描述为世界上最伟大的游戏，侦探俱乐部的会员中，美国人并不多，卡尔先生算是其中之一。他担任书记员多年，并且一生都是俱乐部的忠实会员。

卡尔先生是密室推理之王，是"不可能犯罪"题材推理小说的专家。作为犯罪小说的一个分支，这类题材至今仍有很大的吸引力，例如英国的电视剧《幻术大师》和《天堂岛疑云》，美国的电视剧《神探阿蒙》，都涉及"不可能犯罪"。这些剧作在 21 世纪都大受欢迎。

大家普遍认为，侦探游戏的全盛时期是两次世界大战之间，也被称为黄金时代。更早的时候，曾经有人将犯罪故事视作作者和读者之间的游戏。维多利亚时代有一部密室推理经典《弓区大谜案》，作者是杰出的犹太作家赞格威尔，他曾说书中提出的密室解答必须符合逻辑，并且来自读者已知的线索。

E.C.本特利的《特伦特最后一案》在"一战"前出版，在该书中，业余侦探特伦特提到侦探的公平竞争精神。故事讲述的是发生在乡间别墅的一起谜案，侦探的巧妙解答最后被证实是错误的。这本小说在当时取得了很大的成功，本特利的本意是借此讽刺名侦探的形象，但巧妙的故事却影响了许多黄金时代的作家。

黄金时代之前，最好的推理小说都是短篇，而不是长篇，例如福尔摩斯最好看的案子基本都是短篇，切斯特顿笔下的布朗神父系列没有长篇。但是时代在变，推理小说也在变。惨烈的"一战"，导致数百万人死亡的全球流感，这些事件在当时激起人们内心的震动，人们想要逃避现实，想要娱乐，因此当时一度掀起填字游戏的热潮。当时的人们想看到他们心爱的侦探角色出现在长篇小说里，新一代的推理作家就此活跃起来。

长篇小说能提供更多的空间，让作家更好地隐藏线索，设置误导，而读者也更能猜出真相。阿加莎·克里斯蒂等作家向读者们发起了一场智力挑战：你能比大侦探更快地解开谜题吗？既然是游戏，就得有游戏规则，游戏必须公平竞争，可不能作弊。

戈雷尔男爵是最早注重公平游戏的推理小说家之一。他毕业于伊顿公学，1917年出版了自己的犯罪小说处女作《夜晚》，戈雷尔曾说这部小说的宗旨是公平地对待读者。故事中发现的每个重要现实都是相互联系的，而且尽可能让读者和侦探处在同样的视角，拥有同样发现真相的机会。他还在书中附上了犯罪现场的平面图，这种示意图后来在黄金时代的推理小说中屡见不鲜。

阿加莎·克里斯蒂的长篇小说《斯泰尔斯庄园奇案》于1920年问世，这是一部布局精巧的本格推理小说，故事背景同样设定在英国乡间别墅，如今依然风靡全球。阿加莎·克里斯蒂在成为推理作家的职业生涯之初，就对公平游戏的推理小说表现出强烈的决心。她没有隐瞒任何线索，但是在误导读者方面很有天赋，在寻求真相的推理游戏中，大部分读者都难以打败波洛。

六年后，阿加莎·克里斯蒂凭借《罗杰疑案》巩固了自己的声誉。考虑到你们中有些人没有读过这本书，所以我在这里就不多剧透了，只能说解答非常巧妙，而且在某些层面引起了很大的争议。这确实是公平的游戏，正如她的同行多萝西·塞耶斯所说的，在玩推理游戏的时候，读者有责任去怀疑任何出场角色。

如今，我们大家都知道A.A.米尔恩，因为他写了儿童小说《小熊维尼》，但是在写《小熊维尼》之前，他创作过一部非常成功的侦探小说——《红屋之谜》。和刚才提到的小说一样，这部小说的故事发生在英国的乡间别墅。一个从澳大利亚回到自己家族的坏家伙，在上锁的图书馆被枪杀了，他的两位客人非常乐于扮演侦探的角色，就成了像福尔摩斯和华生一样的拍档。

米尔恩认为，如果推理小说是一种游戏，那读者和作者都应该知道其中规则。在这本书重印的时候，他在书中提到六条重要的规则：

第一，侦探小说必须要用出色的口语化的英语书写；第二，故事中不应含有爱情的成分；第三，侦探都应该是业余侦探；第四，不能使用过于科学的调查手段；第五，读者应该和侦探得到一样多的线索；第六，应该安排一个华生。

就连英国著名诗人 T. S. 艾略特也曾经为推理小说制定过规则，包括：伪装这种手段只能偶尔出现，并且是次要手段；不应该出现比较复杂的杀人器械装置；侦探应该很聪明，但也不应该是超人型的聪明。艾略特坚持公平游戏规则，他觉得每个读者都应该有公平的机会去解决案件。

在英国倡导推理小说公平游戏原则的领袖是罗纳德·诺克斯，他因宣传"游戏的规则"而为大家所熟知，但他对于他自己提出的规则并没有那么当真。

"一战"期间，诺克斯和他的哥哥合作，为海军情报部门破译密码，并且对字谜游戏上了瘾。他出版了一本名叫《离合字谜》的书。他也是另一类游戏的先驱——他是最早对福尔摩斯的故事进行学术研究的人，他将这位伟大的侦探视为真实生活在我们身边的人物。

诺克斯在 1928 年出版的年度最佳推理小说的序言中，提到了推理小说作家的"十诫"。这些规则大部分是开玩笑的，要是他发现后来有这么多评论家把他的玩笑当真了，一定会觉得很震惊。按照他的说法，凶手必须在故事前半段出场，但是思维不能被读者一览无余。理所当然的，故事中不应该出现任何超自然的力量，而且不允许有一个突然出现的秘密房间或者通道。禁止使用当时并未发明的毒药，也不能使用过于繁杂、需要长篇解说的器械工具来作案。侦探绝不可凭借意外的事件和无法被解释的直觉来破案。侦探自己不能犯罪，不可以特意着眼于无关案情的线索来误导读者。侦探身边需要一位忠心但是有点笨的朋友。不能隐瞒他的思维。故事中禁止出现双胞胎的设置，除非一开始告知读者。

很能说明问题的是，诺克斯自己补充说，规则多了、严格了，肯定会对作者的创作造成一些限制，恐怕不久之后所有可能性都要穷尽了。黄金时代的所有作品都非常公式化，但事实证明，在真正有能力的作家笔下，侦探小说依然是高度灵活的，并且可以得到无限的发展。

这种为推理小说制定游戏规则的想法，在大西洋彼岸是登峰造极了。美国的唯美主义者范·达因写了一部情节精致的推理小说，主角是自以为是的绅士侦探菲洛·万斯。范·达因为推理小说作家制定了至少 20 条规则。范·达因的规则和米尔恩一样，禁止爱情成分，还规定侦探本人不能成为凶手。

从长远来看，更有影响力的黄金时代美国作家应该是埃勒里·奎因。奎因是两个作家一起创作时使用的笔名，一个是丹奈，一个是李，他们两个除了奎因这个笔名，还有一个笔名叫巴纳比·罗斯。他们这对表兄弟很有想象力，通过隐瞒身份迷惑读者，其中一个人扮演奎因，一个人扮演罗斯。他们还公开进行推理小说的辩论，在辩论过程中不断出版他们自己的书。进行辩论的时候，为了防止他们的脸被看到，他们戴着一种长条形眼罩式的面具，下面还有花纹，能够挡住他们的脸。

奎因增强了公平游戏小说的互动性，一旦所有线索都呈现给读者，他们就会向读者发起正式的挑战，要求读者揭开案件的真相。他们一系列的书都有一些生动又不寻常的场景，就像《美国枪之谜》。它以西部牛仔在竞技场表演为故事背景，他们试图让不太可能的情节看起来比较可信。挑战读者的环节，是把阿加莎·克里斯蒂等人的作品中暗含的挑战读者之意显化了。

阿加莎·克里斯蒂并没有在她的小说中正式提出挑战读者，但是她的一些英国同行使用了这种写作手法，其中包括安东尼·伯克莱·考克斯（主要笔名是安东尼·伯克莱和法兰西斯·艾尔斯）和米尔沃德·肯尼迪·伯奇（主要笔名是米尔沃德·肯尼迪）。

肯尼迪有一部小说《黑白谋杀案》，是用伊芙琳·艾尔德这个笔名出版的。这本书包含挑战读者的内容，同时涉及实体线索和文字线索的破解。故事讲述的是一位业余的艺术家在法国南部度假，卷入看似不可能的犯罪事件中。书中再现了这位艺术家绘制的现场草图，以便读者用这些草图发现案件的真相。

美国出版商哈珀兄弟于 1929 年出版了自家版本的"挑战读者"，这是一个比较聪明的销售噱头。该系列的每本书的结尾都是封住的，如果读者想要了解作者写的案件真相，必须把这个地方打开，而对解答没有兴趣的读者，可以把这个结尾原封退回去，还可以得到照价赔偿。几个月后哈珀兄弟声称，卖出的六万多本书中，只有三本被原封退回。在哈珀早期的密封推理中，包含了卡尔的处女作《夜行》。如果谁手头有一本保存得当、封印完好的原书，一定是价值不菲。幸运的是，英国国家图书馆前不久以平装本形式再版了这本书，价格很实惠。

当时的另外一家发行商哈瑞普出版了三本拼图系列作为尝试，为当时的谋杀推理游戏提供了新思路。其中有一部关于美国律师侦探梅森的小说，中文译名是《移花接木》，作者是加德纳。那本书出版于 1933 年，四年后出现拼图本，首先是一部长篇小说，后面附着一个拼图，有 150 片拼图碎片。读者可以拼起来，呈现出这个案子最后解答时的高潮场景。

心理学家戴利·金是 20 世纪 30 年代最有趣的黄金时代美国作家。他的长篇小说《远走高飞》是"不可能犯罪"题材的，情节别出心裁，很独特。他在解谜的部分加上了书中人物的行动列表，其中包括三张图表，还有两张非常详细的时间表。最值得注意的是这本书的结尾处放了一张非常详尽的线索指南，这个指南确切地向读者展示了解答里的每一条线索出现在书中哪一页。这种手段表明作者有意和读者进行公平的游戏。

戴利·金不是第一个发明线索指南的人，据我了解，线索指南最早出自1929年J.J.康明顿所著的《博物馆之眼》。康明顿的线索指南采用的是文字脚注的形式。黄金时代很多作家的作品中都包含线索指南，包括奥斯汀·弗里曼、弗里曼·威尔斯·克劳福兹、罗纳德·诺克斯、约翰·狄克森·卡尔，但是戴利·金对于线索指南的使用方法很有趣味性，也花了很多精力，我很欣赏。

有一种普遍的说法认为黄金时代的推理小说是回应"一战"的、比较具有英国特色的逃避现实的方式，这与美国作家达希尔·哈米特、詹姆斯·M.凯恩、雷蒙德·钱德勒等人所创作的一些硬汉派、偏向现实的作品是完全相反的。事实上，不仅是范·达因、埃勒里·奎因、戴利·金，很多美国作家的推理小说都尊崇黄金时代的游戏传统。

美国评论家霍华德·海克拉夫特写过一本书，讲推理小说流派史，名为《为了娱乐的谋杀》。他在书里说英美两国之间的主要区别在于，英国作家有侦探俱乐部，他们有同样声誉显赫的同伴，彼此之间有比较好的相互影响。侦探俱乐部是一种类型文学的学院，对于满怀抱负的后辈们也是一种目标。海克拉夫特认为，这个俱乐部所形成的优势是美国的推理小说家们不具备的，这种优势是不可估量的。现在聊一聊侦探俱乐部。

侦探俱乐部起源于1928年，当时安东尼·伯克莱决定在他自己的家里为这些作家们举办一个晚宴。晚宴很成功，于是很多人开始效仿他办晚宴。那时候没有互联网，大部分的推理作家都是单打独斗，一个人创作，他们彼此之间不认识，所以伯克莱决定把这些推理小说界的领军人物集结起来，包括多萝西·塞耶斯、阿加莎、诺克斯。

推理作家之间的晚宴开始流行起来，伯克莱有了创立精英俱乐部的想法。你会发现在这个俱乐部成立之前，在诺克斯的《闸边足印》、伯克莱的《毒巧克力命案》（以多重解答闻名的作品）等小说中，已经出现了俱乐部的形式。1930年，伯克莱邀请柯南·道尔担任俱乐部的主席，柯南·道尔没有接受，几个月之后逝世，所以由切斯特顿担任主席一职。

安东尼·伯克莱和塞耶斯有很大的精力和动力，侦探俱乐部这么快崛起，他们两个有很大的功劳。他们都是精英主义者，只想让写出公认杰作的人加入俱乐部。他们只关心侦探小说，并不关注惊悚类小说，直到20世纪50年代，惊悚小说家才真正获得资格进入这个俱乐部。他们不仅想促进成员之间的合作、创作，还想提高推理小说的文学水准。

这两位作家都尽心提高推理小说的文学质量，伯克莱以法兰西斯·艾尔斯为笔名写的两本小说——《杀意》《事实之前》——都是心理悬疑的经典，写得巧妙。塞耶斯的文学抱负在《九曲丧钟》《俗丽之夜》等作品中表现得很明显，尽管《俗丽之夜》这本书作为侦探小说给人的印象不是很深，但是在《九曲丧钟》中，塞耶斯将人物、场景和情节结合得很成功。

虽然他们比较侧重文学水准方面的提高，但并没有阻止俱乐部成员在侦探游戏中寻找乐趣。他们为英国广播公司写了一个推理节目，每一集由不同的作家写，每周一集，刊登在英国广播公司的杂志《听众》上，让读者们有机会参与解谜。这种挑战读者的形式非常受欢迎。

1931年，俱乐部的13名成员又一起写了一本推理接龙的长篇小说《漂浮的海军上将》。这部小说至今仍在重版，而且销量很不错。这不是传统意义上的长篇小说，但是每一位成员在写他们自己的章节时，都写得非常开心。

到1932年底，俱乐部成员达到了28名，开始有了俱乐部的规章制度。伯克莱和塞耶斯的不懈努力得到了回报，俱乐部的成员们在媒体上有了曝光度。当然，俱乐部也会为阿加莎这样的作家提供避风港——他们不太喜欢接受媒体关注，只想和志同道合的同行们进行社交。

推理小说中的游戏精神依然很重要。《去问警察》是成员合写的小说，每一位成员在书里写的都是其他人笔下的侦探角色。《对抗苏格兰场的六个人》是一部短篇小说集，俱乐部成员在书中竞相设计完美犯罪，把破案任务交到苏格兰场退休不久的警司手里，他要尽可能表现出警察如何专业地侦破这些案子。

也许海克拉夫特是对的，黄金时代的英国作家之所以更加成功，比美国或者其他国家的推理小说家拥有更持久、更深远的影响，原因就在这里。侦探俱乐部培养了一种共同协作的精神，这种精神支撑着成员们尝试新的想法，即使在创作失败的时候仍能保持信心。创作失败其实是作家的职业生涯中不可缺少的一部分。俱乐部成员们不仅遵从传统，而且不断地相互挑战，将推理小说的文学质量提到非常高的水平。

1931年，塞耶斯提出为侦探俱乐部新成员设计一个入会仪式的想法。在设计入会仪式的时候，她参照了诺克斯的"十诫"。从20世纪30年代起，仪式章程一直会定期修订，每一代成员会注入自己的幽默感。

在原始版本里，入会时需要由主席"统治者"来进行教义式的问答。"统治者"说：你能否发誓，你笔下的侦探是依照你所赋予他的智慧侦破案件，而不是依赖上天的启示、女性的直觉、神力、欺骗、巧合、天意破案？候选人就会说：我发誓。"统治者"说：你庄严地发誓，永远不要向读者隐瞒关键线索。候选人说：我发誓。"统治者"说：你能否发誓，适度使用包括黑帮、阴谋、死亡射线、幽灵、催眠术、暗门、超级罪犯、精神病人等在内的元素，并且永不使用科学无法解释的神秘毒药？候选人说：我发誓。"统治者"说：你是否能够坚持使用纯正的英语来写作？候选人说：我发誓。

但仪式的结尾很煞风景，"统治者"的最后一句话有点威胁的味道：既然你已经被接纳为侦探俱乐部的一员，如果你无法信守上面的承诺，就祝愿你的创意和别的作家撞车，祝愿你和出版社的合同缩水，祝愿有陌生人告你诽谤，祝愿你的书印刷质量不好，祝愿你的书销量直线下降。

切斯特顿主持入会仪式时非常认真，他对俱乐部充满了热情。在黄金时代，他一直在创作布朗神父系列短篇小说，这些故事被集结在《布朗神父的怀疑》等书里。和卡尔一样，他喜欢似是而非的东西，喜欢写看似不可能的谜团。不过，他没有写过长篇小说，而且对公平游戏的概念不怎么感兴趣。

切斯特顿去世后，《特伦特最后一案》的作者E.C.本特利成为第二任主席。再往后是多萝西·塞耶斯，她一直担任主席直到去世。然后，阿加莎·克里斯蒂继任，直到1976年去世。此后有四位主席，朱利安·西蒙斯、H.R.F.基廷、西蒙·布雷特，最后是我。我是2015年当上主席的，对我的写作生涯来说，这是非常荣幸的事，是最大的荣誉。

侦探俱乐部的故事并没有停止，几年前西蒙·布雷特策划了一本合写小说《沉没的海军上将》，非常有趣。我编选了《谋杀动机》，是当今的俱乐部成员的短篇小说集。还有一个令人兴奋的新项目——

《手法》，讲述的是推理小说写作的技巧，将于明年出版。几乎每一位尚健在的俱乐部成员都愿意供稿，其中包括伊恩·兰金、苏菲·海纳、彼得·詹姆斯等比较有名的作家，还有一些过去的大师们撰写的文章，包括阿加莎、塞耶斯、伯克莱、卡尔等。

侦探俱乐部继续蓬勃发展，我们依然每年开三次会，并且得到了成员们的拥护。令人高兴的是，很多经典的推理小说重新流行起来，不少作品最近由英国国家图书馆再版，我担任了顾问的角色。另外，还有许多新小说以各种各样的方式，向侦探游戏致敬。

我自己的贡献是两本书——《绞刑法庭》《莫特曼庄园》，故事背景都设定在20世纪30年代，侦探俱乐部成立的那一年。这两本书都带给我很大的写作乐趣。明年4月份出版的《莫特曼庄园》，将是数十年来首部使用线索指南的侦探小说。

推理的游戏还在进行，非常感谢各位能够邀请我到美丽的城市上海进行这次演讲。

刘臻：侦探小说中有很多意外的事件，今天这个讲座也有一个意外：我们邀请到了另外一位侦探小说大师——法国作家保罗·霍尔特。保罗·霍尔特先生是当今为数极少的约翰·狄克森·卡尔的文学继承人，或者说是当今写密室谋杀案和不可能犯罪的大师。我们先让霍尔特先生简单说几句。

保罗·霍尔特：我是保罗·霍尔特，是一个侦探小说家，我的作品大部分都是关于密室的谋杀案，但不仅限于此。我非常开心能有机会来到中国和大家见面，没想到我在中国有这么多读者，受宠若惊，非常感谢。

读者：不同地区或者不同年代的读者，阅读兴趣很不一样。请问两位作家，怎么理解自己和读者之间的关系，在不同的时代是否发生过一些变化？

保罗·霍尔特：就法国来说，三十多年前，侦探小说的读者大多是二十多岁，现在这批人五十多岁了。但在中国，如果三十多年前的小说读者大多是二十多岁，现在的主要读者仍然是二十多岁。此次中国之行，让我印象最深刻的是中国读者之年轻，还有热情之高涨，和现在的法国非常不一样。

马丁·爱德华兹：我非常同意保罗·霍尔特先生的观点，在座的读者非常年轻，这让我觉得非常兴奋。在英国，推理小说是全年龄段的读物，但是老一辈的读者对这些作家更加熟悉。对年轻人来说，他们有更多的事情可以做，不会像你们这样坐在这里听我讲话。在不同的国家，推理小说的发展是不同的，希望我们今后能够促进不同国家之间的写作团体相互交流。

读者：没有想到今天能在这里见到保罗·霍尔特。在法国有没有侦探俱乐部？如果有，请您介绍一下侦探俱乐部的历史。

保罗·霍尔特：法国没有像英国这么严肃的俱乐部，作家彼此之间只会像朋友那样一起玩。只有一个俱乐部——以夏洛克·福尔摩斯为主题的俱乐部。这个俱乐部的成员经常去瑞士玩，这算是法国最正经的"侦探俱乐部"了。但不少法国的推理小说家会参加其他国家的俱乐部，意大利就有很多相似的俱乐部，我们和意大利人交流得多一点。虽然我们没有严肃的俱乐部，但是阿加莎·克里斯蒂的作品在法国的销量是在英国的两倍。

读者：马丁·爱德华兹先生，有人说，用犯罪揭示出的真相终究会被掩盖，您同意这个说法吗？您对痴迷于犯罪小说的读者有什么建议？

马丁·爱德华兹：首先，现实生活中的犯罪都很糟糕，完全不像小说中那么美好，所以我们在写推理小说的时候要时刻注意到，写小说是为了娱乐，仅仅是一种游戏。优秀的犯罪小说跟传统的小说相比，自有它的价值，这些小说能帮我们更好地理解人类行为的动因。

新老上海，饮食男女
——《家肴》新书分享会

▌时间：2019年11月23日
嘉宾：唐颖、汤惟杰、王雪瑛、张黎

左起：汤惟杰、唐颖、王雪瑛、张黎

张黎：读者朋友大家好，我是唐颖老师新作《家肴》的责任编辑。今天来了这么多人，让人很感动。除了唐颖老师，我们还请到了两位嘉宾。一位是中国文艺评论家协会理事、知名评论家王雪瑛老师，另一位是著名评论家、同济大学教授汤惟杰老师。两位老师都是研究文学的专家，对上海文学、上海文化的研究也很深，期待他们的分享。首先请今天的主角唐颖老师讲讲这本书和她的创作。

唐颖：每一次到思南，看到那么多爱书人，就觉得挺开心。有你们这些读者，我写书时会有点信心。前一阵子我还在说，写作很寂寞，有时候完全不知道自己的读者在哪里。有了思南读书会以后，至少可以面对你们，面对熟悉的读者，有沟通的快乐。而且思南文学之家所处的地段，正在我写作的文学地图的范围里，这也是非常有意味的。

今天来这里的路上，我经过我的小学，还拍了照。学校在皋兰路和瑞金二路的拐角上，现在是聋哑学校。我说这些是为了让你们读我的书时有些现场感，因为我书里所写的街道、弄堂其实就在这一带。我的小学叫卢湾区第二中心小学，卢湾区已经被合并了，但是大家对卢湾都非常怀念，因为我们从小在这里长大。城里人的故乡，就是自己成长的街道。

《家肴》里的食谱，是 20 世纪 70 年代凭票证年代的食谱。书里的女孩容美记载了当年的食谱，通过这些菜肴，记住家里发生的故事。所以它不是一般的食谱，而是充满了人物的感情。

我写了一批上海人，尤其是老一代的上海人。作者写书，肯定有自己的回忆和思绪在里面。当然，小说里的很多故事是虚构的，但是人物一定是从生命中滋生出来的，所以我小说里的生活细节，都是从真实生活里来的。情节可以虚构，细节是难以虚构的，人物也肯定是从生活中来的。我先说这些。

张黎： 谢谢唐老师。王雪瑛老师之前写过很多对唐颖老师作品的评论，而这部作品可能和唐老师以前的作品有点不一样。请王老师谈谈。

王雪瑛： 今天下午我们相聚在思南读书会，分享唐颖的长篇小说，品尝《家肴》。非常感谢江苏文艺出版社，给我们提供了交流的机会。唐颖老师刚才说，写作是寂寞的，对，写作需要独自面对和完成。唐颖老师的作品很接地气，有感染力，有很多读者。下面简要说说我的阅读感受。

我从小在上海长大，对上海这座城市有感情，所以我对《家肴》的阅读很投入。我最先阅读的是唐颖老师发给我的电子文本。这是一部时间跨度大、有年代感的长篇，小说呈现了"上海一家门"——两代普通上海人的故事。沿着小说的情节线索，我走入了他们的人生，眼看着他们的命运沉浮，体味着他们的人生百味，如同看见了上海的内心和表情、上海的昨日和今日。他们是那样真实，就在我的身边絮语家常，他们又倏忽间汇入了上海的匆匆人流。时代风起云涌，他们的人生也经历着跌宕起伏，如一叶小舟在历史的激流中飘摇。整部小说犹如笔触细腻的上海浮世绘。

《家肴》以文学的目光回望两代普通上海人的喜怒哀乐，注视着他们心灵中的深浅伤痕。我常常被小说语言吸引着，跨越几十年的岁月长河，体味着上海的岁月沧桑。小说的时间跨度大，但是没有沉闷感，细想起来，我觉得有两方面的长处和特点。

其一，虽然《家肴》不是悬疑小说，但是小说的叙事中布下了导火线般的悬念。我曾经写过评论，将唐颖的《家肴》与蕾拉·斯利玛尼的悬疑小说《温柔之歌》做过比较分析。唐颖老师有戏剧创作的经验，在写实小说中，善于运用一些戏剧方式，很注重悬念设计。几十年的时移世易，几十年的发展变化，如何让当代的读者理解上海往事？怎样把过去的上海人内心的复杂曲折呈现给如今的读者？唐颖老师精心构思，小说的悬念设计很出彩。用我的语言来说，小说有着导火线似的悬念。

小说起始的第一句话，她就布下了悬念：他们是在元凤的葬礼上获知元鸿已经去世，一年前他的大殓，亲戚们都缺席。接着以小说中人物的质疑来扩大悬念："我在国外不知道，你们在一个城市怎么也不知道？他到底也是我们的亲舅舅，我妈和你妈的大哥，倪家的长子……倪家的人都这么冷漠吗？"倪家的人为什么要隐瞒亲人去世的消息？元鸿为什么会坐牢十五年？容智为什么不和家里人联系？元鸿和容智的人生为什么步入歧途？小说开始的几百字之内就已经埋下了关于元鸿和容智的重要悬念。接着小说在不断揭开悬念的过程中步步展开，让一部叙述语言平实的写实小说摆脱了庸常与老套，具有了可读性和叙事的张力。小说在回首往事、揭示旧伤的同时，有着当下的生命力。

其二，《家肴》的结构中，隔一个章节起始的"家肴食谱"很醒目，这既是小说的结构方式，也是小说的意蕴呈现。元英家里的食谱，体现出那个年代普通上海人是怎么过日子的。那一代人在物质匮乏的条件下，顽强地保持着日常生活中的乐趣，在记忆中散发着往日的温度。

小说以丰富细节展现上海人如何过日子，这就涉及人物的塑造。有很多话题可以展开，下面先听听汤老师如何说。

汤惟杰：王雪瑛老师是唐颖老师的精神闺蜜，她发现了埋藏在

《家肴》中的很多隐秘、微妙的线索。作为一个男性读者，我可能比较粗心。为了弥补这个粗心，事前我做了一些额外的工作。现在跟大家分享我的阅读心得，同时接着王雪瑛老师刚才的评论，稍作补充。

唐颖这部小说共三个部分，前两个部分，每一部分是10章，最后一部分12章，共32章。读下来，大家一定会发现作者特意以隔章出一个菜谱的方式开头。这些菜谱来自小说人物容美的笔记，里面有人物自己做菜的感受。我有一个很小的，然而自认为颇有意思的发现：在小说前两部分，都是双数章节以菜谱开头，而到第三部分，这样的开头换到了单数章节。待会儿唐颖老师不妨谈谈她这方面的设计。

王雪瑛老师提到，《家肴》用了一种引人入胜的写作方式。时至今日，小说读者的口味都非常"刁"，就像小说里面被元英的厨艺调教出来的两个女儿一样，尝过不少美味，其中不仅有大量的中国现当代文学作品，也有最近四十多年被译介到中国的外国文学作品。面对具有挑战性的读者，作为创作者，唐颖在这部新作上花了很大的功夫。刚才王老师讲到，这部小说调用了不少悬念小说的类型元素，《家肴》中不乏情节悬念，更多的是心理悬念。唐颖对类型元素的借用，增强了这部小说的可读性。

唐颖刚才讲自己是一个写实小说家，然而作为作家，她身处的不是19世纪巴尔扎克、福楼拜那个年代，也不可能像20世纪三四十年代的茅盾、老舍那样写作，《高老头》《包法利夫人》《家》《子夜》乃至《暴风骤雨》《上海的早晨》的写实模式，对当代读者已经不可能产生同样的效用。

唐颖这一代作家的大学时代，正值现代派文学风靡。这是他们当年非常着迷的东西。唐颖的写实作品，明显包含着从现代派文学中受到的滋养。

譬如说，《家肴》里有一种好玩的对应：作品里的悬念元素，一方面是本身结构性的设计，另一方面，叙事者容美这个人物是大学教师，业余也写作，并且非常想成为一个悬念小说家，这两者构成某种"互涉"和对应关系。《家肴》的一个重点是饮食，每一章里都有或大或小的聚会宴饮，或者日常饮食、点心小吃。吃对我们也是有悬念的。比如一场宴席，在你饱享口腹之欲的那一刻，"下一道菜是什么"也是贯穿饮宴始终的一个悬念。

这本身又会引出很多有意思的话题。由《家肴》，很容易让人联想起汉字当中的那个"旨"字，这个字的甲骨文字形是上边一个匙形的"匕"，下边原本是一个"口"，代表把美食送到口中，以及随后所尝到的"美味"。渐渐地，这个"旨"字的含义由"美味"抽象为"美好"，甚而变为"意义"。而它最初的意思就是舌头上尝到的味道，是感性的，是跟滋味联系在一起的。法国作家普鲁斯特1922年出版了《追忆逝水年华》的第一卷，其中有一个很重要的小段落叫"玛德莱娜"，是一种小糕点。作者在书里这样讲：当一切往事都烟消云散的时候，只有滋味和气味长存，为我们构造起一个关于我们过往生活的回忆巨厦。我觉得他的这句话，正好对应了唐颖《家肴》的某个主旨，滋味、生活的某种感性细节，以往生活的某种还原，是作品《家肴》要处理的一个主题，我们不妨称作"旨之为旨"。

唐颖在80年代最早的一批创作，文本层面有更显明的现代派的风格诉求。到了今天的《家肴》，在写实的总体基调上，她有意识地把有关自我的来源的追问，放回关于家族史的线索当中，也放回日常生活的诸多细节当中，非常有意思，是她在原有的"现代"诉求跟写实风格之间寻求联结的一种努力的表现。我先讲这些。

张黎：谢谢两位老师。《家肴》就是一本有味道的书，不仅是家肴的味道，也有很多人生苦涩之味。其实，我们更应该跳出上海来谈这个作品，它对人生和时代的思考是深刻而痛切的。书中每个人物的塑造都鲜活动人，他们身上有非常深刻的悲剧性，也有非常坚韧的平常性，每个人的面向不一样。我想问问几位嘉宾，你们最喜欢的人物是哪位？先请唐颖老师讲一下。

唐颖：我写这个小说的时候，其实最想写几个老辈人，一个是元鸿，一个是宝珠，一个是阿馨。三十年前就想写他们，是老一辈中的叛逆人物。我虽然用写实主义笔法，但这些人物其实是超越传统的。这些叛逆的老一辈人，一定不是很多人能认同的，你们可能会觉得他们在道德上有瑕疵，但他们个性鲜明，令人难忘。因此在我比较成熟的现阶段，我想把他们记录下来。所以他们三个应该是我比较喜欢的书中人物。

其实他们也是我写这本书的动力，比如元鸿跟阿馨。1949年以前，阿馨是元鸿的外室。她后来嫁了人，在老年时与元鸿相遇，两人旧情复发。像他们这种关系，在生活中会被人鄙视，会让家族觉得丢脸，但是他们真的存在。

又比如宝珠这个人，也是非常叛逆的，她不是传统女人。她那么要好看，即便在"文革"时期，还是坚持自己的某种生活方式，每星期上理发店做头发。她的生活比较考究，这种考究建立在到处借钱的基础上。这样的人物，我的生活中也确实存在。我觉得老一辈的亲戚们好像都很烦她，烦她一天到晚要借钱，但是小辈们与她相处很轻松，她不像其他老辈人会给小辈压力。其实，生活中越是贤惠的人，付出越多的人，越会给身边人压力，比如元英这样的人。宝珠做人很轻松，她有一种及时行乐的态度。在匮乏年代里，像宝珠这样的生活态度，也可以被看作一种对外在环境的消极对抗。所以《家肴》里其实有太多的含义。

说到书中人物，导演郑大圣曾在我的朋友圈下面留言："最爱出狱老混蛋。"我先是一愣，后来才明白他是在说元鸿。他也喜欢元鸿。这个人物很有元气，虽然被关了十多年，60岁以后才从劳改农场回来，但回来以后居然还去摆蛋摊，还想咸鱼翻身。我的祖籍是宁波镇海，镇海人喜欢做生意，他们到上海以后，很多人做生意成功了。元鸿的血液里带着这种东西，他身上有不屈服的人性。他的生活方式，包括他跟女人的相处，仍然保留了他的自尊。

王雪瑛：读唐颖老师的小说，常常感受到她笔下的人物很真实。你会觉得这些人物就在你的身边。刚刚她说话的时候，我望着窗外，觉得他们就在上海的马路上聚散着、行走着……有时他们的眼神有一种苍茫感，他们既属于这个城市，又超越这个城市。为什么呢？小说从人物的命运中探寻着人性的幽微和复杂。《家肴》中的人物比较多，唐颖塑造提炼的这些人物，有一些相对性。每个人物都很有个性，人物与人物之间，又构成一种对比的关系。

元英与宝珠的个性就构成对比。元英是小说中最用力塑造的人物形象，她是典型的上海女性。她很好强，要面子，有点道德主义，靠近主流的价值观。她是经历了时代洗礼的那一代上海女性。元鸿的牢狱之灾、容智的断绝往来、父母之墓的被掘，都是她心里的沉重伤口，时代的风云变幻给她的内心世界投下了阴影。她常常急躁和抱怨，是一种不自觉的自我保护。其实她深爱着家人，比如元鸿入狱后，她对宝珠经济上的接济，对阿馨生活安排的建议，对丈夫和容智、容美的爱护。她一生都在为一家人操心。

宝珠和元英是同一代女性，她们有着不同的个性与生活方式。宝珠是一个与生活妥协，善待自己的人物。即使在经济窘迫，需要借钱度日的时候，她也不忘记做头发。不管世道怎么变，不管遭受怎样的打击，不管人生到了何种处境，她的爱美之心不变，尽可能地吃好穿好，不亏待自己，在苦中作乐。她没有刚性的坚强，却有着顺应的柔韧。容智说过："宝珠舅妈比谁都不容易，可是她能把生活过得有声有色。她不抱怨不诉苦，是用自己的方式去化解人生的苦！"

容智是容美的姐姐，她从小聪慧懂事，是父母的心头爱。她将知成"表哥"当成青梅竹马的心上人，这是她往后人生的悲剧起点。亲兄妹真相的暴露改变了她的人生路径。她决定离开家人远去新疆，休假旅行期间遇见了德国男友，他们双双回上海，准备拿到户口本后登记结婚。但在一夜之间，她的命运发生惊天逆转：她成了全家人的心病与伤痛。容智始终是有自己坚守的女性，她独自承受伤痛和艰难，断绝与家人的来往，既是一种独立自强，也是一种自我伤害，更是对亲人的伤害。

容智与容美的个性构成对比：姐姐容智个性很强，她为自己的个性付出了人生代价；妹妹容美的个性更包容，更柔韧。

《家肴》描绘了两代上海女性的形象，小说写出了她们的个性，她们不同方式的坚强，也写出了人性的真实。小说通过人物塑造，在人物的命运中融汇着丰富的意蕴。《家肴》不仅回望了上海的过去，也叙写了上海的今天，不仅追踪了个体、家族的命运起伏，也勾勒出时代的嬗变轨迹。《家肴》不是精致唯美的文艺小说，唐颖的笔触有着一种看取生活底色的冷静和细致，透出现实生活真实的骨感。岁月奔流，时代向前，而往事并不如烟，心灵中经年累月的伤痛，犹如灰烬中的暗火，还在隐隐地灼伤着他们的心情。这是一个深邃的话题，值得探讨，下面想听听汤老师的高见。

汤惟杰：我一直是唐颖作品的忠实读者，这次《家肴》出版，我也第一时间读了。这两天又重读了一遍。

小说怎么称得上好看？如果往上追溯，小说（所谓 novel）是一种现代意义上的文化形态，差不多是 18 世纪以降在欧洲产生的新的叙事样式，同时也是伴随着现代大都市的出现而产生的城市文化类型。实际上，随着小说产生的，是那个特定历史阶段中冒出的一群人，用欧洲的语言来讲叫 bourgeoisie，过去有翻成布尔乔亚的，也有翻译成资产阶级的，而在我们讨论小说文类的特定情景下，译作市民阶层应该更为确切。他们是城市里产生一种新的生活方式的一群人。小说这种文学样式，是跟这群人共生的。

小说，特别是写实小说，都需要叙事上的驱动力。它不是散文，不能平淡，要有矛盾，有冲突，有人物关系。什么是推动小说的内核呢？实际上这就是黑格尔在他的《精神现象学》中讲的一个概念，人的非常重要的精神面向——欲望（需求）。每个个体都有欲望，欲望推动着他 / 她，产生各种各样的行为，他 / 她和其他人由此发展出各种各样的关系。在这个意义上，《家肴》中的那个"肴"，那个"旨"，满足我们口舌之欲的美味，本身就是欲望的一种外在的化身；更不用说，小说叙事当中，伴随着口腹之欲的，还有男女情爱关系。即使在物质匮乏阶段，在生活状态相对严峻的时代，它们仍然存在，仍然可见地或者隐秘地发生作用。唐颖的写作价值，在我看来，在于她用她的小说，向我们揭示了这种精神现象学意义上的"欲望"，这也是小说的一个原动力。这是小说的发生学，同时也构成了小说本体，是小说的基础。

唐颖刚才说郑大圣导演喜欢元鸿这个人物，我也有同感。实际上，元鸿这个人，用一个比较老派的说法，可以叫"生气灌注"，充满了精气神。这样的人物，恰恰曾经是支撑我们的小说史的一种重要人物类型。譬如《红与黑》中的于连，就是这类生机勃勃的人物。小说中，元鸿曾经入狱十五年，一旦出来，还是那么生猛，对身边的女性构成一种既是挑战，又是挑衅，又不乏挑逗的多重面向。在现实主义小说谱系中，我们经常援引恩格斯所讲的典型人物，所谓"这一个"，恩格斯的提法则源自黑格尔。元鸿的人物吸引力、生命力，无疑是和生命欲望联系在一起的，这里有饮食男女层面的欲望，然而更多的是"被承认的欲望"。他没有被磨蚀的桀骜不驯，是人物最具吸引力的地方，也构成了唐颖小说非常重要的一个层面。

此外，《家肴》的别具手眼之处，还在于它呈现的小说的基本冲突架构与以往有所不同。经典小说的基本冲突架构是主人公和身边世界的对立关系，是主体跟征服对象之间的关系。在以往的小说里，这个主体（主人公）基本上是男性，是男性主体征服客体、消化客体的故事。而《家肴》里唐颖呈现的视角，无疑是女性的，即使是元鸿，也是女性视点中的一个人物。然而，唐颖没有把她的女性视点简单地设置成一个男权中心视角的翻版。《家肴》描画了一个难以驾驭、难以消化的男性人物——元鸿，其中对两性人物的角逐和博弈过程的刻画，显示了唐颖对当代写作者性别意识、身份政治的更为深入而复杂的理解。

张黎：谢谢三位嘉宾。我不是上海人，在书中读到上海的故事，会有一些新鲜的感受。我想问问三位老师，你们心中的老上海人和新上海人，到底是什么样子的？

唐颖：今天看到思南公馆的那些老房子，看起来很时髦，这是现在的人所追求的。老上海逐渐变成新上海，而现在不少人又开始怀旧，我觉得这是一种循环……有个美剧叫《广告狂人》，写20世纪60年代的故事，我们现在看，会觉得好时髦，包括他们穿的衣服、他们谈论的东西。所以所谓的新上海、老上海，也是一种循环的过程。再听听两位老师的高见。

王雪瑛：这个话题有内涵。生年不满百，常怀千岁忧，历史的时间跨度，与个体生命的长度构成很大的对比，其实个体的生命过程在整个历史的发展进程中是非常有限的。如果人物的人生正好处于特定的时代氛围下，比如20世纪五六十年代，那个时代就会对他们的人生产生很大影响。二十年、三十年在历史长河中只是一小段，轻舟已过万重山，时代嬗变，历史开始了另一个阶段，而作为个体的人已经过了人生中的重要阶段，人生的格局很难改变，比如小说中元鸿的人生。

上海是一个海纳百川的城市，早在20世纪初，上海就有"东方巴黎"的称号，与当时最发达的城市巴黎是同步发展的。1843年开埠以来，上海迅速发展成为外来文化输入中国的最大窗口和传播中心。上海是一个移民城市，移民不仅来自全国，还来自世界各地。多元并存的文化格局形成了上海开放的个性，海派文化是东西方文化交流的载体，也是江南传统文化与现代文明融汇的结晶。

在这样一个大融合的背景下，形成了城市海纳百川的开阔胸襟。上海在五方杂处中，需要有序管理，渐渐就形成了很有契约精神的市民阶层，构成上海的现代性……经过计划经济时代，到改革开放的新时代，上海依然吸引着全国各地的人和世界各地的人，上海又开始了开放与融汇的过程。在新时期进入上海的众人被称为新上海人。新上海人和上海人的交流和共处，形成上海创新与发展的活力。

唐颖老师的小说时间跨度很大，她的作品中人物众多，既写到新上海人，也写出了上海人新的精神气质。她笔下的很多人物有着国际性，他们是新时代背景下的上海人，有着世界性的眼光，有着开放的心态，而且也有到世界各地去生活的愿望和能力。他们会走出上海，走出国门，在世界各地的城市中选择自己的生活。他们的生活有着开阔的场域，他们的人生有着开拓的精神。我想，这就是新时代的上海人，从精神气质上，他们既有上海的本土性，又有国际性。他们的身上体现了上海这座城市海纳百川、开放包容，又与时俱进、追求卓越的精神特质。上海人在时代变化中，不断找到属于自己的生活方式，有着务实的生活能力，同时又在日常生活中，在衣食住行的生活方式中，保持着自己的审美个性和鲜明的自我特征。无论时代怎么变，生活怎么变，上海人依然注重自我的选择和个体的发展。这在上海人的审美趣味中体现得很鲜明，上海人很容易被认出来。唐颖的小说中出现过不少这样的人物。我特别欣赏她的短篇《套裁》。从两个女性套裁黑包裤的核心情节中，写出特定时代背景下，她们为爱美之心付出的代价。这个短篇很经典，自然地展开生活化的情节，每一笔都很有用，描绘出了那个时代上海女性对美的追求。

上海人体现着上海的城市特性，有开放的心态、开拓的勇气。上海人不局限于一座城市，而是把世界各地的城市作为人生的舞台。这是我对新老上海人的理解。听听汤老师怎么说。

汤惟杰：刚才两位老师讲得非常精彩，实际上已经很完整地回答了这个问题。我想说，我们的回答，都是在特定历史情境下的回答。在 20 世纪 50 年代和 80 年代，你所能听到的答案显然不会相同，因为时移世易，我们对何为上海、何为上海人的理解一定会有变化。

上海，一方面正如刚才两位老师所讲，它的开放性、包容性很强。它本来就是一百七十多年以来形成的一个现代移民城市。其实在我的感受里，老一辈人并没有根深蒂固的"上海人"意识，相反，在家乡观念和乡土生活方式方面，他们反而是比较坚持的。《家肴》中的主要人物有颇为浓厚的宁波味道，无论是饮食口味还是家族中的相处之道，这方面不仅体现出作者唐颖自身的生活经验（她祖籍宁波），也从侧面让读者领略了宁波籍移民在构成上海生活方式的过程中的重要影响。根据统计，上海历史上，中心城区的人口构成中，宁波籍居民一度占到将近四成。

"上海人"身份的固定化，跟后来的户籍制度的建立关系很大，人口流动一度几乎停滞。一段时期内，上海人以拥有"上海市区常住户口"为荣。这段历史在整个上海的城市变迁中并不算长，直至上海开启新一轮城市化、移民化进程。

在这个意义上，新上海人不仅也是上海人，甚至我要说，他们可能是更有活力的上海人（老上海们不要生气，其实大家的上一辈或者上两辈是同样的移民）。他们进入上海滩打拼，挣得了自己在这个城市中的一片立足之地。在我看来，这才是上海的生命力所在，是这座城市的隐秘动力。另一方面，上海既包容，又有一颗非常坚硬的"上海心"。这颗"上海心"，在我看来，不是指上海的常住户口，而是《家肴》中像容美、容智这样的人物所具有的强烈的自我意识。上海人在匮乏的年月仍然坚守着特定的生活方式，如《家肴》中那一张张家庭菜谱所体现的。主人公对自我的迷惘与寻求本身，他们对生活的经验史的迷恋，小说中对过往生活图景的描画和拼合的努力，都是上海与上海意识的凸显。我觉得这是一颗"上海心"的流露，这些都是上海，也是上海人，无关乎新或旧。

张黎：我比较喜欢元鸿、阿馨和容智，他们一辈子没有真正地相见，但他们是血缘上的爸爸、妈妈和女儿。他们的性情，并不能以新和老来审视，而是典型和非典型。这三个人的个性，其实都是飞蛾扑火，有点不管不顾……

唐颖：元英是一个比较典型正面的上海人，她勤俭持家，要面子，坚持着原来的生活，因为这种生活方式其实也是连接家人的一个核心。外边的世界天翻地覆，怎么能让家里人安下心来？就是坚持原来的生活方式。元英成了家族的灵魂人物。特殊年代里，民间的元气和活力可以通过家庭生活的形式保留下来。《家肴》的意义就在这里，其实这已经超越了上海。因为是写实的小说，一定会写我最熟悉的生活，写上海人穿什么、吃什么，但是衣食住行的背后有小说最严肃的部分，它的内核一定是超越上海的。如果这本书不能引起其他地方的读者的共鸣，我觉得是很失败的。

张黎：《家肴》出版后，有一篇评论文章，叫《没有一只蝴蝶，能够飞得过沧海》。所有人的命运都在这个时代里，都会因为一个很偶然的瞬间而发生改变。唐颖老师通过很多看似偶然的细节把它表现出来，浑然天成。《家肴》中的菜谱跟别的菜谱不一样，充满了情节，是文学性的菜谱。有一位评论家说，这本书中的菜单可以跟《红楼梦》比一比，因为它确实成为情节不可分割的一部分，起到了非常重要的作用。直到今天，那些人曾经生活过的街道还在，那些味道还在。

现场读者有没有什么问题？

读者：我想请教各位嘉宾，你们认为，生活在上海的年轻人应该为上海精神做些什么，才能让上海更美好？

汤惟杰：这个问题好难。简单地讲，我非常赞赏和佩服唐颖在这本小说中，以及在一贯的写作中所体现的直面自我的精神。在不同的年代，上海人应该有什么样的素质和技能，可能是不一样的。但是有一点，《家肴》中的上海精神，体现在小说中的人物对自己来源的不舍探求与追寻中。实际上，不仅是小说人物，这也是唐颖自己在写作中所贯穿的东西：我是谁？我想要什么？我是不是能够真实地面对自己？这是一个非常重要的文化话题，也是一本好小说一定会具有的一种素质。

张黎：谢谢各位读者，今天的活动到此结束。

"江南第一枝笔"唐大郎的交游

时间：2019年12月14日

嘉宾：张伟、祝淳翔、陈子善、周立民、赵书雷

左起：周立民、陈子善、张伟、祝淳翔、赵书雷

赵书雷：各位读者，在温暖的冬天午后，在思南读书会，大家一起聊唐大郎，肯定非常愉快。我是赵书雷，今天的主持人，我们正在筹建中国近现代新闻出版博物馆。先介绍一下几位重量级嘉宾：《唐大郎纪念集》的编者、上海图书馆研究馆员张伟老师，本书的另外一位编者祝淳翔先生，华师大的陈子善教授，以及巴金故居常务副馆长周立民先生。

今天聊的主题是"'江南第一枝笔'唐大郎的交游"。唐大郎是非常有趣的人，万里挑一的有趣灵魂。下面先请张伟老师谈谈。

张伟：首先要感谢这本书的出版，因为这是内地第一本正式出版的唐大郎的书。这本书出版以后反响非常好，销售也相当不错。如果追根溯源，这本书能够出版问世，巴金故居和周立民兄位居首功。巴金故居发行的《点滴》虽然是内部刊物，但读者不少，影响很大。它在 2018 年 9 月的第 4 期开辟了"唐大郎 110 周年诞辰纪念特辑"，同时推出了抽印本《唐大郎诗文选》，虽只是薄薄一册，却大受欢迎，很多人就是因为这本小册子才知道了唐大郎的名字，读到了他的文章。现在这本由中国近现代新闻出版博物馆策划、中华书局正式出版的《唐大郎纪念集》，内容篇幅有很大扩展，并增加了几十年来大家对他的纪念和评论文章，是比较完备的一本书。

唐大郎从 20 世纪 20 年代末即开始在报上写文章，至 1980 年过世，有整整五十年的时间。如果不算"文化大革命"那特殊的十年，也写了有四十年。他和一般作家不一样，他是写短篇，超短，基本上很少超过一千字，每天写，不只为一家报刊写，经常是同时为三四家报纸写，最多时曾一天同时为七家报纸写专栏。整整四十年，作品既多，涉及面也非常广。

今天的题目"唐大郎的交游"，表明他除了作家身份外，还是记者，而且他不是写"本报讯"的记者，而是写个人专栏的，个人风格非常鲜明。这是第一个特点。这就决定了他不能板起面孔，而是要写新鲜活泼的东西。他是新闻记者，不能写旧事，而要写自己身边发生的事情，要围绕上海这个城市的状态，所以他要有广泛的人际接触，从中获得大量的新鲜信息。他交往的有名有姓的朋友可能上千，声望影响都相当大，所谓"妇孺皆知"。其中能在文化艺术史上留名的人应该不下于一百。

第二个特点，他所交往的朋友不单来自一个阶层，而是包括三教九流。他和各界人物经常在一起吃饭、看演出、谈天论地，荤素不忌，有时候晚了，甚至睡在人家家里，关系非常密切。他会把私人之间的聊天写在文章里，就是带八卦性的新闻了。他的八卦是真实的，不是不着边际的，因为事涉名人，大家格外感兴趣，所以报社也很欢迎。

还有一个最大的特点，唐大郎写了这么长时间，事涉这么多名人，而且天天写，这就形成了一部完整的个人编年史。重要的是，这部编年史涉及四十年间有关文化的方方面面，内容极其丰富。研究文化史的学者可以从他这里获得大量一手的材料，准确到年月日，准确到某个地方，这就能起到很重要的查考检索的作用。

唐大郎的朋友来自新闻界、文学界、电影界、戏剧界、美术界等，界界皆通；巴金、夏衍、梅兰芳、周信芳、曹禺、黄佐临、张骏祥、张爱玲、柯灵、桑弧、邓散木、白蕉、唐云等，都和他关系密切。《唐大郎纪念集》的首发式上，《文汇报》的陆灏兄做了一个发言，题目是"黄裳日记中的唐大郎"，是很有意思的研究。

编了《唐大郎纪念集》之后，我们还在编 12 卷的《唐大郎文集》，我也在写系列文章"唐大郎和他同时代的人"，其实就是写唐大郎的朋友圈。《唐大郎文集》里面有非常详尽丰富的材料，可以看得出他与朋友之间是什么样的关系。有些人开始时可能是泛泛之交，甚至有误解、有争吵，后来却成为关系密切的朋友，他和张爱玲就是这种关系。文集可能要接近五百万字了。而现在这本《唐大郎纪念集》也很丰富，浓缩了很多精华内容。书出来以后，有人写了书评，比如陈子善兄的学生王贺的书评里提到，左翼影评家尘无就是从唐大郎的文字里汲取了非常新鲜的文献，展示了尘无的另一面。据我所知，还有好几篇相关的文章正在写作中。希望在座的各位也好好利用这本书。读这本书并不需要正襟危坐，书里都是一篇篇有趣的人物谈，除了可供专家学者研究之外，也很适合普通人阅读。

赵书雷：祝老师今天有备而来，准备了一个 PPT。唐大郎写作的时候，用了很多不为人知的笔名。祝老师加入编者团队以后，又发现了他的很多文字。请祝老师谈谈。

祝淳翔：大家下午好！我和张伟老师是一个单位的，我非常欣赏张老师的研究，他对近代电影，对徐家汇的土山湾有非常深的研究。我平时喜欢写考证文章，经常请教张老师。

关于唐大郎，我们是 2014 年商量的，觉得唐大郎可以做。我们一开始不知道唐大郎写了那么多文章。他常年在小报上写东西，是专栏作者，最多的时候同时给七张报纸写。因为名气越来越大，邀他写稿的人也越来越多。可想而知，他的生活非常丰富多彩，否则他不会有那么多题材可以写。他的作息跟别人不太一样，别人早上起来上班上学，他上午睡大觉，到晚上才开始忙，到处听戏、票戏。据说他在戏院里唱戏、练嗓子，下面有人以为周信芳来了。他平时还喜欢去舞场，写了很多关于舞女的文章。

本质上，唐大郎是一个诗人。刚刚出道的时候，他是自由投稿，投稿到《大晶报》。《大晶报》1928 年创立，他从 1929 年开始投稿。因为他写得好，冯梦云非常欣赏他，天天让他写，但他当时也就是一个业余作者，在小报上写东西是没有稿费的。到 1933 年他正式下海了，原来工作的单位发生了一些问题，他跟领导发生了矛盾，就自然而然地离职了。魏绍昌有篇文章说他"笔直地走了四十多年小报的道路"。

《唐大郎纪念集》的上半部分是别人写唐大郎的文章，有很多很好玩的文字，我总结下来，李君维写得最好。花花绿绿的都市生活，舞厅、酒楼、书场、戏院里的红尘世界，霓虹灯下的钗光鬓影，红氍毹上的悲喜人生，以及亲朋好友、文人艺人的身边琐事，都是唐大郎信手拈来的写诗材料。唐大郎写的不是掌故，掌故相当于事后回忆，他的文章是新闻性质的，今天发生的事情，今天就写了。

1940 年，唐大郎在报纸上发文章，说自己打算给人家写扇子，特意请龚翁（邓散木）写了鬻扇小启。龚翁写了一大堆好话，说他的书法超过苏黄米蔡了。过了一段时间，唐大郎跟刘美英（本名刘惠明）的关系密切起来，突发奇想，想请龚翁弄一个印"惠明上人"。龚翁没有马上给他，他就写了一首打油诗。又过了一段时间，印弄好了。后来龚翁去世了，1963 年，唐大郎在香港《大公报》上写了一篇回忆文章《老铁杂忆》，里面提到邓散木。

唐大郎和白蕉的关系比较好。白蕉在上海书法界的地位比较高，2006 年出了一套白蕉的书法集。1938 年 8 月，十几个书画家在上海开了一次杯水书画展，用卖出去的书画资金扶助淞沪战役中受伤的士兵。唐大郎去了书画展，开了五天，他去了三次，一直在看白蕉的书法。他说，看了白蕉的书法，自己不想写了，因为别人的书法比他高明多了。1947年，嘉兴县县长胡云翼请了一大批人到嘉兴游玩，唐大郎去了，白蕉也去了，众人在那边写了很多东西。

唐大郎跟唐云的关系也挺好，他们是在杯水书画展上认识的。1964年，唐云受邀去景德镇指导工作，景德镇要做一批新的瓷器，反映社会主义新时代新气象，唐大郎听说后写了一篇文章。唐大郎的墓碑是唐云题的。

唐大郎对林风眠的作品非常感兴趣，一直想把林风眠的作品弄到手，但直到他去世时也没有弄到。

他对戈湘岚也有一些介绍，说他恂恂儒雅，不太笑。唐大郎是非常好玩的人，有篇文章写戈湘岚画马，有的很胖，有的很瘦，号称和徐悲鸿平等。

演员里赵丹画得很好，唐大郎跟他的关系也非常好。他在《大公报》上写了很多交游文字，其中一篇写赵丹，还讲到聂耳。

蒋天流的书画在演员里是非常出挑的。1963年唐大郎写了一篇介绍，说赵丹能画，蒋天流能书，他还把蒋天流的师承关系讲了一下。大家要了解蒋天流的更多信息，要到拍卖市场上去看，会有一些书信。

赵书雷：谢谢祝老师，非常精彩。下面请陈子善老师谈谈。

陈子善：各位朋友，下午好！刚才张伟、祝淳翔两位编者做了非常生动的介绍。今天的话题是唐大郎，唐大郎先生本人已经不知道了，今天这样谈论他，我想他会感到高兴。我们把这位文人，这位上海自己的有个性、有特色的文人，遗忘得太久了。上海20世纪文学与文化的状况，我们以前只限于某一个方面，其他方面，由于这样那样的原因，往往被遗忘，或者被排斥、被否定。唐大郎的命运，两位编者非常了解，不能说最差，但是确实运气很不好。

作为一个文人，唐大郎生前笔耕那么多年，留下那么多文字，张伟先生刚才提到，有将近五百万的文字，可是在他生前竟然没有出过一本书，这是非常大的反差，太可惜了。他去世以后，他的朋友帮他整理出版了一本书，是他晚年写的旧体诗词，1983 年 10 月在香港出版。2018 年，时隔三十五年，才在上海又出版了一本，是由张伟和祝淳翔整理，上海巴金故居编印的《唐大郎诗文选》，很薄的小册子。

再接下来就是今年出版的这本比较厚重的《唐大郎纪念集》。第一部分是唐大郎的朋友们写的回忆录，还有一些是研究者们写的关于唐大郎的比较初步的研究文章。第二部分就是张、祝两位精选的唐大郎作品，小报专栏的文字以及诗词。到目前为止，唐大郎也就出了这三本书。有一个喜讯，明年将出版规模比较大的《唐大郎文集》，12卷，将近 450 万字。这是非常好的消息，以前被看不起的所谓的小报文人也可以出这样大规模的文集了，这是很大的变化。这就涉及给唐大郎定位的问题：他是什么样的作家？他写的是什么样的文章？以前有一个说法，叫"报屁股文章"，不是长篇大论，都很短，后来说得好听一点叫专栏。唐大郎毫无疑问是专栏作家。小报的名声一直不太好，被认为是市民阶层、小市民的读物，但实际上，它是生动的，是对上海市民日常生活的体现。上海曾经是十里洋场，是近代以来中国开放前沿的大都市。在这么一个大都市里生活的各色人等，他们的喜怒哀乐，他们的日常生活，总要有人来记录，来反映，否则这段历史就是混沌的一片。像唐大郎这样，忠实于手中这支笔，把上海的都市生活真实、具体、生动地记载下来，这是很了不起的。张兄说唐大郎是记者，对，没错，但这个记者跟我们今天所了解的记者不太一样，或者说很不一样。今天的记者很容易当，给被采访者打个电话，提几个问题，把回答记下来，一篇报道就出来了，太容易了，一个电话解决问题了。对于被采访的对象，记者对他有多少了解吗？未必。

唐大郎不一样。文学界、美术界、戏剧界、电影界，不管什么界，只要唐大郎觉得这个人有意思，就会跟他接触，交上朋友。别人有什么活动，或者唐大郎本人参与了，或者尽管没有参与但得到可靠信息了，他就会写。唐大郎不是掌故类的作家，他是即兴记录的作家。看唐大郎的专栏文章，我们就知道当年这些人是怎样生活、怎样创作、怎样表演、怎样度过他们的白天和黑夜的。这些人当时名气很大，后来的文学史、艺术史、戏曲史都会提到，但他们的日常生活是什么样的，都要依靠文字来记载。在文字记载中，唐大郎的记载是别具一格的。他当然有自己的主观看法，但是他把历史的瞬间记录下来了，有的很普通，平平常常，但是对当时社会生活的细微方面，或者社会生活的肌理，唐大郎都有准确的把握，这一点很不容易。

唐大郎有一个很大的特点，他对他所关心的事物始终是兴致勃勃的，这一点很难得。他关心这些演员，关心这些艺术家，关心这些作家，始终对大家充满热情，有时候写得有点过分，但是很可爱。唐大郎最早在银行里工作，银行工作是金饭碗，完全可以不写这些文章，但是他喜欢写作，喜欢把看到的、想到的记录下来，宁可放弃银行的金饭碗。从此以后，上海的银行少了一个职员，但是我们的文坛多了一个唐大郎，这是多么幸运、多么美妙的事情。回顾上海小报的历史，如果没有唐大郎，会大为失色。这个人不是可有可无。有些作家写了很多东西，出了不少书，但没什么了不起，只留下一堆文字，不提他也无妨，但唐大郎恰恰相反。谈到20世纪上半叶的小报，以及1949年以后上海发行的两种小报《亦报》《大报》，还有后来的《新民晚报》，你能不提唐大郎？不可能。无论从哪个角度讲，从尊重历史的角度，或是研究小报的角度，以及其他的角度，都无法避开唐大郎。

今天的主题是唐大郎的交游。唐大郎有一双能够欣赏美的眼睛，他对画家、书法家、篆刻家的认知是很到位的。有些人在当时的上海滩，名气刚刚起来，但唐大郎敏锐地发现了他们。从文学界来讲，20世纪40年代上海的那批文人当中，张爱玲、苏青等，唐大郎都有接触，都有相关文字留下来。

唐大郎当时想见张爱玲，但张爱玲很难见到。有一个朋友自告奋勇说，我的一个亲戚和张爱玲有点关系，可以介绍，结果还是没见到。唐大郎不太高兴，说，反正我就看她的文章，不见面也无所谓。当然，后来还是见了，而且张爱玲对唐大郎的印象很好，对唐大郎写的诗很欣赏，主动建议唐大郎出版诗集。可惜，唐大郎虽想出本《唐诗三百首》，但直到去世都没有出。唐大郎能够欣赏张爱玲的才华和文学成就，尤其是1945年以后，重印《传奇》，和龚之方合作办《大家》杂志，唐大郎都出了力。张爱玲碰到困难的时候，他也能够伸出援手。1949年以后，张爱玲在上海的《亦报》上连续刊登了两部小说，《十八春》和《小艾》，一个长篇一个中篇，都是唐大郎经手的。他专门去拜访了张爱玲，说，你的小说很受上海读者的欢迎，希望你继续写。唐大郎认为张爱玲的文学成就应该被充分肯定，他尽一切可能提供篇幅，发表张爱玲的作品。可惜唐大郎去世太早，晚年跟张爱玲没有进一步的联系，也没有留下相关文字，这是很可惜的一件事情。张爱玲把《传奇》增订本送给唐大郎时题写了一段话。

不仅是张爱玲，也不仅是苏青这样的作家，唐大郎和新文学的主流作家们也有密切的关系，比如夏衍、曹禺、巴金。读了巴金的

《家》，唐大郎有自己的想法，还写了文章。唐大郎的视野很开阔，不只写自己喜欢什么，不只写某一类作家。唐大郎交友，文学界、戏曲界、美术界都是重点。研究上海文化、海派文学，唐大郎是一个绕不过去的代表性的人物，唐大郎这样的人是海派文化的精英，有他独特的贡献。尤其是当年《亦报》并入《新民晚报》后，《新民晚报》的副刊之所以办得那么好，唐大郎的功劳是不可否认的。对于副刊的版面该怎么安排，他作过很生动的比喻，很讲究。唐大郎是一个爱国文人，一个海派文学的杰出代表，一个编辑小报副刊的高手，唐大郎生活在普通老百姓当中。

赵书雷：书里讲，张爱玲给唐大郎留了一段话，建议他出本诗集，叫《唐诗三百首》。

张伟：唐大郎帮张爱玲发表小说，帮她出版《传奇》增订本，张爱玲为此送给他一本签名题跋本，不仅仅有签名，还题了一段话，非常精彩。唐大郎后来在自己的文章中引用了一部分，文字一看就是张爱玲的风格。遗憾的是，唐大郎很可能没有引全，而这本签名本再也没人见过。

赵书雷：请周馆长讲讲。

周立民：张老师、祝老师花了五年时间，搜集、整理唐大郎先生的文字，我认为，这是近年来海派文学整理的十分重要的成果之一。它的意义，刚才陈子善老师已经谈到了。谈起海派文学传统，小报写作肯定是不能回避的重要部分，这方面的代表性作家在哪里？唐大郎就是。这本书编得很好，第一部分讲唐大郎这个人，第二部分选了他的文字，两部分结合，大家才能够比较清晰地认识这个作家。

如果不读唐大郎的文字，很难体会到这个有趣的灵魂有趣在哪里。很多人不会买 12 卷本的《唐大郎文集》，而这本纪念集选了他代表性的文字，尽管数量上远远小于文集，但是他不同类别的文字，这里面都有一些，可以满足亲口尝一尝梨子滋味的需要，也是十分难得的。

陈子善老师讲到这个人坎坷的命运，一个写了五百多万字的人，生前没有出过一本书，即便到了出书相对容易的年代，也没有多少人关注他。在新文学传统的笼罩下，人们对小报、小报文人存在偏见甚至是歧视。我们更喜欢宏大叙事，而涉及个人生活的，尤其是涉及日常生活中吃喝玩乐的，似乎都要被贴上"颓废""消极"的标签。但是，我们既要有使命承担，也要精心对待自己的日常生活，这两者不应该是矛盾对立的。相反，二者是合而为一的，都需要我们认真对待。这个社会需要人格健全的人。什么叫人格健全？既要为国家和民族承担责任，又要有独立的私人生活，有个人的日常，能够旗帜鲜明地肯定和享受日常生活中的美好。唐大郎的很多文字，写的就是日常生活里的美好。追求快乐不是罪过，而是一个人的正常需求。我认为，这恰恰是唐大郎的文字最有魅力的地方。食色性也，唐大郎写出了七情六欲中令人贪恋之处。他并不是人们想象中的那种"花花公子"，这个人是有底线的。他的文字与他身处的年代、环境，尤其是消费文化的氛围等都有关系，当然，也跟他本人的才学、性情大有关系。

唐大郎是个有心人，所以才会有这些文字，直到今天读起来还是那么吸引人。从身份上讲，唐大郎是小报记者和编辑，但是他的文字显然不是简简单单的新闻作品。哪怕是发表在小报上，他也有他自己的眼界，有他自己的判断，他是中国比较成熟的"专栏作家"。比如，他去见周作人时，特别注意到握住这位七十多岁老人的手时的感觉，老人的手是软软的，是热的。唐大郎的文笔是很有表现力的，他的感觉和眼光也是十分敏锐的。比如他谈到黄宗英的那几篇，十分有趣。有一篇写"黄宗英担任保镖，唐大郎指点迷途"，写的是黄宗英要去剧院打腰鼓，结果迷路了，街头遇到唐大郎，就骑着脚踏车跟在引路的唐大郎的三轮车后面，黄宗英还对唐大郎说："我做你的保镖。"寥寥数语，写出这个女明星的性格，画面感也很强，读者读了如同见了"直播"。普通的娱乐新闻大多是写某某人今天到哪儿有什么活动之类，仿佛是板着面孔还要人"娱乐"。唐大郎偏不这么写，这样人家读来才有趣。

唐大郎的这些文字，还不经意地把很多社会和历史信息带了出来，今天读起来，也就不是简单的明星新闻了，而是社会史的宝贵资料。1951 年唐大郎去拜访苏青，请她给报纸写一点东西，苏青在家里读俄文，这样回答他："我不写，写得不好，伤害了读者，也伤害了报纸。一定要等我学好了再写。"又说："我的《结婚十年》《浣锦集》这些作品，都曾一纸风行过的，到了现在，我也不妄自菲薄，因为这些东西，终究是自己的心血，在那时候我只能出产这样的货色，以后当然不能再错下去了。"(《我看苏青》)苏青虽然没有完全否定自己以前的作品，但是她的表态很清楚：我以后不会再像过去那样写了。这也写出了新旧时代交替中，一般文人的心态。还有一篇《晤张乐平》，读后让我感慨万千："上海的五原路上，住着我好几位老友。有男的，也有女的。他们在旧社会都是有点名气的人物，到了新社会，名气愈来愈响的却只有一个人，他就是画家张乐平。""因为乐平是红人，就必然是忙人。所以我到五原路，很少去看望这位老友。乐平知道了，背后啧有烦言，于是有一天，专程去拜访他……"时代变迁，人世浮沉，"老友"身份的变化，简单的文字中一种沧桑感却清楚显现，好在还有个张乐平仍然那般"念旧"。

唐大郎的文字，有诙谐幽默，有轻便的调笑，也有异常沉重的社会冷暖，读起来并非都会让人畅快地哈哈大笑，也会掩卷唏嘘甚至悲从中来的。这又回到我前面讲的，需要呵护甚至保卫我们的世俗生活。在年年岁岁的日常轮替中，生活正常，人心正常，吃喝玩乐也都是自然而然的，这样才能体会到宝贵的世间有味是清欢，唯有清欢滋味长。我们要顾及自己的心灵和情感，为自己的人生留一片天地、一点"余裕"，这样才能拥有一颗有趣的灵魂，活着才不贫乏。从这个角度而言，读一读唐大郎的文字，也是一种心灵滋养。

张伟：周立民兄推销书的手段一流，大家听了他的话，还不买这本书吗？这么有趣的书，大家应该多读。

赵书雷：我们的历史学研究中，对市民生活、老百姓普通情感的研究比较少，特别在海派文化的背景下，唐大郎更值得我们研究体会。几位嘉宾都讲得非常精彩，接下来请现场读者提问。

读者：请几位老师讲讲，唐大郎生活里是个怎样的人。

张伟：1946 年，唐大郎 39 岁，当时叫望卅之年。朋友们想到唐大郎要 40 岁了，便自发聚集起来，在 9 月份举办了一个庆祝唐大郎"望卅之年"的生日宴会，从晚上 6 点到 10 点。表面上看好像没什么稀奇，就是朋友为他举办了一个生日宴会，但是，有一个朋友非常感慨地写文章说，唐大郎这个人真的是朋友多，而且朋友对他真好。他发感慨：在这么短的时间里，一声招呼，名流聚集，全是一线的明星，赶过来为唐大郎举办这样的生日会，就是再有钱的人，又有几个能做到？唐大郎就是有福的人。唐大郎自己也写文章说：对于钱，我一向是一手来一手去，老婆也说我，朋友也说我，说我不会赚钱，我感觉自己好像很没用。但我看了朋友的文章，我能度过那样的夜晚，我感到人生值了。

周立民：大家不要把唐大郎先生想象成"花花公子"，夏衍对他的评价是："他的一生，是一个勤奋劳动的、正直爱国的知识分子的一生。"

张伟：《新民晚报》准备复刊时，是唐大郎帮着呼吁，后来才顺利复刊的。当时晚报给唐大郎准备了一张办公桌，让他来替晚报把关，但唐大郎过世早，没赶上晚报的复刊。《新民晚报》的老一辈人说起唐大郎，都说他是为晚报立了大功的人。

读者：几位老师做了功不可没的事情，请你们再谈谈整理文稿的工作。

张伟：我这么多年来一直在上海图书馆工作，通俗点说，就是从来没有跳过槽，四十多年了。我以前在徐家汇藏书楼办公，1996年上图搬迁，就到了淮海路上的上海图书馆新馆。我说自己是读书人，肯定没什么问题，这么多年来，我看了太多的书，而且很多是珍贵的近现代图书报刊。我和管库的同事关系非常好，经常在午餐的时候进书库去看书，看了很多。我不像陈子善兄这么专业，从70年代开始研究鲁迅，从鲁迅到郁达夫，到梁实秋，再到张爱玲，始终在研究新文学。我就比较杂了，最初也是研究新文学，后来渐渐扩大范围，什么都看，唐大郎也看。那时候我对唐大郎没有什么感觉，根本没有想到小报里面会有什么东西，没把小报作为研究的对象。但是我有一个好习惯，喜欢做笔记，看了很多东西，也记了不少，其中就有一些是关于唐大郎的。比如尘无，是搞电影评论的，很早就因肺病过世了。如果仅仅看电影发展史，会把尘无想象成一个铮铮铁汉，但在唐大郎的文字中，尘无却是一位感情细腻，小资趣味浓厚的文人，和电影发展史里的形象完全是鲜明对照。唐大郎的东西一直在我的视野中，但是很遗憾，我到上图以后才开始研究唐大郎。编书的过程很曲折，完全可以写一篇文章。我们现在估计，唐大郎发表的文字，五百万言肯定是有的，何况唐大郎还写过长篇小说。他是比较自由的文人，未必是写长篇小说的合适人选，他的长篇小说都没有完篇，基本上都是写了几段以后就搁置了。所以，他的文集中不会收入长篇小说。下面让淳翔说。

祝淳翔：我跟张老师是 2013 年下半年决定开始做的。我之前研究过陶亢德，陶亢德作为新文艺的代表人物，编了很多杂志，和林语堂合作，编过《论语》《人间世》《宇宙风》。《亦报》创刊后，陶亢德开始给《亦报》写东西，而唐大郎在《亦报》做主编，也在《亦报》上写《高唐散记》《定依阁随笔》，我当时就稍微了解了他，也做了索引。我们原以为唐大郎大概有三四个笔名，后来发现完全是误解，他的笔名有五六十个。我平时比较喜欢对笔名进行考证，辨析的工作量非常大。后来又发现唐大郎在《社会日报》上也发过很多文章，《社会日报》有数据库，通过检索，发现大概有一千五百多篇，每一篇三百个字。后来又发现唐大郎有很多跟"唐"有关的笔名，一个专栏用一个笔名。就这样一点点加起来，大约五百万字。他有一部长篇小说叫《量珠十记》，但就写了三记，因为是连载，量也不小。

赵书雷：这是近年来海派文化文献整理非常重要的成果，感谢张老师、祝老师，同时感谢陈子善老师、周立民老师来到思南读书会。

平原上的文学肖像

——谈王苏辛新作《在平原》

日期： 2019年12月21日

嘉宾： 王苏辛、黄德海、张定浩、渡边

左起：渡边、王苏辛、黄德海、张定浩

渡边：先介绍一下台上的三位嘉宾。第一位是青年作家王苏辛，作品有《他们不是虹城人》《白夜照相馆》以及今天要谈的小说集《在平原》。黄德海老师是《思南文学选刊》的副主编、文学评论家，著有《书到今生读已迟》《诗经消息》等。张定浩老师是《上海文化》的副主编，著有《既见君子：过去时代的诗与人》《爱欲与哀矜》《取瑟而歌：如何理解新诗》等。首先请王苏辛给大家介绍一下她的这本新书《在平原》。

王苏辛：我写作开始得很早，最早是在网吧里写，稀里糊涂写了好几年，各种各样的东西都写过。等到想写《在平原》的时候，已经25岁了。那一年正好是我写作的第十年，但我觉得自己没有一篇小说可以拿出来说。出于这种心情，我觉得一定要写出一篇对我自己来说，现阶段能写出来的最好的东西。然后我就从记忆中打捞出了我2012年在宁夏银川贺兰山上徒步的片段。我把独自在贺兰山看岩画的过程，和自己年少时跟同学们、老师们在山上写生的一些记忆结合起来，在心中印出了《在平原》的雏形。

我虽然已经很久没有画过画了，但那些记忆，那些经验，和我自身的写作密切相关。我当时去画画，也是随着时代的潮流，就是每个孩子都应该学一个特长，所以我在父母授意下去学了绘画。它也保护了我的童年，让我有很多独处的机会，有些时候会让我显得比同龄人早熟，我那时候会把这种早熟当作自己的才能。但是突然有一天，我发现自己只能在比较短的时间内完成一幅画，很难长期深入下去，很难再往上走一步。我开始觉得，也许我是一个没有绘画天分的人。当时自然就选择了放弃。

写作是我后来主动选择的，但在这个主动选择的过程中，我依然经历了很长的不自觉创作的阶段，很多时候还是凭借一种反复变形的激情和冲动去写作。同样的，当我触碰到不能靠直接反应的写作命题，我的激情就失效了。这和我画画时遇到的问题是一样的。我决定要写这样一篇小说，回到我所有的精神经验的源头去找寻我的问题。

我一开始就没有打算写一个多么复杂、多么跌宕起伏的故事，我一开始要写的就是一个直接的精神交锋式的小说。我设想的是两个人在一个广袤平原上的一座高山上，而且这座山可能只有一个山峰，他们就在上面写生交流。但是我写的时候发现，难度比我想象中的更大，因为我常常写了一句话就不知道下一句话是什么了，但我一直给自己鼓着劲。因为这种不断的自我鼓励、不断的坚持，这个中篇写了一年。它给了我很大的回馈，写了这篇小说之后，我突然发现，起码在一年到两年之内，我可以比较自由地去书写我想写的任何题材。然后就有了这本书中除了《在平原》之外的其他五篇小说。它们同样是关于精神记忆的，但更多是成长中的一些细节引发的，一些当时并没有看清楚真相，但是在心中留下了一些懊悔，留下了一些情感阴影、成长阴影的细节，还包括青年人如何重构三观的问题。我觉得必须通过这样的写作，来摸索一个模仿着别人长大的自己在意识到一些问题之后，自觉地向那个真正的自己靠拢的过程。

因为我的写作开始得比较早，所以我周围的朋友都是写作者，我基本上已经没有那种不写作的亲密朋友了。我发现所有年轻的写作者都有一个问题，要么一直写自己的事情，但这个自己是不成长的自己，要么始终在写仿佛跟自己没有任何关系的小说，永远把目光放在远处，但实际上他的作品依然没有带给很多人甚至带给他自己真实的安慰。我觉得这是一个非常残酷的事实。

我想写既和自己有关，又能够涉及与自己命运相似的一代人的成长状态的小说。我觉得我有必要用一本书来写一个年轻人究竟是怎么思考问题的，我认为这是一种义务。我觉得要处理一下我在 2000 年之后的精神经验，我觉得有必要把一些新的信息引入小说中，正视这些东西对我们这一代人的影响。我希望这些小说看起来又传统又不一样，它的内在是永恒流动的，它的外在框架又是十分当下的。

渡边：我们接下来听听黄德海老师怎么评价这本书。

黄德海：去年的12月24日平安夜，我们也在这里做活动。那个感觉我现在还记得，晚上，外面灯火通明，我突然很感触——人到了一年将尽的时候，心情总会有波动。

我昨天晚上又看了一遍这本书，心里的波动很大。为什么呢？在我们十八九岁到二十四五岁的时候，会想着和比自己大的人竞争，想跟他们对话，把他们所把持的话语权慢慢地夺过来一些。可到了现在这个年龄，忽然又觉得比我们年纪大的人有很多东西是需要我们学习的，而这个时候我们面临一个更大的问题，就是比我们年轻的人也有很多需要我们学习的地方。在这个矛盾挣扎的过程中，一个人既面对着上一代值得学习的地方和他们可能有的局限，又面对着比你年轻的人值得学习的地方和他们的不足。与此同时，你会发现你自己有天性中的缺点和思维上的局限。就是在这样一个非常复杂和矛盾的心情中，我阅读了《在平原》。

书里有很多我熟悉的情景、状态、感觉，但是也有很多我不熟悉的东西。对这些不熟悉的东西，我们当然可以嗤之以鼻，但我又会想，这会不会恰好是我缺少的东西，是我需要补充的东西？这个世界是由不同年龄、不同经历的人，由你熟悉和不熟悉的领域组成的，层次复杂，状况多样，而每个人都匆匆地走在路上。

渡边：我们接下来听听张定浩老师怎么评价这本书。

张定浩：这本书里的《在平原》一篇我大概两年前就看到了，那时我是到复旦去做一个活动，在会上看到这篇小说。我当时就觉得跟其他"90后"作家的小说不太一样，就给苏辛发了个微信。这可能是她这次喊我来的主要原因，因为在小说刚出来的时候，我就表达了非常大的认同。

　　喜欢写作和喜欢思考写作这个问题的人，会看很多理论书。在这本小说里呈现出来的虽然是绘画的事情，但其实也是在说任何一门技艺慢慢成长的过程，所以读的时候会有很大的认同感。当代的小说往往过于强调日常了，日常当然很重要，90年代以后大家从先锋回到日常，但慢慢地，日常成了平庸的代名词。大家甘于这种平庸，在平庸中有点自得，陷于一种在泥泞中打滚的姿态，这是一个问题。我觉得《在平原》是在精神气质上比较振拔的作品。它在思考一些很严肃的问题，不光思考情感或家族史。很多小说都写家族史，一个大家庭里面搞来搞去……看到一篇用小说的形式探讨思想的作品，就会觉得耳目一新。苏辛之前的《白夜照相馆》我也看过，这两本小说集其实有某种类似的地方，都关注一个非日常的世界，但是《白夜照相馆》里的非日常是向下的，打一个不确切的比方，是向着地狱的一个幻想。而《在平原》是向上的，如果地狱对应的是天堂的话，她企图探讨从天堂折射出来的光是如何构成的，这是向上维度的写作。其实这两本书都是在非日常的世界里探寻，这样的探寻相对于我们这些年一直被强调的写实和日常，有较大的意义。对于年轻写作者来讲，她有很强的自觉性。这是我想说的第一点。

　　我觉得李敬泽老师对苏辛小说的评价挺准确的，他谈到一个词"熔炼"。他说王苏辛的小说不是"反映"而是"熔炼"，现实的家长里短、柴米油盐是一种反映，而熔炼是在一个非日常的世界里重新建构一些东西。我觉得这个词确实能够评价王苏辛的小说。这是我想说的第二点。

我读这本书的时候，想到我们前阵子开的一个会，王苏辛也参加了——《上海文化》杂志的一个会，讨论当代小说，叫"知识、考古和想象力"，邀请了一些当代小说家和批评家来。讨论中出现了一种撕裂，批评家们相对强调知识，这个知识不是相对固定的知识，而是强调洞见。写作者应该拥有某种对生活的洞见、洞察力，有了这样的洞察力，才能更好地认识你所要表达的生活。我觉得这一点没有错。但是小说家那边，很明显，更倾向于想象力。他们觉得对于写小说的人，想象力比知识更重要。我觉得这种撕裂很有意思，如果这种撕裂之间有一个桥梁的话，那就是考古。在知识和想象力之间，如何让批评家和小说家达成共识，或者让写作者彼此达成共识？我觉得就在于考古。光有知识不能写作，比如我觉得我还是一个蛮有知识的人，但我写不了小说。光有想象力，同样也写不了小说。我觉得写小说的人有一个很奇特的能力，就是所谓的还原能力。我们知道，考古工作者往往会通过一个泥罐、一个碎片还原几千年前的生命场景。他通过一个微小的印记，一个漫长的时间里的印记，还原一个完整的生命世界，他要不停地把废墟还原成真实的世界、充满生机的世界。小说家一直做的都是这样的事情。我们的昨天就是今天的废墟，我们的前天就是昨天的废墟，每过去一段时间就是一片废墟。我们能够记得的是一些印象、一些碎片，但那个完整的世界已经被抛在身后了。我们一直在向前走，但是小说家会回头想，会企图捕捉过去的时光，把它主观性地呈现出来，就是普鲁斯特所谓的"追寻逝去的时光"。我觉得在考古意义上，这两种意见可以达成共识，无论是推崇知识还是推崇想象力，最后都要在考古还原生命世界的层面上达成某种共识。

苏辛的这两本小说，《白夜照相馆》体现了想象力的奇妙或者是奇异，而到了这本《在平原》，其实更强调在知识层面对人的洞见、对艺术的洞见。我觉得苏辛在接下来的写作中，可以在考古这个层面把知识和想象力进行融合，那可能会是一种更好的写作，我很期待。

黄德海：刚才张定浩说了一个向上和向下的问题，我想说一个向上和横向的问题。有些作者采用一种横向的竞争序列：你已经写了一种人性的坏，那我再找一种，找个更坏一点的。这是一种很典型的竞争方式，是现代小说恶性竞争的一个循环场。它很难进行下去，因为人类的心灵角落经过了无数次发掘，剩下的角落已经不多了，除非有新的科学研究推进，所以写作者会为此苦恼。

另外一个是定浩说的向上竞争。你只要往上走一步，就会发现前面无数人都到达过这里，当你写到这里的时候，会发现这些人就站在这里等着你。你经过无数努力，抵达一个地方，发现上面还有人。虽然人会越来越少，但你会觉得竞争压力越来越大。

比如说《在平原》这篇小说，如果把它看成一种横向竞争的话，你会发现它也没有挖掘什么人的心灵角落。如果你把它看成向上竞争的话，就会发现一个精微复杂的精神世界。在这个过程中，人会不断地提醒自己，把自己的精神提起来，再往上走一走。即使最终你到不了最高的地方，但你起码知道还有往上走的可能，还有很多山可以去尝试攀登。

这个过程中，一个最好的情况是，你对人的认识大概就不会那么黑暗。我不是说横向竞争不好，只是横向竞争有时会把人带入心理或者精神上的郁闷之中。而向上的竞争，只要往上走一步，你就会发现世界透出一点光亮，我觉得这是向上竞争的好处。

读《在平原》这篇小说，我们会在其中感受到向上竞争的艰难和挣扎，你会发现在往上走的过程中，每一步都是极其艰辛的。这个小说设定的女主人公，就是一个达到世俗认可的高度而要再进一步的人。她跟她的一个学生，同样处在往上走的过程中，两个人交织着往上走。主人公最终能够达到的认知高度，是由作者的认知高度决定的，就是在这个意义上，小说并不只是编织自己的故事。写作者在这里成了小说里的人物，会有无数分身一起参与。也是因为这个，小说看起来是两个人在说话，但其实还有很多声音，这些声音传递着不同年龄段的人对这个世界的不同认识。

张定浩：暂时放下竞争。《白夜照相馆》和《在平原》，主角的名字是一样的，都叫李挪，我发现另外一篇《下一站，环岛》的主角也是李挪，这个名字应该是苏辛很喜欢的，这个暂且不说。另外，小说里提到很多画家，这些画家为什么都是虚构的名字？我们知道，在小说里面谈到一个真实世界存在的艺术家是很正常的事情，你为什么选择全部用虚构的名字？

王苏辛：我当时的考虑是，如果要和真实的中外艺术家一一对应的话，会有一个问题，就是我不能只使用他们身上比较好的那个部分，我还要不断处理他们的局限。如果我想呈现一个更完美的人性秩序的话，他们的一些局限是很难进入这篇小说的。我可以写真实的人，但是如果我想写一个很绝对的事实的时候，我没办法用他们比较局限的人生去呈现这样一个事实。所以我认为这时借助虚构的话会完善这个系统，不管是性情层面的，还是知识与技术层面的。当然我这样说有点造次了，因为他们都是非常厉害的艺术家，但是我认为，除了文艺复兴三杰，当然还可以再列几个，其他很多人是能让人感觉到局限的。就中国的艺术家而言，即使是第一梯队的艺术家，他们身上或多或少带着一些我认为是向下的意识，他们过于强调形式的创新，甚至一定程度上被许多潮流和时代局限所影响。他们不再渴望去呈现一个努力完美的世界，而是在呈现一种灰色的甚至是动荡的图景，这种图景很多时候无法安慰观看者。它们只是一个个奇观。

所以我觉得如果能够用虚构去补充这个部分，会让他们每个人在不同层次的面向上维持住原本的基调，而不是在写的过程中随着这些人的局限，写着写着就向下掉了。

还有一个很现实的问题是，如果我采用真实姓名的话，会有一些人跳出来说某某某不是这样的，某句话不是某某某说的。我不愿意让这篇小说变成一个对二手信息的讨论，我也不是一个艺术史学者，我觉得还是要让虚构为这篇小说的意义服务。

张定浩：刚刚苏辛说的这两点，多多少少都有点问题。我刚才说了考古还原，一个生命肯定有不好的东西，好和坏在一起才是活生生的存在。不管是一个世界还是一个人，如果你能把一个人好的东西写出来，他不好的地方也会变得富有生机，不能割舍。比如塞尚，为了不让喜欢塞尚的人反驳我，我会让自己对塞尚了解得更多。从这种意义上，我们选择一个真实的人放在虚构作品里，会促使我们对真实的世界有更深的了解。

黄德海：完全同意。目前这个小说里用虚构人物呈现，我认为是成立的，但是如果有进一步的要求，小说里谈论塞尚比所谓的塞尚专家们谈得好，起码可以与之媲美，这时你会发现，小说的世界被重新打开了一次。刚才说到考古问题，这篇小说在谈论我们生命的同时，如果还可以谈到塞尚的生命序列和米开朗琪罗的生命序列的话，它的级别就提高了。携带着塞尚本身的能量场，在小说中极好地安置，这是非常大的技术和认知难题。而一步步更加圆满自足地进入小说，本身就是一个不断提高的过程。

小说的另一个特点我觉得应该提一下。在他们不断的对话中，是把中国画家、日本画家、西方画家放在一起讨论的。我很高兴能在一篇小说里看到这样的讨论，有别于很多小说，并不是一说到西方就是好的，一说到日本就是优雅的、文明的。我很愿意看到小说中出现把中国、日本、西方平等讨论的精神世界，没有谁更高级，高级是写出来的。

还有一个问题，你真的完全了解你处理的对象吗？是在最强的强度上理解他，还是把他矮化以后，使之进入小说的序列？比如塞尚，他是一个庞大的、比我们大无数倍的灵魂存在，我们有时候之所以觉得他能被放在小说里，是因为我们没有感受到那种庞大。一旦你感受到了那种庞大，你会发现，他一进来就会把小说带歪，因为他的精神是非常强的能量场，会把所有东西都往他那边吸引，而不是成为你小说的一部分。所以，一边不断辨认自己对精神状况的认识的参差百态，一边探讨自己该怎么往上走，就是小说的写作过程。

张定浩：尤其是跟思想有关的小说，并不追求正确或者高级。陀思妥耶夫斯基的小说里谈论各种各样的主义的时候，从那些人物嘴里说出来的话都是充满偏激的，就是各种偏激狭隘的思想直接的冲撞。我觉得有点可惜的是，假如《在平原》里都是真实的画家、艺术家，本身是可以有能量的，当你说出一个名字的时候，作为一个读者是可以感受到能量的。这些人物说的话即使有点偏激也是没问题的，遇到读者的批评也不用在意，这是很正常的。水至清则无鱼，小说里充满活力的世界会有各种各样的偏激，各种各样的东西交错在一起才有意思。

王苏辛：我听得很爽，希望你们两个继续说下去。刚才黄老师说，有些艺术家本身就是一个非常大的能量场，这提醒了我，也许我未必只是因为看到了这些人的问题，而是因为我的能量弱于他们的能量，所以自然要被他们带歪。

我把东方、西方的东西都写进小说，是因为我觉得我们这代人就是生活在一个精神资源高度融合，且界限模糊化了的世界中。

这本书里有一篇《所有动画片的结局》，它的源头是我想写动画片对我们这代人成长的影响，以及我们怎么在这个动画片营造的国际化的氛围中建立自己的第一个精神世界。

我自己在写作之前，就生活在这样一个文化氛围里，我有喜欢的日本漫画家，有一直在追的动画片。但是等到我自己写作的时候，这些东西全都被我忘记了，仿佛它们突然与我无关了，我只是紧跟着所有的文学爱好者，甚至所有我当时能看到的刚刚写小说的人都喜欢的那种小说。加上我本人又不是中文专业的，看书就更加顺应潮流，某某作家获得诺贝尔奖，或者某某作家获得布克奖，某某作家获得龚古尔奖，就会去看。然后就会觉得这些就是最好的，目光当中根本没有其他的。

长久以来我并不觉得这样有什么问题，甚至不觉得自己是在模仿别人的喜好。直到我的写作越来越深入，我才发现，其实我当时很多的审美选择只是一种模仿。我在《所有动画片的结局》中提到一个日本动画电影导演大师，叫今敏，是我特别喜欢的一个导演。但是我写这本书的时候意识到，我对他的喜欢是一种模仿，这个念头出现的时候我自己非常震惊。

我发现这个现象并不只在我一个人身上出现，很多人都是这样，所以我觉得我必须写一个真正的精神世界如何逐步建立的小说。我们处在层层叠叠的观点之下，这个事实已然确立，而作为一个青年，该怎么面对这些，怎么面对"全球化""城市化"这些概念的影响？很多时候是概念让我们离具体的事实远了，怎么打破概念，面对具体的事实……还有受主流文化影响的那个属于自己的审美，如何在反省之后再次确立，这些都是我写这本书时思考的。

黄德海：我想问个问题，你的小说起点是什么？我先说"全球化"这个概念。我上大学的时候，如果你不用这个概念，你就会显得很土，但"全球化"的概念经过这几年的变化，并没有产生当时想象的那么大的威力。另外，我们以为城市化进程会使城镇或者乡村慢慢消失，其实也没有消失，现在甚至出现了城市人口往乡村的回流。我问小说的起点是什么，就是想问，你是从一个感觉开始，还是从想表达什么开始，或者从一个人开始？

王苏辛：我一直都认为我是一个比较笨拙的人，常常一篇小说写了几千字也不知道到底要写什么，但也只能在这个过程中摸索自己的方向以及寻求的意义。

当时和小说家林白老师无意间聊到了，她说一篇小说不写到八千字，怎么可能知道自己要写什么，我才突然意识到这不是什么问题。我的写作就只能是这样，那我就要接受这个状态。问题在于，我能不能在这个过程中逐渐发现，能不能把这些发现延展下去，坚持下来。可能我的写作比其他人的写作需要更多的耐心。

张定浩：刚刚苏辛说得挺好的，跟我阅读的感觉有点类似。我读很多小说时，会感觉这个作者一直知道结局，读的时候有一种微微的不快感，会觉得自己在被引导、被操纵，被一个早就知道结局的人牵引着往前走。这种牵引的过程就像打游戏，也会产生快感，但是毕竟有点不满意。但是苏辛的小说有很大的不同，我不知道后面会发生什么，会意识到作者也不知道会怎么样。尤其是对话，她小说里的对话不太承担交代情节的作用。很多通俗小说的对话都是交代情节，但她的小说里，对话是思想交流，这种思想交流跟上下文是联系在一起的。思想交流就是没头没尾的对话，你需要让自己一直跟着那个东西走，才能略微捕捉到她想说什么。这对读者来说也是一个考验，但是这个考验也是让你集中精神去做事情，所以她的对话也是挺有特色的。她前面说到自己笨拙，我觉得一个人如果意识到自己笨拙，基本上已经是很高的境界了。有时候，当一个写作者意识到自己的局限，不是要改变这个局限，而是要坚持这个局限，把这个局限变成你的特色，这样才能跟别人不太一样。

黄德海：大概也不用改，笨并不是一件坏事。真实的世界经验很难直接进入小说，所以你会发现，王苏辛的小说未必跟她的生活特别相关。一个成熟的小说写作者，即使要用一段实际经验，也要经过适当的处理，并且希望给相关的人和自己一个安顿，而不是把实际经验直接放进去。在王苏辛的小说里，她使用的经验应该是自己的，而小说中的生活是虚构的，只有对应的感觉和经验是她自己的。在我们取材于日常生活的小说里，特别容易把自己的事一下子放进去，很容易粗糙。在这种情况下，一个小说写作者需要重新设置场景，把这个经验放在另外一个人物和场景上，这是一个很必要的过程。但是这个过程也带来一种危险，即场景有可能会假，就是所谓的穿帮，因为搭建的世界必然有这样那样不完备的地方。有时候，我们甚至会因为这种搭建的不真实而放弃一篇小说。王苏辛目前的小说，因为主要写的是精神上的事，所以还很少出现这种日常经验的漏洞。可是如果以后真的要打开这个世界，日常生活经验要进入小说中，这仍然是一个不得不注意的问题。日常经验的进入方式会大大影响小说的进度、小说的质感和小说的完满度，这是一个很有意思的问题。

张定浩：我补充一点。刚刚说到穿帮，在虚构的小说里，比方ABCD，穿帮不是指 A 是假的、B 是假的，而是 A 和 B 之间的关系是假的，关系假就让人觉得不对。虚构世界里的男人和女人肯定都是假的，但是这个男人和女人的关系应该是日常世界里我们能感受到的。好多小说之所以跟日常世界相对应，是因为其中的关系都是真的。

苏辛前面说，她意识到同时代人小说的两个问题，一个是不成长，一个是跟自己没有关系，所以她的小说想避免这两个问题。她小说里的每个人都有自己的成长，也会对其他人讲述自己的成长，同时这篇小说跟她自己也是有关系的。我觉得有一个问题可能会影响到这篇小说，会让别人说它不好看。怎么才能好看？不一定要情节跌宕起伏，而是在每个人的对话中，关系一点点发展。我很期待小说里的女教师、女画家和她比较有才华的男学生之间产生某种关系，两个人相遇会发生各种各样的关系，我们期待这种关系的展开。如果只停留在两个人像禅宗语录一样，互相打机锋的话，作为小说读者来讲，会有一点不满足。

黄德海：我觉得你总结得很好，就是跟自己有关。我举个电影的例子。刘震云的《一句顶一万句》被拍成电影，导演是他女儿。电影拍得很完整，剧本也是刘震云写的，里面的故事和逻辑，包括对大人心思的揣摩，都是对的，可是不动人。电影的处理方式好像都对，可我觉得这个世界跟她没关系。但有一个细节，我觉得特别有意思，那个父亲送了女儿一个玩具，有点得意，觉得自己没有忘记孩子。等他过会儿再进来的时候，发现女儿把这个玩具扔到锅里煮，然后拉了一个镜头，父亲待在屋子里，老婆待在厢房里，女儿蹲在洗手间马桶上，一动不动。这一幕很动人，我觉得这是拍出了孩子自己的状态，她在学着跟自己的孤独相处。

刘震云的那个世界，包括剧本和电影镜头，是刘震云他们父辈的世界。如果一个人要讲述自己的故事，必须得从自己蹲在马桶上开始，即使看到父辈的世界，也应该是她自己所看到的，而不是用父辈教给她的眼光。现在的很多小说，其实是用爷爷辈、父亲辈教给自己的眼光在模拟书写。为什么我们在很多人的小说里看到了似曾相识的感觉，因为那是按照上一辈的思路在写，而不是自己感受到的。只有写出自己独特的感受，一个所谓的代际才成立，所有模仿的东西都不是代际。代际关系的成立，是你写出了一个足以代表你自己的成长方式的作品。就像很多"80后"的人，其实是"50后"，很多"90后"的人，其实是"40后"。你如果不能把自己的成长经验书写出来的话，你就不是你这个时代的人。

《在平原》里，我看到了一点这个时代的人独特的成长，但仍然不是特别清晰，所以苏辛以后的写作，可能需要让这一点越来越清晰。我们慢慢会发现，一代人的样子是由三五部作品确立的，而不是由很多人写的一万部作品奠定的。如果有人喜欢写作或者喜欢思考，可以想一想，什么是这个时代独特的样子。

张定浩：我觉得《在平原》这本书里，苏辛自己说到的《所有动画片的结局》这一篇确实更动人一点。里面的今敏和宫崎骏用的都是真名，这个为什么没有虚构了？肯定还是因为自己的情感更深刻，难以割舍。这名字本身就有能量，是跟自己的生命一体的。

王苏辛：因为这两个名字是我和我的同龄人共同的记忆，如果我把这个共同记忆的符号去掉了，也就无法共情了。可以说，这篇《所有动画片的结局》，或者这本书里除了《在平原》之外的其他五篇小说，都是我想写给我心中的同代人的。

黄德海：这篇小说其实不算好读，可是细读之后会发现很多有意思的地方，我想说两个细节。有个小孩在河畔上走，感觉后面有人跟着他，但小孩也不跑，边走边背诵家人的名字，还背电话号码，但后面跟着的人不知道小孩背的姓名和号码都是现编的。一个人如果要把小孩拐走，最不希望孩子记得家人的名字和电话号码，因为他随时可能逃走。这个孩子其实背不出，只是现编了一个电话号码，跟踪的人就不再跟踪了。

还有一个细节：在聊天软件里，小说人物想再打几个字，但最终放弃了。他怀疑另一端的人已经看到聊天框显示很久的"对方正在输入"，这让他有些局促，仿佛有种无形的压力让他必须再发点什么过去，于是他发了一个拥抱的表情，对方回了一个微笑。这是一个很有意思的细节，是我们经常遇到的情形。看到对方正在输入，就等着，等半天对方也没发来，忽然一停，不知道该说什么了，因为你觉得前面那个话题已经过去了，再起个话题也没劲了，只好发个表情。

我说这些细节是什么意思呢？一篇小说好看不好看，跟阅读的方式有关系。比如你看一个以情节取胜的电影，那里面连开玩笑的方式都是直接的。可是有的小说，你需要慢慢读，然后想一想怎么会出现这个细节。比如我刚才说的对话框，平平无奇，可是你会会心一笑，你会发现自己有时候也会这样发一个微笑的表情。

渡边：有没有读者想问三位老师问题？

读者：我想请各位老师谈谈写作的焦虑，或者年龄的焦虑。这种焦虑是一种普遍现象还是一种特殊现象?

　　王苏辛:我觉得很多人都是焦虑的,但是每个人的焦虑是有区别的。对我自己来说,我无法忽视庞大的文学经典的系统,所有写作母题的演变已经确立,我很难提供有别于文学经典的真正有意义的作品。我甚至不得不面对一个事实,就是我的写作可能只能对我自己有一点点安慰作用。甚至我也明白,我的写作,以及我们这个时代很多人的写作,都是无法留下来的。但即使是这样,我依然想写下去,那么就很简单,我学会和我的焦虑共处就可以了。

　　读者:王老师您好,《在平原》这篇小说是以对话形式呈现出来的,我挺好奇,您对戏剧是怎么看的?《在平原》让我感觉有很强的内心小剧场的味道。

　　王苏辛:在很长一段时间里,我都认为故事是应该被取消的,但当我写了《在平原》之后,我认识到一个问题,故事在很多时候是必要的。不是为了把文本做得多好看,更不是为了商业上的考虑,而是说,一个写作者,一个要把你的话传播出去的人,要写得让别人看得明白,这是一种义务。故事的流传是必要的,是可以解决这个问题的。这本书里有很多对话,无论是《在平原》还是其他的篇目,其实里面是讲到一些故事的。包括黄老师刚才提到的小孩背电话号码,这确实是我现实生活中的一个经历,但是我当时背的电话号码和名字是真的,我根本不知道我之所以没被拐骗,是因为我知道父母的电话号码。很多年之后,我写小说的时候想到这个细节,我突然意识到,这样的事情可以被阐释一下。这样一些故事,能够让我想说的话题被更多人理解,不仅被理解,还能被记住。剧本也好,小说也好,需要让人物在说话的时候不只考虑自己，而要一个更大背景的呈现，需要把一些东西真正铺陈开来，这个时候必然要引入更具体的故事。

渡边：我有一个问题。苏辛的写作可以说是纯文学写作，并不是青春文学，但是苏辛的写作并不规避当代的流行元素，比如微信聊天，第一篇里甚至出现了手机养成游戏。你怎么看待你的写作和流行元素之间的关系，你会和现实生活保持一个审美的距离吗？

王苏辛：我曾经觉得，把"手机"这个词写进小说中是很不严肃、很破坏语感的行为。但现在我认为，任何信息都可以进入小说，前提是这个词、这个信息是被作者消化过的。它不是以一个被简单概括的形式进入小说的，而是作为生活现实的一部分，它只能和真实的我们生活在一起，所以无法回避。

我曾经以为，网络世界跟现实世界是一样的，网络世界就是真实世界的一个平面的折叠，但是写完这本书之后，我发现根本不是这样的。有很多信息，我们根本无法在社交网络上说清楚。有一些东西只能通过私密流传。这种方式很传统，很古典，像大师传授学生一样，那样一种知识门径根本不能在网络上呈现。这只是一个例子，还有更多的例子。这些让我突然意识到，所谓的网络世界跟现实世界并不是一回事，根本不存在一个折叠和被折叠的关系，只有具体世界的碰撞。所以在面对具体世界时，我无法规避手机养成游戏之类的元素，因为它就是现在一些人精神世界的组成部分之一。

渡边：时间关系，今天的活动就到这里。非常感谢三位嘉宾，感谢大家的到来。

中俄青年文坛：现状与互动
——第三届中俄青年作家论坛

时间：2019年12月28日

嘉宾：郑体武、[俄] 安娜·季马科娃、

[俄] 罗曼·克鲁格洛夫、杨庆祥

左起：郑体武、杨庆祥、安娜·季马科娃、罗曼·克鲁格洛夫

郑体武：欢迎大家来到思南公馆，今天的活动是"中俄青年文坛：现状与互动——第三届中俄青年作家论坛"。坐在我旁边的是著名诗人、作家、评论家，中国人民大学文学院副院长杨庆祥。这位漂亮女士是俄罗斯评论家、学者，俄罗斯奔萨大学语文系文学语文学教学法教研室主任、副教授安娜·季马科娃。这位是来自圣彼得堡的著名青年诗人、批评家，俄罗斯作家协会书记罗曼·克鲁格洛夫，他著有四部诗集、一部文学评论集，获得多种文学奖项。今天担任翻译的是上外的张煦老师。

今天的台下有不少我熟悉的面孔，我想起五年前在这里举办的第一届中俄青年作家论坛分会场活动。那次的主题是"首都与外省：当代俄罗斯文学地图"。我们请了两位来自莫斯科和俄罗斯外省的著名作家，与中国的文学评论家一起探讨这样一个话题，一转眼五年过去了。这次的第三届中俄青年作家论坛又是在这里，让人感到非常亲切。

下面先请安娜·季马科娃女士简单介绍一下当下俄罗斯文坛青年文学的现状。

安娜·季马科娃：亲爱的各位朋友，大家好。我非常感谢郑体武教授，感谢在座的各位来宾。作为俄罗斯代表团的代表，我非常荣幸地跟大家讲一讲俄罗斯文坛的现状。

我的演讲涉及这次来参会的俄罗斯青年作家和诗人的作品，我简单介绍一下。

俄罗斯19世纪的著名作家莱蒙托夫写过一本《当代英雄》，《当代英雄》的序言里有这么一句话："序言是第一位，也是最后一位的东西。"作者写这篇序言，有可能是为了阐述这部作品的主旨，也有可能是为了回应那些评论家的批评。

时间过去了一百年，作者和读者的关系发生了变化，作家们更多地把目光投向自身。但是这么一种趋势与俄罗斯的文学传统并不违背，当代的文学还是继承了俄罗斯传统文学中的一系列主题，比如道德性、纯洁性、对于祖国和人民的爱，等等。

现在让我们来看看这些当代作家的作品是怎样体现这些特征的。

在达利亚的诗中，我们看到很多词语的组合，有很多奇怪的词汇学方面的阐释。如果是非常有经验的读者，就能够通过他的作品发现，这是一位受过良好的文学训练的年轻诗人。他诉说了很多跟我们自身相关的东西，比如对于他人的爱、对于祖国的爱、对于人文精神的感悟等。

而他身边的两位，在他们的诗歌中，我们可以读到令我们动容的东西，比如我刚才说到的对于人的爱、对于祖国的爱、对于高尚道德的向往等。但他们是以一种非常轻松的、形象化的手法表现出来的，让我们读起来感到非常愉悦。

现当代的俄罗斯文学还有一个非常重要的特征：它是建立在整个世界文学的遗产之上的。我的同事罗曼·克鲁格洛夫的诗就完全体现这一点。他的显著特点是学术化的展现，把词汇象征性的涵义都展现得非常圆满。我在这里向大家推荐他的这本诗集，非常值得一读。他的诗集包含了几个世纪以来沉淀的形象、象征，有很多古老的东西，包括古希腊和其他的古典元素。

尤里·伊戈列维奇·卢宁的作品叫《俄罗斯诗歌三百年》。他的作品跟一部俄罗斯诗集同名，诗集也叫《俄罗斯诗歌三百年》。他小说的主人公就是读了这部同名诗集之后，改变了世界观、人生观，变成一个崭新的人。他的作品主要是关于家庭成员的，不仅是家庭的关系，更是感情上的牵连。

这位女士叫别洛乌先科，她也写过家庭关系这方面的主题。她小说中的女主人公虽然处在家庭中，但内心被寂寞深深地折磨着。我们也经常遇到这样的寻常人。

我们不能忘记儿童文学的发展，对于任何一个国家和民族而言，儿童文学的发展都是文学质量的非常重要的指标。伊琳娜·伊万尼科娃是儿童作家代表，她能非常自然地和儿童对话，能看到我们这些成年人看不到的东西。她用一种独特、亲切的语言写作，用和儿童对话的方式讲述故事。

对于每一个愿意敞开胸襟接近俄罗斯现当代文学的人来说，俄罗斯的文学宝藏是非常值得挖掘的。

我们在这里遇到很多中国同行，希望在今后，中国作家可以继续给我们反馈。

郑体武：谢谢俄罗斯代表团的作家，就他们的创作特点进行了简明扼要的点评。这次参会作家的作品，以及他们在会议上的发言，都将刊登在 2020 年上半年的《外国文艺》杂志专号上，有兴趣的读者可以找来阅读。

刚才提到卢宁的小说《俄罗斯诗歌三百年》，两万多字的小说，题目很怪。我家里有《俄罗斯诗歌三百年》这本诗集，它销量很大，是给普通读者编的一本展现俄罗斯三百年间优秀诗歌的选本。用这个书名作为小说名，表现了一种代际之间奇妙的传承方式，我觉得很有意思。下面请杨庆祥先生给我们简明介绍一下中国当代文坛的现状。

杨庆祥：很高兴有机会和俄罗斯青年作家对话。对话之前，我先向大家介绍几位中国的青年作家代表。

第一位是小说家赵志明。赵志明出生于 20 世纪 70 年代，他的小说，尤其是短篇小说，在"70 后"作家里独树一帜，我个人非常喜欢。他的小说充满了南方的气息和隐喻，特别推荐上海的读者朋友买他的小说。他最近出版了一本小说《中国怪谈》，还有一本小说集《万物停止生长时》，都非常棒。

第二位是诗人严彬先生，和赵志明一起坐在那边的角落里，他们都很低调。严彬是天生的诗人，出版了多部诗集。他的诗歌一方面有强烈的抒情性，另一方面又有大量的叙事元素，他是把叙事和抒情结合得很好的诗人。他有一首诗，被著名音乐人李宗盛先生看上，改编成歌曲，获得过金曲奖最佳作词人奖的提名。

第三位是小说家、随笔家侯磊先生。侯磊是青年作家里的"富豪"，因为他住在北京的四合院里。侯磊是土生土长的北京人，所以他对北京的文化、风俗，乃至于中国的传统建筑、街区都非常感兴趣，昨天晚上他还在跟我一起看上海的各种建筑。他每走到一个地方，都愿意把感受写下来，他的小说和随笔都非常精彩。他在《青年文学》上开专栏，专门书写北京的风土人情，受到很多读者的喜爱。

第四位是刚刚进来的非常美丽的女士，诗人、小说家蒋在。蒋在是少年成名的作家，11岁就开始写诗，高中阶段到海外留学。她早期写诗歌，最近几年转向小说创作，如今在北京一个杂志社担任编辑。她的诗歌和她的小说之间可以形成一种互文的解读。

因为现场就来了四位青年作家，我的介绍基本到此结束。下面我想简单讲一下中国当代青年写作的特点和风格。

中俄两国对于青年作家的界定好像是一致的，基本上是出生在70年代以后的作家。中国出生于70年代的作家遇到了一个特殊的历史语境，就是"文化大革命"结束，中国开始改革开放。而到了90年代以后，中国基本上融入了整个世界经贸秩序，这对这一代青年作家的写作产生了巨大的影响。

这一代青年作家的写作，主要有三个特点。

第一个特点，他们基本上都接受了非常完整的教育。从本科到硕士、博士，也不乏海外留学的经历，所以这一批作家具有世界眼光，审美趣味高级，基本上脱离了初级阶段的审美。但这也可能造成一个问题，就是过多的知识和修养会导致写作的直接性的丧失，而文学作为审美的一种体式，它最擅长的是用"直接性"去打动别人。

第二点，我觉得这一代的中国作家和俄罗斯作家很相似，就是对世界采取一种更加宽容的态度，采用对话的姿态。

刚才又有一位中国青年作家进来了，顾文艳女士，她是诗人，也是学者，在华东师范大学中文系任教。她的迟到让我想到一个短篇小说，黄锦树的《迟到的青年》，那是我读到的 2019 年度最好的短篇小说，向大家推荐。

第三点，这一代青年作家的写作风格呈现出丰富的面貌。不仅是现实主义的，也不仅是现代主义的，而是一种综合性的写作。比如在我的诗歌里有西方的传统，也有中国的传统，唐诗宋词和波德莱尔、里尔克都对我产生了影响。我们刚才提到的赵志明，他的小说里有现代的、西方先锋小说的传统，同时他又非常娴熟地使用了中国传统的说书人讲述故事的方式。

这就是我的发言，谢谢！

郑体武：我们进入下一个话题。我们的论坛已经举办三届了，交流开始逐步走向正规和深入。当然，除了我们的论坛，近些年来中俄的文学交流还有很多可圈可点的案例。我想问一下罗曼·克鲁格洛夫先生，您认为目前的中俄文学交流，除了我们看得见的这些成绩之外，还存在哪些困难和不足？

罗曼·克鲁格洛夫：说起不足，就像叶赛宁说过的那样，我们需要等待时间的沉淀，等待时间去评价我们的所作所为。我们需要再出版一些作品，让这些作品能够得到翻译，然后再出版一些评论这些作品的书籍，这样我们才能更清楚地了解对方。

提一点小小的建议，我觉得论坛结束之后可以做一本批评文集，对每一位作家的作品具体分析，做一个总括性的介绍。这对我们进一步深入理解有很大的帮助。

安娜·季马科娃：这已经是第三次举办论坛了，我们在出版这次论坛的作品时，可能已经忘记前两次论坛出版的作品了。我觉得，这三次论坛，不管是组织上还是创作上，都是具有连贯性的，我们可以把这三次论坛放在一起看待。另外，我觉得还是要面对普通群众展开工作，就像我也教中学生，我会面对他们讲述一些东西。也可以利用网络平台，进行一些互相翻译和传递的工作。

罗曼·克鲁格洛夫：我希望在圣彼得堡也开展类似的活动，邀请中方代表团到我们国家进行交流，我的学生也可以组织翻译。这样能使双方的交流进入一个更深、更好的层次。

郑体武：这些建议都很好。从第一届到第三届，我们论坛的影响越来越大，媒体关注度越来越高，参与的人数也越来越多了。从第二届开始，我们开拓了新的刊物刊登俄罗斯作家的作品，比如《上海文学》《上海诗刊》《湖南文学》这样的刊物。《世界文学》《外国文艺》也一直很支持我们。我们还可以集思广益，多开动脑筋，使两国的文学交流和作品传播更有效、更广阔。下面请杨庆祥先生就这个问题发表一下他的看法。

杨庆祥：刚才季马科娃、克鲁格洛夫和郑老师都谈到了对这个论坛的想法和建议。我是第一次参加这个论坛，我觉得应该从两个层面来谈论坛的展开，一是从作家之间的交流来谈，二是从两国作家作品传播的角度来谈。

就写作本身来说，我觉得应该将参与论坛的俄罗斯作家和中国作家的作品，至少提前三个月翻译出来，让双方能够充分阅读对方的作品，让评论家能够给出中肯的意见，然后在现场进行交流。这样会使彼此的写作得到提升。这类似于文学工作坊，我们在工作坊里可以相互切磋技巧。

从传播角度来看，目前我们的传播已经做得很好了，比如在思南读书会做这种活动。我觉得刚才季马科娃女士谈得非常好，俄罗斯的作家还可以去一些中学或者大学，做一些面向中学生和大学生的文学演讲，或者举办一些作品朗诵会。

中国的读者是目前世界上最爱阅读的读者，对世界文学的接受度很高。但是我们对俄罗斯文学的阅读，目前基本停留在托尔斯泰和陀思妥耶夫斯基时期。并不是因为俄罗斯的青年作家们写得不够好，而是我们没办法接触到。所以我觉得，应该创造更多机会，让中国读者接触到俄罗斯当代的优秀写作。中国的文学作品在俄罗斯的情况也类似，甚至更糟糕。我昨天通过郑教授和俄罗斯作家才知道，现在俄罗斯最有影响力的中国当代作家是莫言。其实中国的青年作家也有很多优秀的作品，尤其是中短篇小说。同样，俄罗斯也可以做相关的工作，把优秀的中国青年作家介绍到俄罗斯去。

再补充一点，我觉得最重要的是要创造更多的机会，让俄罗斯的作家和中国的作家在一起喝酒。

郑体武：每次论坛的筹备工作中，工作量最大的就是对两国作品的翻译。我们会限定，参会的诗人一般提供四到五篇他个人中意的抒情诗，小说家提供一到两万字的短篇小说，因为在短时间内组织翻译有一定的困难，文学翻译不同于一般的翻译。

第一届论坛筹备的时间比较长，双方的作品在会前都已经发表了，会上我们把《外国文艺》专号发给了每位参会代表。第二届、第三届都是会后才组织发表的。刚才杨先生说，最好提前几个月给大家看，让大家互读，这样能够提高会上交流的水准，我觉得这个意见非常中肯，今后这方面的工作可以改进。当然，我们要跟俄罗斯互相督促，他们在这方面的困难比我们还要多，因为俄罗斯的汉学家没有中国研究俄语的多，但还是要想办法克服。好在俄罗斯几个大刊物的主编纷纷表示，愿意刊登中国作家的作品，但也有个前提，就是要组织质量过关的翻译，我们会朝这个方向努力。

时间关系，嘉宾的发言就到这里，我们留点时间与读者互动。

读者：罗曼·克鲁格洛夫先生的诗集会在中国出版，后面会不会附有介绍性的文章，介绍其中包含的哲学思想和俄罗斯的历史？

罗曼·克鲁格洛夫：昨天我的一位同事讲了有关诗歌翻译的问题，他说翻译是再创造，需要我们把原有的概念和原有的形象打碎，在新的语境里重塑起一个新的东西。我觉得，诗歌翻译主要是在目标语言中找到一种词语的等价物。我的诗歌翻译完全依赖于郑体武先生以及他带领的这批青年翻译家，希望他们能给出更好的翻译。

安娜·季马科娃：对于他的诗歌，会有一些注释、阐释附在后面。

郑体武：对于一般的诗集而言，注释太多反倒无益。有些注释是必不可少的，但注释如果太多，对阅读诗歌、欣赏诗歌来讲是无益的，反而限定了读者的理解和想象。但是你的意思我明白，我们应该在作品传播时多做一些普及性的工作。谢谢你的问题。下面有请俄罗斯著名期刊《小说报》的主编尤里·科兹洛夫先生讲几句。

尤里·科兹洛夫：如今我们一方面生活在电子信息化的时代，一方面又生活在商业化的时代。中国和俄罗斯可以在文学交流方面做出尝试。我觉得，我们出版的这些作品不仅应该被中国读者读到，也应该被俄罗斯的读者所认识。现在困扰着中国作家和读者的问题，同样困扰着俄罗斯的作家与读者，这些问题包含很多方面。把这些问题集中地提出来，给大家一个思考的空间，两国作家都可以去思考我们目前所面临的问题，我觉得这是一个可行的方法。

读者：很多思想家都论述过俄罗斯文学中的"罪人"形象，俄罗斯文学传统中对"罪人"的热爱是否延续到现在？

罗曼·克鲁格洛夫：我觉得这个题材是有延续性的，直到现在，俄罗斯文学中还有关于犯罪、罪人的主题。因为罪恶和善良、罪恶和纯洁的斗争永远没有休止。

安娜·季马科娃：你说的罪行主题分很多种，不一定是犯了杀人罪，有可能是自杀，有可能是抛家弃子等有悖于伦理的行为，这些在当代的俄罗斯作品中都有体现。

郑体武：谢谢到场的两国作家，也谢谢读者朋友，最后感谢思南读书会，为这次见面会提供了优越的条件。谢谢大家！

与无数先驱的心灵对话

——程小莹《白纸红字》分享会

时间：2020年1月4日

嘉宾：程小莹、吴海勇、张滢莹

左起：张滢莹、程小莹、吴海勇

张滢莹：作家程小莹在 20 世纪 80 年代创作了小说《姑娘们，走在杨树浦路上》，后来又创作了长篇小说《女红》，还有一系列散文随笔，都是对于上海的某些生活、某些区域的文学叙事，包含一种个人记忆。长篇纪实文学《白纸红字》讲述的，也是上海一个特点鲜明的区域。我想先问程老师，是您选择了这样一些区域，还是这些区域选择了您？

程小莹：写作是有很多机缘巧合的。从写作准备的状态来说，我会选择一些自己比较熟悉的生活和地域，或是和自己的生活经历有关的东西。当一个选题摆在面前的时候，我首先选择记忆，一种悉心的熟识度。比如刚才提到的一些作品，涉及的地域是上海的杨树浦、虹口区。这些源自我的青春期生活。我的整个青春期是在虹口度过的，包括我的文学阅读和文学创作，都是从虹口开始的。这是一个起点，会唤起我许多记忆，激发情绪。所以从写作的动因看，我觉得在《白纸红字》这部作品里，可以找到我自己希望看到的一些清晰的东西，或者我向往的东西，可知可感。我是这样考虑这个选题的。

张滢莹：上海的虹口区是"左联"诞生的地方，从它诞生到最后走向离散，整个过程，是不是有一定的历史必然性？

程小莹：虹口这个地方在 20 世纪 30 年代左右，集聚了中国的一批文化人、革命者。这里有客观因素，比如此地有一个商务印书馆，一个很著名的出版机构，"左联"之前的一些左翼文学团体，比如太阳社、创造社的出版部门，也在四川北路一带。所以，这个地方很容易汇聚一些文人。另外，我从小生活在虹口，对山阴路、四川北路这一带很熟。我一直觉得这个区域有一个比较明显的特点，它既有长期积累的文化气息，我称之为"书卷气"，又是一个市民气息很重的地方。你到四川北路、山阴路、溧阳路这一带，包括虹口公园，可以感受到住宅区的烟火气，同时它也是个商业区。它不是一个特别高档的生活区域，但也不是那种贫民化的棚户区，而是市民化的一个生活区域。这种平民化的烟火气，加上书卷气，形成一种地域特色，我觉得到现在还是这样。

张滢莹：请吴海勇老师就这个问题谈一谈。

吴海勇：听了程老师的介绍，很受启发。我跟虹口也有一段不解之缘。我是新上海人，留在上海工作的前五六年就住在虹口区，因此虹口文化对我的影响是很大的。最具标志性的一个体现就是，我暂时放弃学术研究后开始纪实类写作的第一部作品《时为公务员的鲁迅》，就是鲁迅的足迹和深厚的虹口文化对我产生影响的结果。

如果从大的背景来说，从五四运动落潮到革命文学兴起，再到左翼文化运动明确提出普罗文学，并实现文学实践，都跟整个国际形势有关系，也跟中国向往进步者的主动追求有着积极的关联。所以整个运动潮流的兴起有其根源，也有持续发力的底蕴。至于最后戛然而止，也不是全然消停，而是做了一个转型，就是跟国防文学结合起来。不管怎么说，左翼文化团体留下了很多作品，形成了一支队伍，经过全民族抗战与解放战争，一直到中华人民共和国成立，延续了下来，这是我们的文化盛事。左翼文化力量是源源不绝、具有强大后劲的。这是我粗浅的认识。

张滢莹：谢谢两位老师精彩的回答。现在很多年轻人已经不知道"左联"的重要性了，这样一个文学群体为什么会产生那么大的影响力，它在当时的最大作用究竟是什么，想请两位老师解惑。

吴海勇：我斗胆先讲讲我的体会。我们市委党史研究室近七八年来一直在推进上海左翼文化研究丛书，我做的是左翼电影，但是其他专家的研究成果我也在学习，包括鲁迅纪念馆原馆长王锡荣老师写的《"左联"与左翼文学运动》，我也拜读过。

人类学研究者曾经得出一个结论，人类就是喜欢听故事，所以会形成我们的历史，讲历史其实就是讲他人的故事。而这种叙事性的东西，其实就是文学最本真的东西。

到近代，文学跟社会运动紧密结合起来，这可以从梁启超的文学革命开始探索。到五四运动时期，文学跟社会运动结合得更加紧密。在这种情况下，我们就能理解为什么鲁迅会在仙台觉悟，做启蒙工作最好还是通过文学。文学的潮流从那时慢慢铺开了，文学革命的足迹一路向前。当时文学的影响真的很大。我们现在有点不能理解，为什么一本《家》会影响这么多人走出原来的旧家庭，走向创造新社会、解放自我的探索之路。因为不同时代的阅读方式不同，当时纸媒是流行传媒，新型文学的吸引力就相当于20世纪八九十年代的武侠小说。当那些革命青年进入大都会，发现其他的革命之路不是很畅通的时候，他们就会拿起文学这一武器，这是一件自然而然、顺理成章的事。

再加上当时还有很多文学消费的市场，写得好的左翼小说还是很畅销的，有很多青年去买。另外，对中国共产党来说，一个重要的战略定位就是要用文学争取进步群众。所以，组织的安排、市场的需求、文学的潮流，几个方面结合起来，就有了蓬勃发展的左翼文化。这是我粗浅的认识。

程小莹：刚刚吴海勇老师说得很专业，我从个人的角度来谈一点。我知道"左联"时还是个十几岁的中学生，我是从中学的语文课本里，从鲁迅的那些文章里了解到的。我现在对这个主题特别有兴趣，其实它跟我的青春有关。左翼文学在那个时候也属于青春文学，那些投入革命文化运动中去的青年人，除了写作，还随时准备付出生命。他们有宏大的理想，追随时代的潮流，追求真理，正是一种青春力量的体现。我觉得，现在的青年看"左联"，其实跟我那个时候看"左联"差不多。只要进入那个时代，进入那些人物中去，现在的青年同样可以感受到青春的力量。在写作的过程中，我特别注意发掘自己内心的那种青春期的冲动，这也是我创作这部作品的一个比较原始的动因。

张滢莹：是否可以说您是借着写"左联"，把自己在书写上的一种欲望转化成青春时代的样子，让自己进入当时那样的语境？其实说起来容易，做起来是很困难的一件事情。

程小莹：我特别喜欢做这件事情。说老实话，为了写"左联"，我经常回到虹口。要是在写作上有点不顺，我就到那边去走走，马上就可以回到我十几岁的时候。看到"左联"纪念馆院墙边有一棵树，脑海里马上会出现中学语文课本里学来的鲁迅先生的"一棵是枣树，另一棵也是枣树"。课堂的记忆、阅读的记忆可以唤起许多激情。就像冬天的时候，脑子里就会念叨起鲁迅《故乡》里的那些文字，同时感受到那个年代。这样就很容易与那些左翼文学青年产生共鸣，然后就觉得自己可以为他们做一点事情，让人认识他们，记得他们，纪念他们。所以，我很有激情，同时很有耐心地去做这件事。

张滢莹：其实您刚刚提到的这一点，往往是在当前的红色题材写作中被忽视的一个方面。写红色题材肯定不是材料的单纯积累或者梳理，而是要作者对于当时的情景有一种自己切身的深入。对于一个写作者来说，怎样才能真的把自己投身进去？

程小莹：你要进入那些人物的生命里去。我们今天说的一个主题就是与无数先驱的心灵对话，要跟他们的灵魂有交流。说白了，有时候你去分析那些人物，其实可以看到一些自己的影子。有时候我会设身处地地想，如果我是个 20 世纪 30 年代的青年，也在虹口这个地方成长，我可能也是他们中的一个……那些地方我很熟悉，那些人物跟我有相像的地方。比如"左联五烈士"里的殷夫，他出生在一个富足的家庭，他哥哥做着大官，让他不要去参与各种运动，但他觉得跟他哥哥那种人分道扬镳是一件很高尚的事情，是他一生要追求的事情。他哥哥几次把他从狱中救出来，把他弄到乡下老家，但他很快又回到上海，去做他的事情。最后他在狱中对哥哥说，这次你不要救我了。他写了一首诗，很光荣地宣布跟哥哥和这个家庭决裂了，像完成了一项重大使命。他就是这样单纯的一个革命青年。当时革命正处于低潮，但青年的心是关不住的，越是黑云压城，越是激情迸发。所以，跟无数先驱的心灵对话，让我在写作时感受到灵魂的交融，觉得有许多话要说，同时，对那些人物，我有了更多的理解和更多的想象空间。

张滢莹：说到精神力量，不仅是"左联"这样的革命文学团体。之前跟吴老师聊的时候，讲到吴老师的作品《起来》，写了《义勇军进行曲》的整个诞生过程。它跟"左联"同期，也是革命氛围中的产物。请吴老师给我们简单介绍一下《义勇军进行曲》诞生的前后经过。

吴海勇：好的。首先要感谢上海市作协策划的"红色起点"系列，特别感谢现在坐在后排的伟长兄给我的机会。多承程老师挑了重担，因为"左联"不是一般人能写的，"左联"作家群太过庞大，时间跨度又大。我所写的是一个聚焦性的作品创作史回顾，但我也没有省力，我是以群体研究的方式来切入这一命题的。《义勇军进行曲》是电影《风云儿女》的主题歌，我把跟这部影片和《义勇军进行曲》创作相关的重要群体作为切入点，那就不仅是写聂耳和田汉两个人，至少写了 19 个人，是一个很大的群体。重要人物是写足一章，也有两三个人合为一章的。有些人可能还要看史料的掌握情况，史料少的话也只好割爱，分量少点。

有的人物，我在写的时候跟他的后人联系上了，找到了相关的大量史料，比如许幸之。虽然他是跟其他两三个人合为一章的，但他占了这一章的主体部分。他确实很重要，是《风云儿女》的导演。我们花了大力气，通过方方面面，最后找到了《风云儿女》的分镜头剧本，目前看过这个剧本的人很少。我认为这个本子就是许幸之做的，许幸之自己没有确认，但是从当时电影制作的常规来说，这个可能性很大。

正是因为写了一个创作群体，所以篇幅远远超出了原来的规定，写得很庞杂。有些地方写得比较僵化，因为不像程老师那样，能够回到现场去跟历史人物进行精神对话。我主要倾向于给读者留下一部关于《义勇军进行曲》的创作信史。以往的国歌创作史，有些似是而非之处，主要是因为时过境迁，当事人的记忆模糊。比如左翼电影运动的核心人物夏衍，他的回忆很重要，但是也会有一些误差。比如夏衍回忆说，《风云儿女》的剧本是在田汉被捕之后，夏衍避难时才开始创作的，我们觉得有点对不上，因为以前的报道都说，1934年底许幸之已经在做分镜头了。那么，夏衍后面创作的文学剧本到底是干吗用的？一直没搞懂。包括田汉的一些事后追忆，也不准确。

所以我写到这些地方时很痛苦，纠结了三年，最后又不能不交稿，于是，我不得不按照我的所见及思考，把历史拼图重新拼合一下。应该说，发表的《风云儿女》文学剧本就是夏衍的作品，虽然没有收入夏衍文集。而田汉创作的电影剧本其实应为电影的故事梗概，已经丢失了。事实上，还存在一个文本，就是电影的分镜头剧本，那是许幸之的劳动成果，只是一般人没看到，谁也没把它收到集子里。我幸运地看到了。还有一些纷争，根据多人的回忆，我们还是能够拼合上的。比如，聂耳是在什么情景下抢到这个作曲任务的。夏衍说是他把歌词交给聂耳的，有另外一个人说是他交的。于伶回忆说，他俩当时都在场，因为他那时也在，所以这些历史场景还是可以还原的。我是尽量去还原这一历史过程。

但是，我的作品里也有一些虚构成分，比如田汉是在什么情景下创作的。我在这里要回应一下一种流行的说法，说东北抗战是《义勇军进行曲》的创作素材，此说影响越来越大。它的根本逻辑是什么呢？东北遭到日寇的侵略，东北义勇军就此而起，鼓舞了内地民众，于是有了文艺创作《义勇军进行曲》。这个逻辑好像大方向是对的，后来就越说越细了，说当年有一个姓田的和一个姓聂的去东北慰问义勇军。但其实，田汉遭到通缉潜伏起来之后，对外称姓陈，叫陈瑜。而且聂耳的日记是比较完整的，他没有时间抽空到东北去，两个人一起去的可能性就更小了。当代的很多口述记录，因为时过境迁的原因，某些具体细节可能会失真。

我经过查考之后得知，东北沦陷之后，举国震动，上海很多民众自觉起来组织义勇军，上海是全国义勇军运动的发祥地和风暴眼之一，大量义勇军产生于此。有些义勇军开往北方，1931年就北上抗日了。"一·二八"淞沪抗战前夕，十九路军本来是要分一支队伍，改编成义勇军北上，结果先发生了日僧事件，他们就留下来准备抗日。据我查到的文献，直到1932年"一·二八"事变后，东北的抵抗组织到北京去募捐的时候，人们才开始把这些抵抗组织统称为义勇军。当然，"义勇军"这个词早就有了，但东北民众在"九一八"事变后揭竿而起的组织用了很多其他名称，我现在还没有看到有叫"义勇军"的。真正使用这个名字要到很晚，恰恰是受到上海等内地义勇军运动的影响。

我循着这一考辨，虚构了一段内容。我在写作的时候有意地把田汉过去创作的一些相关经典词句回顾了一下，虚构了田汉怎么根据一些关键词写成了这首《义勇军进行曲》。当然，我们现在传唱的歌词并不是田汉原创的歌词，而是经过修改的。所以，我一方面要进行辨析考证，另一方面又要加一点合理想象。大体情况就是这样。

张滢莹：非常感谢吴老师这一番讲述。我刚刚在吴老师的讲话中注意到两个关键词，一个是"拼图"，一个是"逻辑"。其实对于《白纸红字》来讲，这两个关键词同样适用。在写作过程中，程老师是不是也碰到过这样有意思的事？

程小莹："左联"这个题材有个特点，就是牵涉到许多人物，这些人物都是文人，性格各异，情感丰富。文人会留下许多文字。写作过程中确实遇到很多有趣的细节，对我的创作有很大的触动。我举个例子，书中写到，鲁迅去见李立三，约在西藏路的爵禄饭店，就是现在的上海市工人文化宫那一带。鲁迅与李立三其实谈得并不投机。李立三要求鲁迅公开发宣言反对蒋介石，然后带头游行，鲁迅说这样不行，李立三说还可以发给你一把枪，鲁迅说我不会打枪，会打到自己人的。他们就谈了这些事。鲁迅后来在日记里记了一段，我觉得挺有意思的。他说："晚同雪峰往爵禄饭店，回至北冰洋吃冰其林。"日记的时间是 5 月 5 日。上海的春末夏初，经常会有几天突然很热。我估计那天鲁迅大概也碰到这么一个天气。这样的细节挺有意思，它反映了那个时期的城市生活和一些人际关系，以及相关人物的某种心态。为什么后来鲁迅对瞿秋白特别有好感？我个人判断，可能因为瞿秋白和李立三的个性反差比较大，鲁迅觉得瞿秋白这个人太有意思了，比较聊得来。

还有萧红、萧军跟鲁迅的关系，也有很多生活细节，有些我写进了书里。有一次萧红穿了一件衣服，配了一条裙子，许广平就问鲁迅好看不好看，鲁迅说，你们不要这样打扮她，她不是这样的人。这就很像鲁迅，将鲁迅对萧红的关照表现得恰如其分。他们两个人互相还说过许多俏皮话，比如鲁迅给萧红写信说，你现在胖得像一个葱油饼。这其实是有来历的，萧红是东北女子，做得一手很好的葱油饼。

这种生活细节很多，那些优秀作家留下的文字，充满感情又充满理智。我在书里还写到一个情节，就是青年电车工人阿累在内山书店偶遇鲁迅先生。与先生见过这"一面"，成了他永恒的记忆，也成就了他的散文名篇《一面》，收入我们的中学语文课本。这个细节生动地说明了那个时候工农阶层的生活水平，以及鲁迅对工农、对青年的那种感情，也符合鲁迅和"左联"倡导的大众文学理念。所以我觉得，创作一部纪实文学作品时，比较充分地修复一些细节，对创作是有好处的。

张滢莹：在这部作品中，大家可以很清晰地看到一个以鲁迅为中心向四周辐射的写作结构。为什么会采用这样一个结构？

程小莹：因为对于"左联"而言，鲁迅就是个中心人物。所以我在写作过程中，钩织了那些以鲁迅为核心的人物关系，有各种人物关系的组合，每个组合都被赋予叙事要义。比如说鲁迅和冯雪峰的关系，是一种很融洽的情感交流，最后达到一种契合。又比如鲁迅和郭沫若，他们其实没有任何交集，一生都没有见过面，但他们之间发生过激烈的争论，后来和解了，这是整个"左联"发展的一个重要线索。整个作品就在不同组合的人际关系里发展，对各种人物关系的把握与拿捏，是我在整个写作中最花心思的。

张滢莹：鲁迅先生和很多"左联"的年轻作家有着非常密切的交往，但这些人有的走着走着就走散了，有的走着走着就牺牲了。这是非常悲壮的。在这些年轻人中，吴老师觉得让人感触最深的是哪一位？

吴海勇：我感触最深的就是殷夫。他青春热血，激进奋迅，而且很有诗情才华。他既有浙江象山人的耿介执着，又有对内心信仰的坚定，所以他太适合写诗了，诗行喷涌，可以说是不假思索。他的诗就是一种很纵横的自诉，给我印象特别深。我在青少年时代读过他的《别了，我的哥哥》。我觉得这种理想信念要代代相传，确实不应失去。

另外，我个人揣测，鲁迅本人最为牵挂的可能是柔石。因为从他的回忆文章来看，一方面柔石的性格柔中带刚，与鲁迅的性格是个很好的互补，另一方面，从本质上讲，柔石又是一个革命者，有坚定的信仰。柔石这样的革命者遭到枪杀，在鲁迅的内心激起的震撼和愤怒是无法想象的，因此他留下来的文字其实是对国民党政府的永远的宣判，也是对南京政府所谓"黄金十年执政"的最大嘲讽。

张滢莹：青年们先是围聚在鲁迅先生身边，后来又逐渐离散，这对鲁迅先生本身是不是也会造成伤害？会不会给他后来的写作以及"左联"的走向带来影响？

吴海勇：我感觉鲁迅是一个对自己的时代有明确判断的人。他知道自己身处一个过渡时代，国家的未来应该寄托在年轻人身上。因此，他很喜欢引导和培育青年作家，他身边总有一些好学青年。像鲁迅这样热心教诲并抽出精力与资金来培育年轻人的导师，在当时并不多见，这一点很值得我们感佩。另外，我自己揣测，他在20世纪30年代定居上海的时候，其实已经感觉到自己的文学灵感过去了，创作可能是年轻人的事，所以他对年轻人有更高的期许。到后期，他的文人性质超越了作家性质，传统文化的一面在他身上越来越浓厚。他喜欢收藏信笺，字写得越来越好，擅作杂文短什，但是，早年创作《野草》时的激情，以及写《阿Q正传》时虚构叙事的冲动，已经弱化了。他宁愿花大量的精力去搞翻译，翻译大部头的东西对精力的消耗是很厉害的，这其实表明他内心的挣扎。这是我的揣测。所以，他对青年特别重视，当优秀的年轻人遭到屠杀时，他一方面纪念，一方面也进行不屈的抵抗。

张滢莹：《白纸红字》充满浓郁的上海城市生活的气息，这是这部作品非常重要的一个特质。仔细思量的话，其中所写到的城市气质，有一部分直到今天还在，但也有一部分，可能因为整体社会环境的变迁，发生了一些改变。程老师能否从这一点来谈一谈？

程小莹：上海这座城市的确是在变化着，不变是不可能的，不变就无法进步了。但城市是有底蕴的，你要知道一座城市的来龙去脉。任何一个角落，只要知道它的来龙去脉，你就会觉得这个地方是有底蕴的，可以说出故事。我们要去发现它们，挖掘它们，表现它们。好在有许多发生历史事件的地点还存在着，这很重要，只要这些地方还在，人就不会忘却。

张滢莹：对您来说，上海的城市气质中核心的、不变的东西是什么？

程小莹：我觉得不变的是人。这个城市不断有人进来，比如海勇就是一个新上海人。我1956年出生于上海，迄今六十余年，我的户口从来没有离开过上海，也就是说我从没有真正意义上离开过这个城市。我觉得，只要这个城市不断地有新人进来，有东西可以传承，这个城市的精神或者气质就是永恒的。上海就是上海，它不同于北京，不同于南京，它就是上海，因为有上海人在这里。

张滢莹：这样一个问题，对吴老师来说，感受可能不太一样。

吴海勇：我觉得这个问题比较难。上海文化的精髓，我个人的理解是追求先进性。上海一直在积极地向世界学习，因为地缘优势，它是中西文化交汇最早的一块宝地。在工作方面，上海人对自己的要求比较高，这也是一种先进性的体现，没有标准的时候就自己创造标准。另外，我觉得上海人在人生观上也比较先进，出门都打扮得很体面。20世纪30年代的时候，那些文学青年都要备一件西装去会客会友，参加沙龙，因为他们要融入这个社会，要比较精致地生活，虽然回家吃的可能是泡饭。哪怕是吃泡饭，上海人也会吃出味道，吃出自己的精细来。这是我在我上海姨妈家的感受，哪怕是一碟酱油，她也要加一些调料之类的，调配得很好。这就是我作为一个新上海人，对上海的先进性，对上海的核心品质的有限认识。

张滢莹：当时的那些文学青年都切切实实地活过，在这座城市留下他们的足迹。在当时的社会环境里，他们身上呈现出来的东西特别珍贵，我觉得这是这部作品的意义所在。程老师可否就这方面谈一下？

程小莹：一个人在二十几岁的时候，是最具活力的，同时又是最迷茫的。其实在任何年代，青年都有文学情结，只不过不同年代所包含的内容不一样。20世纪30年代就是一个浴血奋战的年代，是一个你死我活的年代；60年代是一个集体主义的年代；如今是一个商品经济的年代，一个信息化的年代。文学青年在本质上还是一样的，从内心来说，一样热血。所以，从某种意义上来说，现在的青年同样可以设身处地地理解30年代的文学青年在革命文化初期的鲜血和文字。

张滢莹：吴老师怎么看呢？

吴海勇：30年代是个很特殊的时代，某种程度上说，是中华民族面临重大命运转折的一个时代，是充满危机的一个时代，但危机的背后也潜藏着巨大的转机。因为日本的侵略，整个中华民族被激起强大的凝聚力。而文学是很有感知性的，是对一个民族、一个社会敏锐感知的神经系统。左翼大旗下的青年代表着一个民族的良知，并且真正揭示了民族发展的方向，他们作出了重要贡献。这也是对我们的最大启迪：不能丢失对国家和社会的责任，不能丢失对生活的敏锐感知，不能没有追求，哪怕穷到只有手中的一支笔和一张纸。你总能记录下对现实的认识，哪怕现在不发表，还是能留下对未来有所启示的东西。可能若干年之后，人家就是要靠你的记录，才能把历史的真实性发掘出来。当代文学受到的挑战是比较大的，其他类别的艺术对它造成了冲击，但是我觉得，文学不会过时，因为文学作为个人的感知，永远不可能被扼杀。你只要有时间、有精力，只要想写，都可以写，哪怕是写日记。我研究《义勇军进行曲》的时候，先看了聂耳的日记，深深地感受到聂耳有一个愿望，就是成为文学家。其实他的日记就是很好的文学作品。那一代年轻人给我们的最大启示就是，不能放下手中的笔，不能放弃对生活的感知，不能躲避对国家和社会的责任。

张滢莹：讲得太好了，我看到程老师在频频点头，心里肯定也很有感触。

程小莹：刚才海勇是从历史的角度去说。可以说，几代人对这个城市、对文学所倾注的热情，其实是一样的。城市的活力基于青年，就像刚才海勇说的，鲁迅还是把希望寄托在年轻人身上。所以我写这本书的时候，所有的冲动其实来自对自己青春期的回顾，算是对一种比较原始的青春期文学、青春期阅读的回归而已。

张滢莹：非常感谢两位老师，今天这场活动真是让我获益匪浅。接下来，大家如果有问题的话，可以向两位老师提问。

读者：程老师在构思这部作品时，怎么处理虚实相结合的关系？

程小莹：这本书是一个非虚构的作品，素材基本都来自史料，主要的框架都是真实的。至于细节，我个人觉得还是要真实地还原人物，还原历史，还原生活。包括书中的有些对话，我都尽可能地用人物原来的对话，这些对话不是我杜撰的，都是有原文、有出处的，大多是一些回忆录里出现的。书里写到的所有人物和故事，都取自公开发表过的东西，只不过经过我的梳理，按照我的叙事角度重新进行排列组合。基本上就是这样。

有温度的人民城市

——《这里是上海：建筑可阅读》新书分享会

时间：2020年10月3日
嘉宾：伍江、李天纲、乔争月

左起：伍江、李天纲、乔争月

乔争月：今天谈的是《这里是上海：建筑可阅读》，请到的两位嘉宾都是本书编委会的成员，我也参与了部分章节的撰写工作。大概有近百位建筑保护、文化媒体、英文翻译等领域的专家学者一起，用共同的智慧凝聚成了这本书。我想先问一下伍江老师，您觉得这样一本书的出版对于我们上海的"建筑可阅读"的工作有什么意义？

伍江：非常高兴今天来这里参加思南读书会。读书首先要识字，但是光识字还不行，还要有感情，要能够跟作者产生互动。其实建筑也一样，读建筑比一般意义上的读书更难一点，因为建筑更加专业。这次集中了上海的建筑界、文学界、艺术界等各方的力量，让这本书顺利出版。

上海有几百年的建城史，往古代追溯则更悠久，但是比起中国其他的历史城市，上海的历史是短的。我们经常讲，五千年建筑看西安，五百年建筑看北京，一百年建筑看上海。上海经常讲"百年建筑"，《上海百年建筑史》是我写的，至今差不多三十年了。现在的这本《这里是上海：建筑可阅读》那么轰动，说明什么？说明越来越多的人认识到，建筑是可阅读的。那么，建筑该怎么读？一般的市民常常会发出感慨，看武康大楼多漂亮，再看现在的很多新建筑，多么丑陋。为什么？当年为什么设计得那么好？其实背后有一个非常重要的原因，就是建筑审美。如果你不知道建筑该怎么看，就不可能读到它的价值。

如果整个社会没有一种共同的对建筑的欣赏能力，很难想象这个社会会出现什么好建筑。我是搞建筑的，也是同济大学的老师，我开了一门课叫"城市阅读"。城市建筑一旦被塑造出来，就是有生命的，而生命体都是有个性的。我想让学生知道一个城市、一座建筑的个性在什么地方。对于人来讲，所谓个性，一部分是先天带来的，一部分是后天养成的，其实一个城市的建筑也一样。西方有句话叫建筑是石头的史书，它是石头造的，但是它承载了历史，可以被阅读。但是仅仅说建筑是石头的史书还不太全面，为什么？因为一个建筑、一个城市所承载的可供我们阅读的远不止于此。我概括一下，基本上有三部分。

第一，一个建筑也好，一座城市也好，是发生活动的重要场景，人类的所有活动都在场景里发生，所以它是一个舞台，记载着这一切。我们每个人的生活、感情都和它有关系。所以建筑的故事一定和在这里边发生的故事有关，而且这个故事和你个人有关，只有你投入了感情，与建筑才会有互动。

第二，城市和建筑里发生的故事是有时间的，是一点一滴的累积，所以城市也好，建筑也好，是人类曾经发生过的事情的载体。从这个意义上讲，读建筑、读城市等于读历史。

第三，建筑本身是人类所有的制造物里最大的。到现在为止，我们还不知道有什么人造产品的规模比城市更大，而人类的任何一个产品，哪怕是很小的产品，除了具备物质功能之外，都多多少少有着精神的寄托。原始人做陶器，已经有精神的需求在里面。所以建筑和城市，也是有精神寄托在里面的。这个精神寄托是什么？就是文化和艺术，要用来满足精神需要。

为什么有人愿意花大价钱买贵的房子？其实贵的房子和便宜的房子在物理品质上差不了太多。是因为它有象征的意义，是身份、地位、文化的象征，是他一生所追求的东西的展示和外化，这很有意思。作为一个设计建筑与城市的人，要满足人们的要求，满足要求的过程就是艺术创作的过程。我个人认为，这是人类最大的艺术，而且这种艺术和别的艺术还不一样。别的艺术对于一个接受者来说，如果不喜欢，可以不接受，比如一幅画，实在不喜欢可以不看，一首音乐，实在不喜欢可以不听，但是城市就在那里，你非看、非接触不可，所以它是被强迫接受的艺术品。从这个意义上来讲，建筑阅读、城市阅读极为复杂。你既要知道建筑的基本原理，又要知道建筑里面暗藏的隐喻，还要知道它在感情上的故事。我们经常讲物是人非，一代代人过去，但是东西还在，每个人在其中的活动痕迹加在一起，构成了这座城市、这个建筑的复杂性。阅读城市、阅读建筑，其实有极大的空间跨度和时间跨度，城市的故事、建筑的故事，就是我们每个人自己的故事。要这样去阅读城市、阅读建筑，才会无穷无尽，余味无穷。

乔争月：好精彩，谢谢伍老师。我家的书架上就有《上海百年建筑史》，这本书非常重要，是我认识和研究上海的基础参考书。李天纲老师的《人文上海》和《南京路》也是我反复阅读的书，请您来谈谈阅读建筑。

李天纲：我一直有个说法，同济大学的老师是上海建筑文化保护的先锋。对于城市建筑的保护，是对文化遗产的传承，同济的老师从20世纪60年代就开始做了。很多人认为上海只是一个近代城市，原来是个小渔村，没有什么历史，但其实我们也有距今六千年的广富林遗址。上海的文脉其实是从古代一脉相承下来的，至少从青龙镇开始，也有千年的历史。这次《建筑可阅读》的出版，文物局起了作用，提供了名录，由伍校长来审定，其中最早的可能是南翔古猗园里的唐经幢。

上海作为一个大都市崛起，确实是发生在近代，很大原因是开埠以后的中西文化碰撞。上海其实非常完整地保留了19世纪的城市建筑样式，不然我们为什么说外滩是万国建筑博览群？上海混杂了很多建筑风格，各路设计师云集，除了邬达克，还有很多中国设计师，范文照、董大酉、李锦沛这些人作出了重要贡献。

最近三十年，上海的文化界、建筑界形成了三点共识。第一点是要保存文脉，上海是一个有文化传统的城市。第二点是永不拓宽的马路，很多马路不能拓宽。这是近代的尺度，这样的尺度便于交往，也便于各种各样的文化产生。第三点就是建筑可阅读，这一点非常重要。要把一座城市当成一个活体，有生命，有历史，是能够传承的。刚才伍校长讲得很好，建筑可阅读、可参与、可沟通，这样的城市才是人性化的。

乔争月：谢谢李老师，思南公馆所在的复兴中路就是永不拓宽的。伍老师和李老师三十多年前分别开始从城市建筑的领域和上海历史的领域进行研究，这三十多年里应该有很多的经历和发现，也见证了很多变化。在今天这个特殊的场合，能不能回忆一下，在对建筑进行阅读和探索的过程中，有没有特别有意思的故事？

伍江：我先讲第一个故事。1983年，我写了一篇硕士论文，大概是历史上第一篇写外滩的硕士论文。现在每个上海人都知道外滩是万国建筑博览群，全世界都少有，到国庆节一开灯，非常漂亮。可是有一段时期，要说外滩的建筑有什么价值，那是要冒险的。1983年我去外滩调查，很多建筑都不让进，只有少量的建筑，通过关系可以进去。里面的人跟我说，这有什么好研究的？都是帝国主义的残留物，等我们四个现代化建成了，一定要把旧外滩炸掉。他说这话是发自内心的。过了十年，1993年我带着学生去汇丰银行大楼测绘。那时候上海市政府刚搬出来，要打扫一下，我进去一看，内部非常漂亮，尤其是市长办公室，1949年以前是银行大班的办公室，现在还在，都是柚木的墙板。这时一位老先生出来，他原来是看门的，那一年70岁，他说他从1954年开始，每个星期给墙板打一次蜡。他为什么讲这个故事给我听？因为我问他这个建筑怎么保养得那么好，他就很自豪地告诉我是他在保养。我把这两件事放在一起说，是因为它们体现了一种社会的进步。只要内心的窗被打开，灯被点亮，人们就会懂得建筑的历史文化价值。所以好的建筑更应该被保护，总有一天它们会发光的。

越来越多的人意识到我们这座城市的价值，所以我们要保护它，但我今天想说的是，除了那些漂亮的建筑之外，还有很多不太漂亮的建筑，甚至有一些很丑陋的建筑，它们也是我们的城市不可或缺的历史组成部分。一旦失去它们，我们的城市记忆就会大打折扣。比如说上海大量的石库门里弄，虽然也有一些不好的记忆，一幢房子挤着很多人家，不少人住在里面受苦，但这些都是我们曾经的生活，不能因为不好就不要它，不能说这个空间和载体就没有价值。

当然，不是所有的东西都得留下，但是有些东西不能磨灭。上海这座城市如果没有了石库门、里弄，你能想象我们一百多年的近代史是什么样的吗？没法想象。过去多少上海人住在里面，多少事都在里弄里发生，就因为它长得不好，就要把它拆掉，这是不对的。当然，保护它是更困难的事，得修，得加固，要很多的投入，但这种投入是值得的。

上海曾经有大量的工业建筑，后来转型了，我们开始拆掉厂房。但上海曾经是中国工业的摇篮，如果跑到博物馆里只能看到一个煤气灯、一个机器架子，怎么体现这段历史？上海的工业曾经那么辉煌，载体在哪里？所以说，它们也是我们这座城市不可或缺的历史。厂房可以做其他的用途，只要把壳留在这儿，我们的记忆就有寄托。从这个角度讲，我的体会是，除了阅读那些漂亮的建筑，还要阅读那些不太漂亮的建筑，因为它们是我们这座城市的记忆，要把它们好好留住。

乔争月：李老师有什么回忆吗？

李天纲：上海是座移民城市，20世纪40年代，上海人口400万的时候，外侨的比例是超过5%的，总共有十七八万人。所以这个城市从建筑上来讲也是丰富多彩的。很多人努力保护了一批建筑，但有些教训也是很惨痛的，比如外滩原来的犹太人的经堂。80年代的文汇报大楼背后，原先有一个犹太经堂，很小，但是对世界历史而言意义重大。这个经堂里安顿过三百多个二三十岁的波兰经学生，这批人后来整体搬到了纽约，在纽约研究希伯来文，然后把古文改造成今文。建文汇报新大楼的时候，这个经堂被拆了，非常可惜。

乔争月：我还写过一期专栏，写消失的外滩建筑，专门写到这个经堂。我看过历史照片，建筑很漂亮，很可惜。

李天纲：现在只保留下来一个经坛，将来博物馆里只能放这件东西。

乔争月：我曾到徐家汇藏书楼查阅一百多年前的同行写的关于建筑的报道，老实讲，他们的工作做得比我们好。当年上海媒体对建筑报道特别重视，外滩每一幢大楼奠基或者落成的时候，基本上都会有一篇深度的报道，写得特别用心，很多细节都有，留下了一份非常珍贵的记录。刚才讲的故事在报纸上有大量的体现，包括雷士德……

李天纲：《建筑可阅读》收了进去，雷士德工学院。

乔争月：我去年跟黄浦区合作了一本《外滩·上海梦》，我专门写了一个章节《外滩的追梦者》，就把雷士德放了进去。他是英国的地产大亨，生活非常俭朴，但是去世的时候，他把几乎所有财产捐给了上海的慈善事业。今天的仁济医院病房大楼就是他捐建的。

李天纲：他建了两座大楼，一座是提篮桥的雷士德工学院，另外一座是北京西路的雷士德医学院，现在的医药工业研究院。这两幢大楼，我觉得是当时世界上建造标准最高的。

伍江：判断一座建筑有没有保护价值，是一件很复杂的事情。前不久我在武康大楼搞活动，现在武康大楼很红，很多人穿着婚纱在那里拍照。它是邬达克的作品，但邬达克如果还活着，肯定会笑话我们：我最不值得谈论的作品，你们却最喜欢。邬达克自己不喜欢这种建筑，他喜欢的是现代的，喜欢大光明电影院那样的建筑。不是说我们不可以欣赏武康大楼，但我们要了解它的历史。其实我是研究建筑史的，在西方学科里，建筑史是艺术史的一部分。艺术史也好，建筑史也好，更重要的价值是要把建筑放在历史的长河中去看，不能简单地判断说哥特时期是不好的，文艺复兴时期是好的。

乔争月：谢谢伍老师，我非常认同这一点，因为我就住在武康路。我有一次路过武康大楼，一个姑娘很不耐烦地跟她的同伴讲，同一个姿势、同一个角度，我已经给你拍了五张了，还要拍？设计武康大楼的时候，邬达克正处于内心很痛苦的时候，他给父亲的家书里写到，他觉得当时上海的建筑设计水平和故乡的泥瓦匠不相上下，大家都不爱学习，而他想做出更好的作品，他说自己找不到在故乡时内心的宁静感。其实武康路和南京路步行街非常像，南京路步行街东拓到外滩，我那天晚上还特地到现场感受了一下。全国各地的游客到这儿来打卡，网上也有各种各样的评论。今天是很好的机会，想请两位老师点评一下，东拓的南京路步行街怎么样？

伍江：首先，我是赞同南京路东拓的。为什么？因为上海有两千四百多万人，每天有那么多人到这里旅游、购物，需要更大的空间。第二，我觉得像南京路这样的街道，不一定要禁车，可以把车的速度降下来，让人和车在一起。我们过去讲要人车分流，为什么？因为我们觉得人和车在一起不安全。人车混流怎么保证安全？要把速度降下来。我们过去追求城市道路速度越快越好，现在我们希望，有一些城市道路的速度越慢越好，具体要看什么路。城市快速路的目的是从这个地方尽快到另一个地方，我们有高架路、环线，但不是所有的道路都要快。我们过去做城市规划，每条路设计一个速度，这个速度都是最快的，希望时速达到50公里、100公里，其实这是错的。中心城区的街道速度应该定得低，不能超过多少，只能慢慢开，这样开车的人、走路的人都高兴。告诉大家一个秘密，其实城市里的大部分道路，当人们的开车速度降下来以后，整个城市总体的通行速度会提高，堵车会缓解。为什么会堵车？因为道路系统里有的快，有的慢，快和慢之间产生落差，有了落差就会堵。假设所有的道路采用一样的速度，这个城市永远不会堵。我们开车的人都有体会，在内环线，我们总是下不去或者上不去，为什么总是上下匝道堵？因为这个地方总是并车。如果一个环线上，下车的口总是多于上车的口，上面肯定不堵。道理很简单，放水的口大于进水的口，水肯定一直在流，不会堵。只有放水的口不够，这边不停地在进水，水才会漫出来。所以城市不是越快越好。改革开放这么多年，上海的汽车数量超过以前很多倍，但是我们的城市道路并没有增加那么多，所以实际上，现在的平均出行速度与三十年前相比，不是提高，而是降低了。大家都有车反而速度更慢了，什么原因？堵。市领导也很着急，该怎么办？可以通过降低汽车的速度来实现一点点，但不能全部解决。像上海这样的国际化大都市，这么集聚的人口，要想不堵车只有一个办法，就是把更多的人赶到公共交通上去。让更多的人坐地铁，让更多的人有机会在街上散步，这是我的观点。

李天纲：我觉得外滩和南京路应该放在一起讲。外滩是横向的，像一个敞开的胸怀，象征着 19 世纪上海与外界的关系。南京路是在 20 世纪发展起来的，一路向西，其实是深入中国的内地。当初造永安公司的时候，数豆子，看人流是从东面还是从西面来，结果西面来的人多，就定在这个位置造了四大百货公司之首的永安公司。南京路的西段其实是比较本土化的。不知道为什么，当时夏邦杰规划南京路步行街的时候就到河南路为止了。

伍江：当时可能主要考虑到，第一，河南路往东的那些建筑中，商业空间不多。

李天纲：都是办公楼。

伍江：第二，当时认为改成步行街以后，南京路的人流量会很大，人流会和汽车有冲突，所以留了一段缓冲。

李天纲：所以这是个缺憾，其实到南京路的人都要到外滩去。

伍江：我搞过规划，知道一点。当时因为机动交通比较单一，就是少量的私人交通加公共汽车。你知道，公共汽车那时候都在江西路这一带转来转去。如果那时候把河南路以东那一段开成步行街，会和机动交通产生极大的冲突。但今天为什么又可以做了？第一，今天坐公共汽车的人越来越少，公交线都没有了，大家都坐地铁。第二，自己开车的人很少会开到外滩去。所以今天可以做，就是这个道理。

李天纲：现在就非常完美。

伍江：现在最大的问题是什么？从河南路到外滩这一段，街边的店还是太少，缺少商业单位。

李天纲：南京路东拓的好处之一是，外滩的很多建筑是横过来造的，南京路东拓把它们的侧面展示出来了。另外，从河南路到外滩，接通了南京路的文脉。南京路的西段其实是比较本土化的，有很多中国人的产业，而南京路的东段，有旧的四大百货公司。这种规模的百货公司是20世纪的标志，而一条南京路上，有旧四大、新四大，密集程度惊人。通过南京路东拓，惠罗等老公司大楼又呈现出来，我们能更好地找到这座城市的灵魂。

乔争月：谢谢李老师。南京路是很有中国力量的一条街道。最后，我想回到今天的主题"有温度的人民城市"。想问一下，上海还应该做哪些改进，才能更有温度？你们自己平时休闲，有没有最喜欢去的地方？

伍江：一个好的城市，是对市民敞开胸怀的，所谓有温度，就是指城市对每个人都很温暖。比较基础的就是城市要有各种各样的服务设施，有教育、医疗各方面的保证。当然还有更高的层次，涉及市民生活的便利度。再高一个层次的，就是每个人对城市有认同感，有归属感。如果人们觉得城市的服务不到位，生活不方便，就不会觉得城市是他们的。除了大力推动公共服务设施的建设之外，还要关注一座城市的人性，关注城市里各个阶层的尊严。一个好的城市，要让每个人都可以过上有尊严的生活。

乔争月：伍老师和李老师两位就是两本关于上海的大书。我们可以从阅读建筑开始，了解上海这座伟大城市发展的轨迹，然后看清我们未来的发展方向。让我们一起为建设一个更有温度的城市而努力。谢谢大家。

阅读是一种信仰

——《我信仰阅读：美国传奇出版人罗伯特·戈特利布回忆录》新书分享会

時间：2020年10月10日

嘉宾：彭伦、郭歌

左起：郭歌、彭伦

郭歌：各位读者下午好，欢迎来到本期的思南读书会，非常感谢大家在工作日的下午来到装修一新的空间。看到很多熟悉的面孔，很感慨，在经历了共同的困难之后，又看到大家为了阅读而聚在一起。今天是彭伦老师翻译的《我信仰阅读：美国传奇出版人罗伯特·戈特利布回忆录》的分享会。作为编辑，彭伦策划过出版人系列、作家访谈系列；作为译者，他翻译过很多出版人的传记，比如《天才的编辑》《我与兰登书屋》等；他也是"群岛图书"的创始人，群岛今年出了萨莉·鲁尼的《正常人》。我是《我信仰阅读》的责编。

这本书是罗伯特·戈特利布的回忆录，里面记载了很多人们耳熟能详的作家的逸事。比如写严肃文学的约翰·契弗、托妮·莫里森等，还有畅销作家约翰·勒卡雷，大名鼎鼎的美国前总统克林顿，以及昨天刚好是他 80 周年诞辰的约翰·列侬，都写到了。

作为一个编辑和出版人，戈特利布认为自己就是一个信仰阅读、爱看书的人。我理解这句话的意思是，把阅读当成他认识这个世界的一种方式，比如信仰科学的人会把科学当成他理解所有问题的出发点，信仰宗教的人会用宗教阐述。对戈特利布来说，他信仰阅读。他如果想详细了解爵士乐，不仅要听爵士乐，还要读有关爵士乐的著作。他在书里说，作为犹太人，他没有任何宗教信仰，如果非要说一个，那就是阅读。这种信仰也是连接他和作者的纽带。

今天彭老师会分三个部分讲：先是介绍"二战"结束后美国出版业的黄金时代，是我们编辑都十分羡慕的时代；然后介绍一下戈特利布在美国出版史上的地位，为什么他是美国出版史上承上启下的人物；最后说一下戈特利布和几个重要作者之间的故事。

彭伦：大家好。今天跟大家聊的这个人，大多数读者都没有听说过，因为读书时我们更多注意的是作家，不太会去了解创造这本书的人。而且出版人确实不需要公众的太多注意。就像戈特利布所信仰的，他始终认为作为一个编辑不应该介入作家的创作，也不需要公众知道。只不过因为这个人一生经历了很多，从出版社小助理开始，做到西蒙 - 舒斯特出版社的总编辑，然后又到克瑙夫出版社。这家出版社是美国文学出版业里的一颗钻石，象征着最好的文学、最有品位的文学，同时也出很多类型小说，类型小说里也只出最好的作家，所以克瑙夫出版社在世界出版业里的地位是非常特殊的。

今天聊的出版人，在克瑙夫出版社做了二十年的总编辑，然后去了《纽约客》杂志，美国影响最大的一本杂志。从他的三段职业生涯可以看出来，这个人很不一般。正是因为这些不一般，才值得我们更多地去了解他以及他背后的出版业的传奇故事，包括跟作家的关系，跟经纪人的关系，跟英美出版业同行的关系，都很有趣。可能普通的读者接触不到这些故事，我们正好可以通过这本书向大家介绍。

戈特利布在书里有一个核心观点：什么叫出版？所谓出版，就是把你对一个作家、一本书最真诚的热情传递给别人的事业。

美国出版业的格局是从 20 世纪初开始奠定的，现在大多数知名的美国出版社都是在 20 世纪初到"二战"前的短短二三十年里成立的，也有一些 18 世纪的出版社。这些出版社经过多年的并购、发展，慢慢形成今天的美国出版业。

美国的出版界有一个很大的特点，现在人们熟悉的一些主要出版社的创始人，大多数是犹太人。19 世纪下半叶开始，大量欧洲犹太人移民到美国。这些人有的非常穷困，在欧洲活不下去，因为欧洲很长一段时间内"排犹""反犹"的思想非常严重，迫害犹太人达到了登峰造极的地步。大家知道犹太人非常善于经商，其中一些人进入出版业。一会儿我会给大家介绍几位美国犹太出版家。兰登书屋是 1927 年由两个年轻的犹太人成立的；西蒙 - 舒斯特出版社是由两个犹太人西蒙和舒斯特在 1924 年成立的；克瑙夫出版社的创始人也是犹太人，叫艾尔弗雷德·克瑙夫，他的太太叫布兰奇。

第一个在美国出版 D.H.劳伦斯的《儿子与情人》和乔伊斯的《都柏林人》这些当时欧洲非常先锋的文学作品的，也是犹太人。可以看到那一代的美国犹太人充满冒险精神，都有非常敏锐的经商头脑。就是这些富有冒险精神的犹太人，在美国 20 世纪初的三十年左右的时间里，奠定了今天的美国出版业的主要格局。

戈特利布比我刚才向大家介绍的那些犹太人晚出生，"二战"时期他才十几岁，"二战"以后才上大学。他 1931 年出生在纽约的一个犹太家庭，并不是非常有钱的家庭。他父亲出身贫穷，完全靠自己的奋斗，去上了夜大，后来做了律师，慢慢改变了家境。但是戈特利布从小就是一个非常喜欢读书的孩子。

克瑙夫出版社的创始人是一对夫妻，他们在照片上好像很要好，实际在生活中是一对仇家。他们在工作中是搭档，但是夫妻感情非常差，两人分居生活。克瑙夫是一个非常冷漠的人，虽然他创立的克瑙夫出版社在美国出版业地位崇高，以精美的封面设计著称，但是这个人本身人品很差，出版社员工都非常痛恨他。比如说，他们夫妻俩一心为了出版社的生意，把儿子晾在一边，儿子是保姆带大的。等他们的儿子长大了，他们需要继承人时，儿子不愿意继承父母的遗产，宁愿离家出走，跟别人合伙开了一个出版社。这是一个家庭悲剧。

兰登书屋的创始人是贝内特·瑟夫，我在十五年前翻译过他的回忆录《我与兰登书屋》。贝内特·瑟夫是一个非常幽默的人。他和唐纳德·克劳弗尔一起，二十多岁的时候拿了家里的钱，买下了一个破产的犹太出版人利夫莱特的出版社，叫现代文库（Modern Library）。很多读者都知道，这是美国很有名的出版品牌。他们用非常优惠的价格买下了出版社，成立了兰登书屋。

西蒙和舒斯特是同学。西蒙是一个非常精明的销售员、推销员。他先是在一家出版社里做图书推销，介绍贝内特·瑟夫到同一家出版社工作，然后辞职创业。他在 1924 年辞职，贝内特·瑟夫 1925 年辞职。他创业成功之后，贝内特·瑟夫觉得自己也能成功，也辞职了。兰登书屋、西蒙-舒斯特是现在美国五大出版社里的两个，克瑙夫出版社在 20 世纪 60 年代跟兰登书屋合并，所以现在克瑙夫出版社是兰登书屋集团里的一个品牌。

我接着讲美国出版业的黄金时代。为什么说是黄金时代？"二战"以后，美国有大量的退伍军人。1946 年，美国国会出台了一直影响到现在的《退伍军人权利法案》，法案里有一个很重要的条款，就是由政府出钱，让退伍军人去读中学、读大学。这使得美国那一代年轻人大量接受了高等教育。这些经历过战争的大学生，有了对图书的阅读需求。美国出版业在三四十年代时都出精装书，就像我们以前的线装书，不是所有人都可以看的，只有有钱有闲的阶层才能看。但是"二战"以后，因为整个世界发生了变化，大量的不那么有钱的人也对知识有了非常高的要求。市面上不是精装书，就是很廉价、只在书报摊上卖的小说，缺少价格比较便宜、内容比较好的图书，这就催生了一种新的形式。

有一个犹太人叫杰森·爱泼斯坦，他和戈特利布是同一代人，比戈特利布大几岁，1928 年出生，到现在还活着，是美国目前年纪最大的重要出版人。他很聪明，在"二战"以后接受了大学教育。他的同学里有大量的退伍军人，他就发现了这种需求，有大量的大学生没有多少钱，但是很想看书。他就想，为什么不把精装书做成平装书，到书店里卖？市场需求这么大，大家都可以买。出版社就发明了一种高品质的平装书。

其实高品质的平装书就是我们现在在书店里可以看到的普通书，

一般是 32 开，没有封皮，直接一个封面，价格也比较适中，内容是比较严肃的纯文学作品。

另外，"二战"以后，全世界范围内出现了"婴儿潮"，世界各国的婴儿出生率普遍提高，有大量的年轻家长。这些受过教育的年轻家长和孩子们对图书有很大的需求。所以从"二战"以后的 1946 年一直到 80 年代初，都是美国出版业的黄金时代。

为什么到 80 年代就结束了？因为美国出版业在这个时期经历了一个深刻的变化。原先创立的出版社都是私人的，由两三个人创立，他们年纪大了就传给后代，变成家族企业。但是到了 60 年代以后，美国的经济形态发生了很大变化，企业上市变成一个潮流，出版社就从私人的变成了公众的，公开上市，普通人都可以买它们的股票。兰登书屋是 1959 年上市的，上市以后连续收购了两家很重要的出版社——万神殿出版社和克瑙夫出版社。之后，很多出版社开始并购、重组，大的出版社越来越大。兰登书屋原来是很小的出版社，所有员工的电话打在一张纸上就可以，发展到后来，很多同事都互相不认识。80 年代又进入一个新的时代，出版社被更大的资本看上了。这些风险投资或传媒集团觉得出版业可以为电影、电视、广播等其他的娱乐方式提供内容，所以就大量收购出版社。兰登书屋在 1965 年被美国无线电公司（RCA）收购，但是无线电公司并不是真对出版业感兴趣，收购以后又卖掉了，1980 年卖给了先锋出版公司。先锋出版公司是犹太人纽豪斯家族创办的，兄弟两个，收购了康泰纳仕杂志，成立了一个媒体集团，1980 年从美国无线电那里买下了兰登书屋。80 年代，他们又把兰登书屋卖给了贝塔斯曼，贝塔斯曼又买下了企鹅集团的大部分股份，前两年又把企鹅的全部股份买下来，把兰登书屋和企鹅两大集团并购。现在全世界的出版业有一个趋势，我个人不太喜欢，就是大集团越来越大。这些大集团喜欢把世界各地非常好的文学出版社买下来，使整个出版集团过于商业。原来很多小出版社非常有个性，被并购了以后，出版社原来的社长、总编辑或者退休，或者跳槽，使出版社变得不太有个性了。当然，出版社内部也需要保持原来的一些传统。

美国出版业从 1946 年到 80 年代初，被视为黄金时期。在这段黄金时期里，大量非常有个性的文学出版社推出了很多在那个时代非常有影响、很先锋的文学作品，那些作品到现在都还在被广泛阅读，包括一会儿要讲的《第 22 条军规》等。现在我们熟悉的经典作品都是在那个时代产生的。

郭歌：接下来要说一下，为什么戈特利布是那个时代承上启下的编辑？好像他上承的是一个黄金时代，但是开启的时代却有些没落。

彭伦：有一本书，不是我翻译的，叫《黄金时代：美国书业风云录》，原名比较朴实，叫《他们的生活》，讲的就是这个时期的美国出版社的故事。为什么戈特利布在美国出版史上这么重要呢？美国出版史上最有名的编辑是麦克斯·珀金斯，我前两年也翻译了他的传记，在国内很有影响。珀金斯是美国几个著名作家的编辑，是海明威、菲茨杰拉德、托马斯·沃尔夫的编辑，他有非常好的眼光，非常有耐心。没有珀金斯，就没有那些作家取得的这么大的成绩，所以珀金斯是美国出版界神一样的人物。美国出版界公认，戈特利布是珀金斯之后美国最重要的文学编辑，而且他到现在还活着。

珀金斯是 20 世纪 40 年代去世的，而戈特利布是 1955 年进入出版业工作，一直工作到现在，影响了美国出版业和文学界超过六十年。前几年，他还专门开了一个从业六十周年的庆祝派对。这本书是 2016 年出版的。我翻译了《天才的编辑》，所以一直对戈特利布比较感兴趣。我在过去的阅读中经常看到这个人，就很想知道这个人到底是怎样的。以前就想过，他什么时候写回忆录，我就要把他的书买下来。

后来我看到一些材料，他在 2004 年接受了《巴黎评论》杂志的采访，说不愿意写回忆录。2011 年，《上海书评》的盛韵采访过戈特利布，在那个采访里他也说不愿意写回忆录。为什么？他有一个说法，我给大家念念："编辑的自传往往充满着自吹自擂，另外编辑和作者之间的事情都是很私人的，应该保持私密性，不应该公之于众。"这句话是有所指的，因为在他自己的时代，编辑同行、老朋友都出了回忆录，其中有一些回忆录很有争议，比如这本书里写到的英国出版商汤姆·麦奇勒的回忆录。麦奇勒每次去纽约都住在戈特利布家里，十几年都是如此，两个人是非常好的朋友。麦奇勒的回忆录十多年前在中国出版，那本书在英国很有争议，因为麦奇勒这个人也很有争议。很多人经常把戈特利布和麦奇勒相比，说他是美国的麦奇勒，或者说麦奇勒是英国的戈特利布，我自己感觉他不太喜欢这种比较。因为麦奇勒这个人是一个非常自大、自恋的人，他在自己过 80 岁生日时请了很多作家开派对，自己印了一个 T 恤，上面印着"世界上最伟大的出版人"，可以想象很多人对他的自恋不以为然。正是因为有这样一些同行写的回忆录，戈特利布觉得编辑的自传就是自吹自擂，无非讲自己在这个行业中有多么了不起的成就，发现了多么重要的作家，所以他不愿意写。

但是慢慢地，他的想法发生了改变。其中的原因，一是他年纪大了，与他同时代的很多作家和编辑慢慢离开了。二是，他从业的六十年中有过很多成功的案例，但同时，也有一些挺失败的案例，其中有些案例对他的名声带来了不好的影响。包括他自己的几次跳槽，都有一些争议，如果他不为自己辩解一下，可能就没机会了。有一个非常经典的案例：一个美国作家叫图尔，向他投稿，他也很欣赏那部作品，但是他觉得有一点缺陷，就让作家改，但是作家改来改去，他始终不满意。编辑对作家的高要求，不是每一个作家都可以承受的。这个叫图尔的作家接受不了，精神上出了一点问题，最后戈特利布还是没有接受图尔的稿子，图尔就自杀了。图尔的母亲始终耿耿于怀，认为她的儿子是因为被戈特利布拒绝才自杀的。比较有戏剧性的是，自杀作家的母亲孜孜不倦地为她儿子的书寻求出版机会，最终她找到了非常小的路易斯安那州立大学出版社出版了那本小说。很有戏剧性，那本小说居然获得了普利策文学奖。这个故事让人质疑那个编辑的眼光是不是有问题。对戈特利布这样的编辑来说，这件事很困扰他，必须从他的角度解释一下，在这些事件里他做了什么事情。至于你信不信，那是你自己的事，大家需要收集各方资料，自己去判断。

戈特利布跟麦克斯·珀金斯有什么相同的地方？他们始终坚信编辑是一种服务性工作，是隐身的。即便很多作品是作家在编辑的建议下修改，甚至是编辑和作家共同完成的，但他们始终不愿意在作品上留下自己的痕迹。当作家跟媒体说，我多么感谢我的编辑，如果没有我的编辑就没有这部作品，编辑都会出来说："不要这样说。"

这本书里有一个很有名的案例。约瑟夫·海勒写了《第22条军规》，他觉得戈特利布对他的帮助太大了，所以他接受《纽约时报》采访时跟记者说："没有戈特利布，我就写不出这部作品。"戈特利布看到这篇还没有见报的采访稿，马上打电话给海勒说："你不要提我的事情。"对于编辑来说，作家这样说，会导致读者对作家失去信任。如果读者知道这本书的完成是有编辑的作用在里面，就会对作家的水平产生怀疑。

郭歌：读者需要相信整本书完完全全是由作家一个人完成的。

彭伦：这是戈特利布跟麦克斯·珀金斯的共同点。还有一个著名编辑戈登·里奇，是雷蒙德·卡佛的编辑，今天我们读到的卡佛的很多短篇小说，是他编辑修改的结果。对这件事，卡佛一直耿耿于怀。在他自己还是一个小作家时，为了能够发表，他不太介意编辑大幅度地修改他的作品，但是当他的知名度越来越高时，他就不能忍受了，最终和编辑决裂了。后来卡佛的编辑也是戈特利布的手下，戈特利布也可以容忍这样的手下存在。他觉得那个人的文学品味跟他不一样，所以他愿意容忍这样的人在他手下工作。

再讲一下戈特利布的第一段职业生涯。1955年戈特利布进入了出版业。他受的教育是非常好的，哥伦比亚大学本科毕业，又到英国剑桥大学留学，想读硕士，但是没有读完就回来了。因为在读硕士期间他有太太，有一个孩子，需要养家糊口，就回到了美国。一开始他找不到工作，在一家百货商店里卖贺卡，后来进了西蒙-舒斯特出版社。当时这家出版社是非常复杂的。创办人西蒙和舒斯特1950年把它卖给了一家报业集团，但后来这家报业集团的老板死了，他的后代对出版社没有兴趣，又把出版社卖回给了西蒙和舒斯特。西蒙不想要，他要退休，就把股份卖给了另外一个人，叫希姆金，但是西蒙又在出版社里工作，于是出版社里有三个头头。1960年，西蒙死了，剩下舒斯特和希姆金两个人，这两个人关系很差，公司高层的内斗很严重。这给戈特利布创造了一个非常有意思的局面，高层内斗，就没人管年轻编辑，戈特利布突然发现，他想出什么书就能出什么书。他凭借自己的才能，发现了《第二十二条军规》，成为美国炙手可热的年轻编辑，因为他发现了一个伟大的作家，发现了一部经典的作品。

1966年舒斯特退休了，把自己的股份卖给了希姆金，但是他不能接受戈特利布活跃的工作方式，导致戈特利布的出走。戈特利布进入职业生涯第二个阶段。前面介绍过了，克瑙夫出版社在 1960 年卖给了兰登书屋。出版社的两个创始人没有继承人，兰登书屋把美国最好的出版社买下来以后，就发现要找一个新的团队管理克瑙夫出版社。恰好戈特利布和他的两个亲密搭档因为西蒙 - 舒斯特的内斗要辞职。他们很快搭上线，兰登书屋承诺戈特利布团队说，你们过来的第一天就接管克瑙夫出版社。1968 年新年刚过，戈特利布只有 36 岁，就担任了美国最有名的克瑙夫出版社的第二任总编辑。

郭歌：过程很尴尬，当时克瑙夫本人还没有离开出版社。

彭伦：交接的过程中有一些冲突。戈特利布继承了老一代出版人的遗产，但是在遗产过渡的过程中，又会跟老的创始人产生冲突。有一个非常有名的事件：克瑙夫出版社比较出名的一点是精美的装帧设计，每一个出版物上都有一个标识，这个标识至今还在，不同的年代会有一些变化，越来越简洁。戈特利布和他的两个搭档接管了克瑙夫以后，有一次要为一本新书做广告，可能是无意的，在广告上放标识的位置，放了一个和书有关的炸弹。克瑙夫老头子看到以后非常生气，认为这是背叛了他的传统，马上发飙，要让戈特利布和他的搭档尼娜滚蛋。戈特利布也发飙了，把老头子顶回去了。

郭歌：不是他顶回去的。戈特利布很想冲进老头子的办公室，但尼娜说，你不要管，我来处理这件事，就彬彬有礼地回了一张便笺："亲爱的艾尔弗雷德先生，我把你刚才给我的便笺还给你。"老头子之前写了一个非常侮辱人的便笺给尼娜，可是尼娜说："我还给你，你冷静下来以后，肯定会很懊悔留给别人一张很粗鲁的便笺。"别人都以为这样会激怒老头子，结果反而效果非常好，他立刻就过来道歉。

他们意识到，可能他这一生都没有人教过他，不可以这么粗鲁地跟别人说话。他以前虐待他的员工，表现糟糕，是因为他从来没有学会这一点。

彭伦：书里描写人的性格很好玩。克瑙夫的形象非常高大上，但是他本身是非常让人讨厌的，假如我现在认识他，也会非常讨厌他。戈特利布接管了克瑙夫以后，改变了出版社的面貌。原来克瑙夫是很保守的，不轻易出版美国作家的作品。因为克瑙夫和他太太都是德国的犹太移民，所以他们出版了大量欧洲作家的作品，包括很多法国作家、德国作家（托马斯·曼），都是在欧洲市场上经过了时间检验的作家，他们不敢出版美国当代年轻作家的作品。戈特利布接管以后，出版了很多美国新作家的作品。戈特利布是一个比较随意的人，穿着很邋遢，很多出版人的回忆里都写到他穿着邋遢，吃饭随便，办公室里只吃三明治当午饭。

郭歌：他也做了特别多的流行文学，什么类型的小说没有关系，只要做最好的就行了。他说他青少年时期听了很多庸俗的言情广播剧，他汲取到一部分。

彭伦：他中学时有一个爱好，把《纽约时报》畅销书排行榜上所有的书都弄来看，不管什么书，哪怕是生活实用性的图书也要弄来看看。这个人嗜读如命，什么书都要看，就影响了他的职业生涯，什么样的书都能够做，而且都能够做得很好。

职业生涯的第三段，是他 1987 年 56 岁时接替威廉·肖恩担任了《纽约客》历史上第三任主编。很多人不知道威廉·肖恩，他是《纽约客》杂志风格的主要奠定者，1951 年开始担任杂志的第二任主编，一直做到 1987 年，做了三十六年主编。大家非常熟悉的塞林格也是他的作者。到了 80 年代以后，因为威廉·肖恩年纪大了，《纽约客》逐渐丧失了活力。威廉·肖恩有幽闭恐惧症，害怕坐电梯，据说他的包里随时带着一把斧子，万一在电梯里被困住了，他就能用斧子劈开门。他的同事会嘲笑他。而且这个人很害羞，有事情不愿当面说，只愿意给他的作者、同事写信。因为《纽约客》的所有人不是他，杂志在 1985 年卖给兰登书屋以后，出了一些问题，编辑部和收购者达成一个君子协议，如果老板想让威廉·肖恩退休，必须事先告诉他，征得他的同意。这是一个君子协议，是一个过渡性的安排。对于威廉·肖恩来说，合理的做法应该是开始寻找接班人，但是他一直不做。他让年轻的编辑产生幻想，都觉得自己会被肖恩看上做接班人，很多人就这样一直空等着，但是等不到结果。最后老板失去了耐心，纽豪斯买下这个杂志肯定有自己的一些想法，看到威廉·肖恩一直不动，就找人接替他，就想到了戈特利布。戈特利布也是纽豪斯的下属，因为他把兰登书屋整个收购了。对于老板来说，无非是从另一个部门调人来，把这个老头子赶走，新的管理者可以贯彻他的想法。

1987 年，戈特利布做了二十年的图书编辑，虽然他做的书非常畅销，但是作为一个老编辑，他已经失去兴奋感了，无非就是一本书出版之后开始忙下一本书。《纽约客》对他来说是新的挑战，这本杂志他从小就喜欢读。他接受了纽豪斯的邀请，接任《纽约客》杂志的主编。他认为自己是一个保守者，不是革命者。他告诉老板说："如果你让我做《纽约客》杂志主编的目的，是要把它变成一本全新的杂志，那就不要找我。我能做的就是在原有的基础上做得更好，继承这个传统，把它变得更好。我不可能把它变成另外一本杂志。"可能纽豪斯急于让威廉·肖恩走，就同意了他的要求。威廉·肖恩在杂志社有一个情人，叫莉莲·罗斯，本身也是杂志社专职、领工资的作家。这个女士不能忍受她的爱人就这样被老板踢走，就鼓动杂志社的其他同事写联名信，要求戈特利布不要接受老板的任命，不要接替威廉·肖恩做新主编。

郭歌：杂志社被收购时她就干过这样的事情，号召大家聚在一起喊"可耻"。

彭伦：戈特利布非常讨厌莉莲·罗斯。莉莲也写过一本书 *Here, but Not Here: A Love Story*。戈特利布在《纽约客》杂志只做了五年。纽豪斯其实喜欢变革，传媒集团的老板肯定喜欢一些新的东西。戈特利布做了五年之后，纽豪斯发现，虽然营收状况大有好转，但是杂志的面貌跟原来的差别不是很大。他又坐不住了，从英国调来一个手下干将，叫布朗，一个时尚杂志的主编，接替戈特利布做下一任《纽约客》杂志的主编。布朗做了几年，又被老板炒鱿鱼。接替布朗的主编是雷姆尼克，现在还在做，很稳定。

戈特利布被纽豪斯炒了鱿鱼，六十多岁的时候被解雇。当然，老板对他用了比较体面的解雇方式，给了他很多钱。老板跟他说，你只要让出这个位置，给你的补偿你下辈子都用不完。戈特利布一直在做编辑、总编辑，没有自己做老板，但是到他六十多岁的时候就变得很有钱，在巴黎、迈阿密、纽约乡下都买了房子。但是失去工作对他来说还是挺丢脸的事情，他又不可能回到克瑙夫出版社做总编辑，桑尼·梅塔已经做得很好了。他又想出一个办法，跟老板说，我还是回到克瑙夫出版社，不用领工资，继续出版原来老作者的书，你给我的退休金已经足够我花了。对出版社来说，这当然是很好的安排，于是他又回到了克瑙夫出版社，继续做编辑。然后克瑙夫出版社花了天价签下了克林顿的回忆录。

克瑙夫当时的总编辑桑尼·梅塔本身就是戈特利布指定的继任者，梅塔就想到了戈特利布，经验这么丰富的老编辑为什么不用呢？而且只有他能够搞定前总统。他跟戈特利布说，你愿不愿意做克林顿回忆录的责任编辑？戈特利布同意了。

　　郭歌：他说，我要先和克林顿见面谈一谈。刚好他们都在迈阿密，克林顿也觉得不错。

　　彭伦：克林顿喜欢在迈阿密的一个高尔夫球场打球。

　　郭歌：后来他跟克林顿开玩笑说，我现在做了你的书，等我死了，别人写我时就不会说我是出版《第22条军规》的编辑，而是出版克林顿回忆录的编辑。

　　彭伦：这是戈特利布在哄克林顿开心，大家都能记住他是《第22条军规》的编辑，到现在大家都很清楚，那是20世纪最伟大的美国文学作品之一，他为这本书的出版也准备了十年时间。约瑟夫·海勒曾在美国空军服役，他轰炸了德国，见识了战争的残酷和对人性的摧残。他退伍以后先上了大学，然后在广告公司工作，开始写《第22条军规》。50年代初他写了一章，1954年在一个文学杂志上发表，发表后没有继续写。他的经纪人把书稿给了戈特利布，戈特利布马上就辨别出这部作品的不同寻常之处。因为这部作品讽刺了美国军队中不好的事情，在那个时代还是很惊世骇俗的，很多人不能接受这样的作品。但是戈特利布看到了这部作品里的黑色幽默，我们说的黑色幽默作品，就是从《第22条军规》开始的。戈特利布为这部作品等待了十年时间，一直跟约瑟夫·海勒谈论这部作品，直到1961年出版。一开始这本书在美国卖得也不是特别好，但是在英国特别畅销。后来在美国出版平装版时，已经卖出了几百万本，变成家喻户晓的一本书。

约翰·勒卡雷是英国作家。戈特利布去英国出差时见到一个很多年前有联系的出版社的版权经理，版权经理邀请他吃饭，吃饭时还有一个作家，大卫·康威尔，其实就是约翰·勒卡雷。戈特利布吃饭时就感觉到这实际上是一场面试，约翰·勒卡雷在寻找美国新的出版社。他的第一反应就是约翰·勒卡雷比任何人都复杂，所以不管结果是什么，都不会试图跟他比智商。刚才跟大家介绍了，戈特利布有一个很不好的习惯，中午只吃三明治，哪怕作家去他的办公室，他也不出去吃，就请作家吃三明治。勒卡雷去纽约吃三明治吃得很烦，他的新书合约上就规定，出版社必须请我去顶级餐厅吃饭。很好笑，合同里会写这样的要求。

戈特利布在克瑙夫出版社一本接一本地出版勒卡雷，后来他去了《纽约客》杂志，勒卡雷觉得克瑙夫出版社对待他的作品不像以前那么热情了，正好他的编辑又走了，就以此为借口，离开了克瑙夫出版社。等到戈特利布回到克瑙夫出版社时，他们又建立了联系，但那时他们都已经步入晚年。戈特利布发现约翰·勒卡雷有一个很大的变化，这个英国人越来越反美。从回忆录里可以看出来，勒卡雷的反美情绪伤害了戈特利布的爱国情绪，最后他们比较友好地分手了。

最后讲一下约翰·契弗。约翰·契弗来到克瑙夫出版社时已经是一个比较有名的作家，戈特利布本身也很欣赏这个作家。那时候他觉得约翰·契弗还差一口气，应该把他的短篇小说结集出版，但是约翰·契弗本人不能接受。契弗觉得这些小说大多在《纽约客》上发表过，或者以不同的形式出版过。戈特利布不这样认为，他认为约翰·契弗应该出版一本短篇小说精选，把最好的作品选出来，呈现出他的短篇小说创作的整体成就。他说你别管，我来选篇目，你只要说同意或者不同意就行。戈特利布根据对约翰·契弗作品的理解，编了一本短篇集，出版以后获得了普利策奖，约翰·契弗成为美国一线的作家。

契弗去世后留下了大量的日记，他毫无保留地把自己的阴暗面写在日记里。约翰·契弗的家人跟不同的出版社谈，谁出的价钱高就把日记给谁出版。当时戈特利布在克瑙夫出版社做总编辑，可以说了算，他很重视约翰·契弗，也很重视这些日记，就付了大价钱把作品抢下来。当时看过日记原稿的一个评论家说，他看初稿时感觉看不下去，但是看了经过戈特利布编辑的版本，就觉得简洁、明晰、感人。他认为这是自《天使，望故乡》以来最出色的编辑成就。从那时起，业界同行开始把戈特利布跟珀金斯相比。

郭歌：刚刚说戈特利布哄克林顿开心什么的，但其实他也有非常强势的时候。他曾经跟克林顿讨论封面该用什么照片，他想用比较生活化的，因为克林顿的书名叫《我的生活》。克林顿团队希望用一张很有总统派头的照片，但戈特利布还是坚持了，他还是很有魄力的，不会因为作者是前总统就屈服。克林顿第一次见他时说，我这么多手下，你如果问他们，他们会告诉你，为我工作是十分容易的。戈特利布说："可是总统先生，不是我为你工作，而是你为我工作。"他可以对前总统说出这样的话。

彭伦：他年纪比较大，可以算是克林顿的父辈。

郭歌：如果出版社找一个年轻一点的人来，可能就镇不住。

彭伦：编辑和作家打交道的过程中应该尽量保持平等、平视的姿态。哪怕你是一个年轻编辑，去跟一个大作家谈，也不应该太谦卑，应该拿出专业精神跟作家交流，作家会很快发现你的专业性。

郭歌：戈特利布在书里常常强调自己第一次跟作家见面就一见如故，友好关系保持一生。他给哥大上出版课程，谈了一些做书的法则，我读的时候觉得受到教育和鼓舞。

彭伦：每一本书都有属于它的潜在读者，出版人或者编辑要做的就是辨识它的读者群，争取他们，让读者去喜欢这本书，而不要认为这本书适合所有人。

郭歌：我印象很深的是，他做多丽丝·莱辛的书，第一本书只卖了600还是400册，但是他说"卖对了人"，出第二本书时就传播得很快。

彭伦：读者并不傻，他们的直觉也许比你的直觉更可靠。很多出版社有一个问题——把读者当傻子。我觉得把读者当傻子的人，自己才是傻子。

沪上味道与人间烟火

——《心居》新书分享会

时间：2020年10月24日

嘉宾：滕肖澜、薛舒、项静、陈嫣婧

左起：陈嫣婧、薛舒、滕肖澜、项静

陈嫣婧：各位书友晚上好，非常高兴来到思南公馆参加第342期思南读书会。大家看大屏幕，应该已经知道我们今天要分享的是上海著名作家滕肖澜老师的新作长篇小说《心居》。我先来介绍一下几位嘉宾。坐在我左边的是作家薛舒女士，坐在中间的是新书的作者滕肖澜老师，最左边的这位是大家熟悉的青年评论家项静老师。

我们开始这次的读书分享会。新书先给大家看一下，这本书的设计非常好。不知道大家有没有发现，封面是一幅艺术化风格的图片，画的就是上海的高楼大厦，再配合小说的名字《心居》，可能让大家有一种比较直观的认识，觉得滕肖澜老师这本书跟上海买房卖房的事情很有关系。也不能说完全没有关系，但是大家看完书就会发现，这本书所讲的远远不只是与房子有关的事情。要写上海当下的生活，完全避开房子也是不太可能的，所以我们会发现，跟上海有关的影视作品、文艺作品基本上都会提到居住。如果完全不讲跟居住有关的主题，肯定不能让人产生一种城市生活的感觉，特别是常年在上海居住的话。但是就像我刚才所说的，《心居》并不是只讲了"居"，甚至可以说，这本小说的重点是落在"心"字上。下面想请几位嘉宾讲一讲，为什么会把这本小说的题目定为《心居》，"心"和"居"之间有怎样的关系？

滕肖澜：其实我本人特别不擅长取名字。很多小说，我是一边写一边想该取什么名字，但是往往到结束时还没想好合适的书名。

取这个名字确实有个小故事，是我的好朋友薛舒老师跟我一起商量的。我有一次跑到她的办公室说，我这本书快写好了，它大概是讲了一个跟房子有关系的故事，以房子作为切入点，写的是当下上海各个阶层老百姓的生活，你看看有什么好点子。后来我们想出了一些题目。

我记得薛舒老师最后一个方案说，要么就叫《居心》吧。我当时想，"居心"很容易让人联想到"居心不良"，再商量一下，索性把这两个字反过来，《心居》我觉得挺有意思的。

小说里以冯晓琴为代表的新上海人，梦寐以求的就是能在上海有一套房子。"心"是她心里面的居所，同时也谐音"新"，她希望有一处心目中崭新的居所，这个名字好像还挺贴切的，就有了这个书名。

陈嫣婧：我想问薛舒老师，滕老师写这本小说的时候，经常和你交流吗？

薛舒：对，我们经常讨论写作，我经常要与滕老师交流，因为她的长篇小说非常棒。我自己是写中短篇居多，近年来工作比较忙，只能抽一些零碎的时间去写一些东西，写长篇小说太过漫长，所以我经常写中短篇。

我一般会问她，你怎么设计人物，怎么去给角色编故事，让他们在逻辑上成立，让大家认可？这一点我特别佩服。

我们两个都属于不太会起标题的人，我们沉浸于对人物角色的热爱中，却不知道该给这本书取什么名字。

听滕老师刚才说的我才想起来，当时觉得《心居》可以，因为有双重意义，不仅是一个居所，又是心灵的寓所。等我看完她的小说，我觉得这个名字更加贴切了。我一边看一边记录，她的小说开始于一个大家庭的聚餐。像这样的大家庭，比如说是兄弟姐妹三个人，也就是像我们父母这一代，兄妹三个分别有自己的家庭和子女，而他们的子女也有自己的家庭，这样的一个大聚会，我觉得是以一代人为核心的集体活动，这样的集体活动在我们这一代人身上渐渐就没有了。看完这本书，我甚至觉得它是特定的亲情关系的挽歌。像我还有兄弟姐妹，而"80后"以后不会再有大家庭的聚会了。

所以我觉得，《心居》的意义不仅在于写出了买房子的困境，更在于写出了新上海人的困境。事实上，不管是新上海人还是老上海人，我们更大的困境在于内心居所的界定：我们还会不会有这样的大家庭？

陈嫣婧：刚才两位老师的发言已经给大家阅读这本小说做了一个非常具体的指导。我们具体一点来说，其实这本书就是关于外在空间和内在空间，内在空间就是我们的心灵，一个传统的上海人的人文关系给我们的内心带来什么样的空间感受，又怎么与外在的房子空间联系起来。这个小说确实也立足于空间的构造，有各种各样的地点转换，在不同的场景转换中展开它的故事。

上海人都知道，我们原来老式的圆台面上面是放玻璃转盘的。在滕老师的小说第一章里，它被非常抢眼地提出来，给我们一种真实感。我注意到这本书的腰封上把滕老师称为"新海派作家"，我想问问项静，因为你一直对海派作家很关注，这个"新海派作家"，新在什么地方？或者说，和传统的海派作家有什么区别呢？

项静：谈概念很困难，像大家说先锋派作家、先锋派小说，这都是总结出来的概念，有时候作家也很抗拒。任何一个概念的出现都是为了言说的方便，我们谈以前四十年的文学发展的时候，总是要有一个抽象的话题来讲，不然就只能一个一个列举作品和作家，这不现实。任何概念的出现都是为了方便，可以有一个大体的模糊的框架去讨论问题，去总结历史，总结文学作品的特点，甚至是对较长时段里的文学现象做一些概括、总结。

但是当我们讨论任何一个作家的时候，这些概念都有失效的部分，当然也有合适的部分。这就是我们人类的思维，总是要有抽象的思维，也有具体的思维。

说到"新海派作家"，薛老师和滕老师都算是"新海派作家"。我们总说一个时代有一个时代的文体，一个时代也有一个时代核心的文学表现方式，我觉得新就新在这个地方，是一种气息上的"新"。以前的作家跟我们同样生活在一个时空里面，也感受到了这些东西，但切入的点不太一样，疼痛的点不一样。面对同一个事件，每一代写作者所侧重的点是不一样的。"新"就是指这个方面，但是一定会有"不新"的东西，一定会有恒久的东西。

刚才薛老师谈到家的概念，我有相同的感受，这部作品最打动我的就是这个地方。因为无论是年纪大的还是年纪轻的，大家都有这样的感受，人和人之间无法像以前那样亲密了。有一个社会学家在传统的菜市场做了个调查。传统的菜市场如今已经发生了很大的改变，付钱是扫二维码的，人和人之间的交往就不那么密切了。不像以前，你在菜市场会跟商贩有很多交流，会讨价还价，一直住在这个社区的人彼此之间会有很多交流，每个人都认识菜摊的主人，慢慢就会有很多故事，有很多感情。

现在人与人之间越来越疏远，人情疏远还怎么有故事呢？这个小说让我一下子找到了人情的连接点。同时，小说里也有怨的部分，亲人之间有很多矛盾，但是你又会觉得怨的背后有爱。三兄妹之间因为房子的问题和很多小事产生矛盾，但是我觉得，这种摩擦其实也是爱的另外一个表现方式，这是小说让我特别感动的部分。"新海派"并不是说小说的表现方法比较新，而是有新的切面给大家看，正好这些切面能够打动这个时代的人的心理，或者让我们产生一点共鸣。

陈嫣婧：刚才几位老师在探讨的时候我也在想，这个新海派的

"新"，能不能理解为某一种更当下、更现实的视角和写作方式？大家都了解，上海也有像《繁花》这样的作品，它们都有一个历史视角，从20世纪30年代或者50年代开始写起，但是滕老师的这本《心居》基本上没有浓厚的历史感，它就是写当下。第一个情景就是一个已经退休的教师，骑着凤凰牌自行车去菜市场买菜。恰恰是这样的视角，在如今很多海派作家的作品里并不常见。这样立足于当下，观照现实的作品并不是很多。我觉得这可能也是"新"的一个角度。

所谓的新，其实并不是不接地气的前卫，也不是脱离日常生活的、仅仅立足于个人内心的东西。《心居》的"新"更多表现在日常生活的常态里，可能有一种旧的特质在里面，并不是双脚离地的过程，而是一种脚踏实地的状态。

这个文本关注的是上海人最真实的生活，是对真实生活的表现和深化，比如说聚餐、买菜、买卖房子、创业、工作，在这样的生活常态中挖掘生活的意义。

其实从这个层面来看，海派作家好像一直都很关注这些东西。就像《太太万岁》，也是在讲一个太太要面对婆婆、丈夫、孩子，在这样的人际关系里面，她要怎样生存下去。《心居》这本书里有很多这方面的探讨。我很想问滕老师，你当时是出于什么样的动机，选择这样一个四世同堂的家庭表现，而且表现得那么扎实？

滕肖澜：我一开始想写一个大家庭，我的设想是每个家庭都有故事。从顾家三兄妹开始，他们下面还有各个小家庭，上面还有顾老太，正如你说的，四世同堂。

我想以房子作为切入点也是比较贴合当下的，当下要写上海平民百姓的生活，房子是绕不过去的点。我想写的是房子对不同的家庭、不同的阶层所造成的影响。因为我们知道，这些年上海的房价涨得非常快，房子对上海人而言已经不是一套房子这么简单了，已经代表了一些别的元素，有很多外延的东西。

顾家三兄妹的老大是知青，知青的生活是比较窘迫的。顾家三兄妹的感情非常好，大哥回到上海没有地方住，小妹就把自己的房子送给他了。当时二哥跟小妹的经济条件比较好。但是很多年以后，他们家的格局发生变化了，大哥有房子，他的孩子有出息，是公务员，反而是小妹的家境从殷实走向窘迫，因为她身体不好，得了癌症。做手术时没有钱，而大哥在经济条件比较好的情况下，却对小妹坐视不理。原先要好的三兄妹，正是因为这套房子产生了一些矛盾。这是一点。

书里的两个女主人公，一个是顾清俞，她是白领，属于精英阶层的女性。她有一个双胞胎弟弟，弟弟娶了一个外地的媳妇，就是冯晓琴。冯晓琴一直想在上海买房子，但是又没有钱。

《心居》里，大姑子和弟媳的矛盾贯穿始终，但这种矛盾起初是不显山露水的。一个比较居高临下，因为不屑，也吵不起来，另外一个因为要买房子，想要借钱，多少有点讨好这个大姑子，所以她俩一开始是比较和谐的。直到后面，因为一次家庭争吵，弟媳一气之下要回老家，弟弟就去追她，结果弟弟从楼上摔下去摔死了。这件事顿时使得两个女人之间的火药味加重。但同时，她们两人也有相似之处。冯晓琴如果不是生在条件不好的家庭，凭借她的智商、情商，生活是不会逊于大姑子的；而大姑子顾清俞因为情伤，也经历了一段低谷期，直到那个时候，她才感受到冯晓琴的不容易。她们两人之间有了一点惺惺相惜。

陈嫣婧：冯晓琴是书里很出彩的一个人物。这部小说最有价值的地方在于，里面没有一个人物是妖魔化的。就像滕老师自己说的，大姑子顾清俞和弟媳冯晓琴，在某种情况下是有人性的共同之处的，这个时候地域与现实境遇的差异就慢慢淡化了。我认为这是一种很现实的写法。因为在现实生活中，没有非黑即白的人物。很多时候，我们从自己的立场出发，会反对某个人，但是在真实生活中，也会慢慢理解这个人，这是经常会遇到的状态。想问问项静，这种创作方法，是不是这部小说特别抓人眼球的一个地方？

项静：很多小说里有非常明显的尖锐的对立，好人和坏人看得特别清楚。这也是需要的，因为并不是每个人都有敏锐的观感，看到正反面人物特别明显的，会觉得心里很爽。正是因为这些作品中的人物跟我们没有现实接壤的部分，既不是我们的父母，也不是我们的兄弟姐妹，所以我们可以爽快地交付自己的感情去面对他们。艺术有时候为人们提供了发泄情绪的渠道。

但是好作品是不能这么做的，一定会在这个基础上往前走一步。

滕老师写的作品里有外地人，因为我就是外地人，所以特别理解从外地来到上海的年轻人。就像看《红与黑》，你不会特别讨厌于连。你知道他内心充满欲望，他要征服一个城市，征服一个女人，他充满生机和活力。你能从他身上感受到时代强大的活力，感受到阶层是可以被跨越的，人可以靠着野心和学习能力、奋斗能力，获得跟他本身的价值所匹配的东西。这些东西是值得尊重的。就像冯晓琴这个人物，小说对她做出了同情式的理解，把她放在一个很真实的人的底线上。

小说里的其他人也是有七情六欲的，当他们获得一些东西的时候，也要交出一些东西。小说把这些人物放在同一个基准线上，而不是戴着有色眼镜去看弱势群体，这是小说非常值得尊敬的一点。

滕老师前面说，她把房子设置为这部小说的核心动力，其实她有很多考虑。房子有时候不是那么要紧，但对整个社会来说，房子又确实很关键。这部小说中涉及历史的部分不是特别明显，而房子就像是划分历史阶段的东西。在几十年的发展中，有些人早早买了房子，有些人一直住在老社区，他们就逐渐变成两个阶层。房子作为一种核心的东西，折射出大的社会背景，同时也体现着亲情。一个家庭会因此出现变化。大哥回来了没地方住，妹妹当然要给他一个住的地方，而当妹妹出现问题的时候，按照原来的价值观，大哥理所当然应该帮助她，但是并没有。不是因为人变了，而是因为价值观变了，大家开始关注个人的感受，并没有看到自己应该承担的责任。当然，后面会有一些改变。小说家的责任就在这里，不是放大这些部分，而是寻找合理的方式，使得这些情绪能够在小说里得到解决。这对读者来说也是很好的引导，大家会觉得即使有一些不和谐的东西，还是会有美好的东西，会有一些让感情得到提升的方式。

陈嫣婧：我特别同意，小说家需要处理和解决的东西，其实和外部社会的很多现象并不需要那么同步。小说家看的并不是社会现象本身，就像这部小说里写到无数次聚餐，包括两次吃豆腐饭，一次是顾磊去世的时候，一次是顾老太太去世的时候，小说家处理人物关系和人物感情，就是在这一次次的聚餐当中。在一个个家庭彼此交接、不断摩擦和解决矛盾的过程中，小说慢慢地丰满，慢慢地充实，这可能就是小说家的视角和社会视角、外部视角最不一样的地方，也是我们在阅读中会产生快感的地方。

薛舒老师也是一位作家，你觉得这部小说里最能打动你的人物是谁？

薛舒：其实我跟滕肖澜交流得比较多。她写小说的时候会列入物表，我看这部小说的时候也列了一个人物表。可能我跟她的列法不一样，我看的时候在想第一主角是谁。在我心里，可能顾清俞是女一号，虽然很多矛盾是发生在冯晓琴身上的，但是顾清俞可能更属于上海，冯晓琴身上更多的是戏剧性。还有冯晓琴的妹妹冯茜茜，还有顾士莲，还有顾家大哥的老婆，苏望娣。

男性角色当中，男一号是展翔，男二号是施源。这两个人都和顾清俞有关，一个是青年时代的白马王子，一个是暴发户，是始终在追求她的人。我内心更希望施源可以得到她。

当然还有大哥和二哥，这两个兄弟境遇不同。还有顾清俞的弟弟顾磊。顾清俞所连接的男性是施源和展翔，冯晓琴所联系的两个男性角色，一个是顾磊，一个是展翔。这些人物之间的关系怎样展开，怎样说明问题，还是非常有难度的。

滕肖澜的故事里最打动我的是什么？每一个角色都是生活家，能说出生活的道道。她会用最通俗的语言讲生活如何不易，命运如何不可捉摸，说朋友要怎么做，友情该怎么表达。用最通俗的话说出市民真理，用市民的话表达市民的追求。比如"人老了，看一次少一次"，我们经常在生活中听到人们讲这样的话，但是在小说里，它是哲学，是我们市民的哲学，每个人都是生活的专家。

还有，每个人都是有追求的，不管是什么样的人。滕肖澜让每个角色都有所追求，最不济的大伯看似什么都不会干，但是他最后也编手工艺品拿出去卖，我觉得他也是有追求的。如果拍成电视剧的话，这是一部"大女主"的电视剧，女人相对更有追求。有追求的人生尽管充满窘迫，但也很充实，所以积极向上。还有一点让我感觉很微妙，这部小说中充满小情小绪、人之常情，人之常情往往导致非常态的结果。比如夫妻吵架了，比如大姑子和弟媳妇之间有点猜疑，这些人之常情导致非常态的结果出现——顾磊死了。当非常态的结果出现时，作者厉害就厉害在不让它变得狗血，她是怎么做到的？就是所有人都依然在用他们的人之常情面对那些非常态的生活。这是小说家的特别之处。

陈嫣婧：我非常同意薛老师说的，说到这部小说的骨子里了。小说的人物涉及很多层面，有炒房的暴发户，有精英白领，有很有前途的公务员，有外地来的媳妇，有回沪知青，有中学老师，有普通企业的员工，也有知识分子。还有顾老太，这个人物很有意思，她去世前也有很精彩的表现。包括最小的那一代，可能是"00后"了，已经是新世纪的一代。外部的社会身份，小说基本上都涉及了，在人物上铺得非常开。更重要的是，这些人物能够围着一个圆台面坐下来，无论遇到什么样的问题，最后都能坐下来，保持着四世同堂生活的节奏。这其实是小说非常风格化的一点，可以直接上升到价值层面，从中可以看出一个作者的价值观。

我想请滕老师深入地剖析一下，在这本小说里，你用什么样的价值观去观察和表现上海当下的市民生活。

滕肖澜：一直以来我觉得，上海作者写上海，当然有便利的一面，因为我就在上海这个圈子里，看到的都是上海人，过的是上海的生活。但另一方面，可能也是因为身在其中，会有灯下黑，上海作者写上海，反而不知道该怎么去表达。

上海人的很多特质其实不是表面化的，但是我们知道，很多读者心目中的上海男人会类似于巩汉林的样子。我觉得，上海人的形象真的跟很多非上海人心目中的形象是不一样的。就我而言，我既然是想写当下的上海人，首先希望做到比较真实。这个真实不是指里面的人物、事件一定要真实存在，而是我希望写完以后，让别人看到真正的老上海人、新上海人，看过之后觉得这真的是上海，不是人们想象中的似是而非的上海。这是我一开始想要做的。

讲到里面的人物，我也想说一下，我对每个人物都怀着深深的怜惜，不管是两个女主角还是配角人物，我都试图找到他们身上的闪光点。也许跟我是知青子女有关系，我特别同情小说里的施源，因为他的父母就是知青。他们家祖上曾经是传统意义上的殷实人家，是书香门第，后来因为种种原因，逐渐没落。施源和他的父母可以说是这部小说里最落魄的人，特别是他的母亲，有点神经质，因为现实和她的想象有巨大的落差，她一直想回到原先的样子。我对这个人物怀有深深的同情，她是一个悲剧人物。小说里的人物，不管是正面的还是不那么正面的，我觉得他们都挺不容易的。

陈嫣婧：这部小说里，作者对笔下的人物一直有很适度的体贴，当然也有一种适度的距离。无论是体贴还是距离，都是适度的，没有越界呈现出一种失控的状态。我觉得这可能也是写长篇小说特别难的地方，会有这种感觉吗？

薛舒：对我肯定难的，对她不难。

陈嫣婧：最近几年出版的海派小说，篇幅都挺长的，《繁花》有四十多万字，《心居》也有二十多万字。项静，你怎么看待这个问题？

项静：长篇小说很难架构，它跟中短篇小说不一样。短篇小说可能只有一个很重要的瞬间，一个回眸，就让你觉得这个小说成立了，但是长篇小说真的特别困难。有很多长篇小说是靠历史事件架构起来的，茅盾文学奖的获奖作品，大概 50% 以上是写百年历史的。如果没有大的架构，写长篇小说是非常困难的。有百年历史的架构，比如从晚清到民国，有一个大的转变，人的命运自然会发生改变，国家遭受侵略，家族肯定是四散的状态，故事性也就来了。在极端的状态里，人的性格也会发生改变。所以长篇小说选择大的历史脉络，我觉得是有很大的合理性的，框架使得这个小说能够成立。除了有壮阔的时代背景，人物也是大的人物，有很强的生命力，戏剧冲突十分强烈，这也是长篇小说的一种方式。

但是《心居》这部作品，我同意陈嫣婧的判断，它不是有历史在里面，而是进入了当下生活。我们老是提倡写现实主义，其实这很困难。生活是无边无际的，像海洋一样，长篇小说要对生活的质地进行编织。这部作品在生活的质地方面做得非常出彩。

陈嫣婧：这部长篇看起来不会腻，语言也是非常重要的原因。海派作家写上海生活，是没办法完全回避语言特色的，不可能用完全没有沪语特色的语言去写上海人的生活。小说的语言、日常的语言和文本语言已经连在一起了。有一个片段特别有意思：顾士莲的丈夫有个同事，出了事故，腿都炸断了。丈夫看完老同事后就拿这事劝老婆，你不要那么灰心丧气，我们已经很不错了。顾士莲心态不好，就不愿意听。这里的人物对话是非常真实的。小说里的人物都是生活家，小说的语言也是相当妙的，把贴近生活现实的东西恰到好处地在字里行间烘托出来，至少会让读者读出完全不同于巩汉林那样夸张的上海人的味道。我想问滕老师，你对这部小说的语言有特别的设计吗？

滕肖澜：我当时提醒自己的就是叙述语言跟对话语言要分开，别的好像没什么特别的。为什么说叙述语言跟对话语言要分开？因为之前我有一部小说投到《上海文学》，金宇澄老师看了以后跟我说，你想要表现上海味道，通篇把"知道"都改成"晓得"，这样其实不对。应该叙述性语言就用"知道"，对白就用"晓得"，这样既可以让非上海人看懂，也能展现上海语言特有的味道。

陈嫣婧：要把握好语言的尺度，让它既有风格化的东西，又不显得很生硬。

滕肖澜：对。我自己看书的时候，如果小说通篇都是比较晦涩难懂的方言，我会觉得特别吃力。所以我写小说时会提醒自己，你要展现上海味道，但至少要让别人看懂，不能让别人觉得不舒服。

陈嫣婧：是的，我们可以在这部小说里看到很多典型的上海词汇，但是叙述的语言并不让人觉得生硬，和一般的吴语小说完全不一样。因为时间的关系，最后我想问一下滕老师，这部小说有没有改编为影视剧的计划？

滕肖澜：我自己在编剧，明年3月份应该可以开始拍。

陈嫣婧：能不能透露一下比较突出的主人公？

滕肖澜：演员暂时还没有官宣。

陈嫣婧：那人物呢？

滕肖澜：就像薛舒老师概括的，就是顾清俞和冯晓琴两位女主人公。这是一部双女主剧集。

陈嫣婧：海派文化本身就有大女主的文化基因，女性比较强。很期待看到这部作品的影视改编。我们把剩下的时间留给现场的读者，大家可以提问。

读者：我想问一下滕老师，您希望读者通过这部作品，看到怎样的上海？

滕肖澜：我可能希望别人看到的上海充满善意，很有人情味，也很有包容性。小说主人公之一冯晓琴是个外地媳妇，一开始生活比较窘迫，但是她通过自己的努力，经营私人养老院。她身上有励志的部分，奋斗过程是很艰难的，但是她最后终于做成了。我希望《心居》是有善意的，有人情味的，同时也体现出上海对所有人一视同仁的包容。

薛舒：她写得特别克制，角色彼此之间吵架都没有吵到最后决裂。其实这也是上海人的特点，处理人际关系是克制的，不会越界，也会给自己留有余地。

读者：说到上海的包容性，可能从女性的角度更容易理解。我的问题是，上海的女性在文化上的独特性主要体现在哪里？

滕肖澜：这个问题好难回答。我以小说里的顾清俞为例子，因为她是比较典型的上海女性。首先是比较独立，这种独立可能类似于之前的许多文艺作品提到的强势，但我认为独立跟强势之间还是有距离的。她是独立而非强势，所以表现得更通情达理。

陈嫣婧：顾清俞不是很刻板的女强人，她也有痴情的一面。小说里有挺多以女性为主体的情感生活，她们的内心世界都是细致入微的，完全打破把上海女人妖魔化的刻板印象。

读者：我有几个问题。第一，顾清俞和三兄妹是什么关系？第二，我想问问滕老师，小说里有没有你自己的家庭或者你的上一辈的事？第三，你是从什么时候开始想写这样一部小说的？

滕肖澜：第一个问题，顾清俞是二哥的女儿，她是大家族的第三代。

第二个问题，小说其实是完全虚构的，我写小说一般不会代入自己。小说里的人物其实没有一个跟我有关系。但有些细节来源于我的真实经历，比如知青子女施源想考回上海，在墙壁上贴纸条"我要努力读书，那样就能回到上海了"。我小时候确实会这样，会写励志的文字促使自己努力学习。

第三个问题，我写完上一部长篇小说《城中之城》后，马上就动笔写《心居》了。《城中之城》是金融题材的，里面的人物冲突比较激烈。我写的时候，一方面很过瘾，一方面也想写完后去写一部家常题材，就有了《心居》这部小说。

读者：写了多长时间？

滕肖澜：两年不到。

陈嫣婧：今天的活动到此结束，非常感谢大家的参与。

《证言》新书分享会

时间：2020年10月31日

嘉宾：于是、来颖燕、赵松、杨懿晶

左起：杨懿晶、于是、赵松、来颖燕

杨懿晶：各位读者下午好！非常感谢大家参加《证言》新书分享会。今天很荣幸地请到了这本书的译者、青年作家于是老师，还有赵松老师和来颖燕老师。

玛格丽特·阿特伍德被誉为"加拿大文学女王"，多年来她以一人之力扛起加拿大文学的大旗。她一开始以诗人的身份进入文学界，而我们更熟悉的是她的长篇小说，《使女的故事》因为同名美剧走红了。她之前就获得过布克奖，去年她80岁高龄的时候，因为《证言》再度获得布克奖。

《使女的故事》大家看过吗？《使女的故事》里的基列国是以神权统治为基础的国家，因为环境恶化、生态破坏以及人类本身的原因，这个国家的生育率跌到非常低的状态。为了维持人类的繁衍，就把所有有生育能力的女性集中起来，以使女的名义分配到权力阶层的家庭里。我们也看到了，结果跟基列国一开始的乌托邦式的幻想截然不同。《使女的故事》是开放式的结局，这本书是1985年出版的，三十多年来，读者一直在问作家最后发生了什么。2017年，玛格丽特·阿特伍德站出来说自己要创作续集，就是这本《证言》。先请《证言》的译者于是老师从文本翻译的角度讲一讲。

于是：我接到这本书的翻译任务的时候，没想到自己会那么快翻完。首先，阿特伍德之前的书含金量非常高，不管是语言风格、包含的典故，还是篇幅，综合考量下来，一般不会翻得很快。这本书为什么翻得那么快？原因之一是，它跟阿特伍德以前的书相比，故事性特别强，我时常觉得是在翻译剧本。《证言》跟《使女的故事》有很大不同。《使女的故事》是没有受到外界干扰的纯文学创作，塑造的主人公是内向型的；写《证言》时她考虑到年轻女性的需求，她们想知道基列国是怎么出现的，它怎么运作才让这一切发生，她会通过剧情作出解释。书里有大段的动作戏，这种动作戏在阿特伍德以前的书里并没有那么多，尤其是诸如两个女孩子冒险的情节，看起来完全是电视剧化的。

我一直认为这本书的出现，跟电视剧的热播有很大关系，它不像纯文学一样只展现内心的感受。

杨懿晶：这本书得布克奖的时候，国内的报道把书名翻译成"遗嘱"。请于是老师解释一下，为什么现在叫《证言》?

于是：阿特伍德曾经有一个解释，这个解释相当圆满。这个英文单词有三个层次的含义：一个是遗言、遗嘱，一个是圣经，还有一个就是证言（见证者说的话）。书里是以证言口述的文本记录。我和编辑商量过，我个人不倾向于用"遗嘱"这样的词，编辑也说这样就剧透了，因为这本书是某个主人公临死前的话。要把这三个层次囊括在一个中文词汇里是不太现实的，最后我倾向于用见证者的"证言"，这个词是最重要的支点。不管是遗言还是另外两个孩子说的话，都是证言，她们都是见证者。这是从《使女的故事》延续下来的，一系列的故事都是证言的提示。

我看这本书的时候会想到《高堡奇人》，《高堡奇人》也是这样的玄策小说。所谓的玄策不是单纯的科幻，而是基于现实和历史，假定现实没有发生。《高堡奇人》假设美国不是"二战"的战胜国，而是战败国，讲述的是日本殖民美国后发生的故事。《证言》则是假设美国分裂了，分裂出来的国家变成了基列国，而加拿大这些国家都存在。《证言》更推进了一步，尤其是写到年轻一代时，没有网络世界，没有我们所熟悉的 21 世纪的先进的细节，它都没有。

杨懿晶：有点像平行世界。下面请赵松老师和来颖燕老师谈谈。

赵松：我认同于是的说法。阿特伍德写这本书时，跟《使女的故事》隔了很多年，她年纪也大了。我觉得一个作家年纪大了以后，对结构复杂的东西会放弃，会倾向于选择更容易掌控的叙事性的方式。不止她一个，很多作家都是这样。但即使是这样，《证言》这本书还是写得很精致。三个女人的叙事构成丰富的文本，有一种时空的重叠感。

阿特伍德本身是创作欲旺盛的作家，很难想象一个人这么大年纪了，还能写四百多页的小说，还能保持这么好的状态。最难的一点是，阿特伍德是一个多面手，她既是小说家，也是优秀的诗人。她的小说文本，不管她做了怎样的处理，读者在阅读的过程中，除了了解故事的走向和人物的内心世界以外，还始终能感受到具有悲剧感的诗意，这一点很不容易做到。

这个题材并不好写。《使女的故事》里的那个年代还好写一点，有一个特定的背景，冷战还没结束。《证言》里的这个时代完全不一样了。阿特伍德在这本小说里寄托了对未来巨大的忧虑，这种忧虑也许跟她的年龄有关系。见过了人类世界不可预计的走向，让她做出一种既针对历史，又针对未来的思考。

《使女的故事》里有一句话：这本书的细节都来自历史。这句话非常重要。换句话说，阿特伍德不是用编造的细节创造一个未来世界，而是基于人类的历史谈论未来。尽管我们不能用进步和乐观的发展来概括这个世界，但事实上，历史的艺术还是存在的，正是因为有历史的艺术在，阿特伍德在书的最后留了一丝希望。当然，她把拯救世界的可能性放在女性身上，她认为女性会拯救世界。

作为男性，我觉得挺好的。不得不承认，这个世界是男权的世界，从商业到政治，这样的特征是很清晰的。这个世界积累了太多的问题，各种自然灾害、环境污染、经济问题，所有的问题让大家陷入一种普遍的困境。

这里寄托于女性，有某种归根溯源的感觉，她希望女性承担改变和拯救世界的责任，这是很清晰的意图。当我们看书的时候，会觉得她的说法是成立的。这本书最重要的一点，是它能够让你产生信任感。作家的描述以及最后的结果走向，你是可以接受的，这一点很重要，也是阿特伍德出色的地方。

来颖燕：刚刚听了几位的发言，我觉得大家很容易把话题引到女性写作上，我倒是有一点不同的想法。不能仅限于此，权力归属于男性，但是书里的男性过得也很痛苦，也是受控的，被很多东西限制住。

阿特伍德的很多小说都是从女性角度来切入，但其实她探讨的是人类共同的命运。从这个角度出发，我觉得并不能简单地把她的作品划归为女性主义小说。就像很多人会把波伏娃的《第二性》搬出来，觉得这是旗帜鲜明的女权主义著作，但波伏娃的目标不仅在于重塑人们关于女性的认知，而是从更广阔的角度来解决一些关乎人类整体的问题。

我自己读这本小说的时候，觉得要再写一本续作是很难的事。《使女的故事》很精彩，大家总是希望续作能填补前一部留下的空白，但《证言》并没有，它制造出了更大的谜团。它是从三个不同女性的角度，但都是从第一人称的角度切入的，她们是作为证据般的存在，而且三个人的命运很神奇地交织在一起。这个角度让读者兴致勃勃地想要亲身参与进去，对故事进行一些勾连，不断地寻找它们之间的线索。这不同于《使女的故事》，是从单人的角度写基列共和国。

以前看过一个说法，小说分为两种，一种是开放型的，一种是封闭型的。应市场要求写的续作，故事跟之前还是一样的，结构还是一样的，这种作品就是封闭型的。《证言》很神奇的地方在于，它是顺应读者的要求产生的，但是又没有把自己封闭起来，成为窠臼，这是很难得的。

刚才谈到《证言》的命名问题。《使女的故事》原来不叫这个名字，而是用女主人公的名字命名的，后来作者改成了《使女的故事》。一方面是为了向《坎特伯雷故事集》致敬，另一方面，她觉得这样的命名更像神话或者童话。阿特伍德自幼非常喜欢神话和童话，她的很多作品来自真实的生活，但她所涉的问题始终带有一种神秘的力量，这跟她广泛地涉猎神话和童话有关系。

谈到童话，我想到，写《霍比特人》的托尔金讲过，童话有一种恢复功能。恢复的是什么？恢复一种特定的情境，让我们看到事物原来的样子。其实很多东西在我们的生活中是存在的，但我们习以为常，就看不到了。阿特伍德设定了一个奇特的环境，让这些东西能被我们看到。童话可以在很多年以后让人重新读，就像大家读这部小说，会发现后面还有一个未来的研讨会，那时已经是不一样的世界了。我以前觉得，这样的故事往往会从历史的角度来写，从而造成具有张力的矛盾感——在研讨会上，那么多人在研讨什么？里面会不会有漏洞？证据是否确凿？但动用了小说的文体，就填补了这些空白。小说就是一种虚构的历史，这呈现出小说很多本质化的东西。我们不是单从回望的角度看，而是可以深入地考察，许多问题是可以讨论的，是开放的。

杨懿晶：阿特伍德这本书之所以跟今天的读者产生这么大的共鸣，是因为它选择的素材都是在历史上真实发生的事情。她做了大量的资料搜集工作，写《证言》的时候，又把写《使女的故事》时用的材料从图书馆拿出来，重新研究了一遍。她在新书的后记里说，这本书也是对时下很多问题的回应。

阿特伍德的语言有一种悲剧性的诗意。她细致入微，对细节的描画是非常厉害的，这可能跟她的家庭出身有关系。她家除了她之外，所有人都在加拿大的丛林里长大。所以她现在着力于自然保护，反对科技对人类造成的破坏，作品里也有这方面的展现。

阿特伍德是很有社会责任感的作家，会自动担起见证者的职责。而现在这样的时代，这样的写作仍然是可能的吗？

赵松：很难用社会责任感去概括她的写作，作家对写作本身的追求永远是最重要的。她自己也说，我就是试图把文字组合在一起，形成它们分开的时候没有的效果。她作为一个作家，最在意的还是文字本身运作的效果，或者创作出来的效果。阿特伍德对于写作的追求没变过，不管年龄多大，她对文本的控制始终是到位的。有的作家写到最后写不动了，勉强支撑着写完，你会觉得文字很疲惫。阿特伍德不是，她可能会稍微放慢一点，通过于是的翻译，我们能感受到阿特伍德的文字仍然是炉火纯青的。译者完全没有干预读者的阅读，我读这本书时，阅读的节奏感丝毫没受影响。你会觉得这就是一个会说中文的阿特伍德，你能看出行文的节奏感。

于是：阿特伍德是写诗出身的，她写诗的时候，加拿大文学还是一片荒芜。每次说到她，就不光要说她本人的写作有多了不起，还要提到她对于加拿大文学界的推动作用。她当时跟一群诗人要振兴加拿大文坛，参加国际交流活动，尤其跟北美、南美的一些作家。

她写《使女的故事》时就有见证者的意识，这个意识很重要，比她决定写什么样的故事更重要。她为什么想写《使女的故事》？不是她凭空想出来的，而是因为她听说了罗马尼亚的 770 号法令。770号法令规定多少岁以内的女性不可以不生育，流产被视为非法行为。她基于一些调查，写出了《使女的故事》，把很多大家已经忘掉的事情挖出来，塞到故事里。顺着这些故事，我们会看到霸权，看到人类的权力争夺。

来颖燕：很多作家的写作初衷并不是承担什么责任，但世界上的很多事情发生以后，势必会对个体的命运、个体的处境产生影响，作家担心的是作为个体的人，是普通人的命运。只有从这个角度出发，才能够推己及人，从个体联系到历史，或者是公共的世界。这样的角度才能让作家有足够的自由度和舒适度，承担责任是后话。

对于阿特伍德来说，这部小说虽然讲了很多，但触动她的还是对于人性的探索。阿特伍德很擅长用个体命运反观外在的东西。我曾经看过一个说法：人都自带两副灵魂，一副自内向外看，一副自外向内看。把《使女的故事》和《证言》这两本书对应起来，也是对灵魂很好的阐释。

杨懿晶：阿特伍德这样的作家肯定不会受制于影视剧，但是，文学影视化的时代，会不会对作家的写作产生影响？该怎样应对这样的变化？

于是：大家可能不知道，在电视剧走红之前，《使女的故事》1990 年就被拍成电影了，是德国一个很出名的导演拍的。电影和我们现在看到的电视剧截然不同。我比较过这两个版本的不同，电影版里，莉迪亚嬷嬷是极其美丽的女性，她们穿的衣服是粉色的，没有帽子，也就是说，三十年前的电影采用了男性对女性凝视的视角。而如今的电视剧里的使女形象相当有符号性，有视觉冲击力。电视剧不遗余力地制造一些符号性的东西，比如红色的衣服和白色的帽子。为什么时隔三十年，现在的导演能够理解阿特伍德想表达的东西了？因为女权运动有了进步，这些不仅在教育女性，也在教育男性。即便制作团队中男性的比例非常高，他们也能明白阿特伍德想告诉我们的故事。

赵松：电视剧一出现，对文学的冲击就更大了，对于传统的阅读是致命的打击，这一点毫无疑问。进入网络社会之后，人的思想的独立性和活跃度其实在减弱，因为大量的信息会消耗思维的持续度，有些人很难做长时间的思考。以前说阅读会让人持续思考，而读图的时代，关注度只能维持几分钟，特别容易产生阅读疲倦，这个现象是普遍的。加上生活的压力、工作的压力不断加大，可能导致人更倾向于去看更轻松的东西。所谓更轻松的东西，就是不用你思考的东西。人不思考就会轻松吗？似乎是这样，但其实是一个假象，只不过是暂时忘了别的东西。这是文学要面对的问题。有很多作家去写剧本，但很难成功，跨界是有风险的，风险就是完全不同的创作方式，但是完全拒绝影视剧也容易导致另外一种极端化。面对这样一个残酷的现实，找到文学努力存在的方式，是很重要的。

写作首先是对作家自己发生作用和意义，然后，其他人从作品阅读中获得不同的体验。对于只有一次的人生来讲，区别于他者的方式就是体验的不同，体验到只有你自己才能体验的东西，这种东西只有伟大杰出的艺术作品、文学作品才能够给你带来。电视剧只能提供谈资。视觉的艺术尽管很直观，但文学能够提供的是一种人的意识、人的感觉、人的想象，只能在文字层面用微妙的方式去体现。

画面是不断流动的，而文字可以反复阅读与体会，这是完全不同的形式。人类文明最重要的标志是文字的延续，人类的各种困境，各种跌宕起伏，各种悲剧喜剧，都是以文字的形式留传。

来颖燕：我平时会接触一些作家，原来是写小说的，写剧本之后就没办法写小说了，因为这是两种不同的语言系统。画面与文字是作用于不同感官的两种范畴。文学是在线性时间中的表演，这使得它留有空间时会诱惑我们能动性地介入，这个空间是很大的。《证言》和《使女的故事》这两部小说，都有开放性的留白，每个读者从中得到的东西都不一样。一旦转化为影视剧，这些东西可能就不一样了。但我们不用去排斥，可以让这两个世界并存，你可以去看影视，但是不要丢掉文学。《使女的故事》和《证言》好像没有通向谜底的单一通道，它们让我们意识到，很多问题是无解的，但是我们在思考中已经获得了一些东西，也许问题的答案并不是那么重要的。

杨懿晶：现场的读者有没有想提问的？

读者：老师们刚才说《使女的故事》和《证言》不仅是女性主义作品，该怎么理解？

于是：强调它们不仅仅是女性主义文本，重点是希望大家注意到女性主义之外的话题。说到底，现在是个喜欢贴标签的时代。跟阿特伍德一样，我们不希望给这两本书贴上"女性主义"的标签。不仅仅是文学，影视剧也是。女性主义的问题是我们能从书中看到的最表层。

赵松：这是很复杂的话题。当代社会有一个特点，为了传播，总是把复杂问题简单化，要么对，要么错，二分法非常普遍。但是，所有的问题都是有关联性的，不是割裂开的。标签化也是导致问题被简化的重要原因。当代互联网社会缺乏基本的尊重，很多时候，我们以为自己对别人享有某种特权，可以任意批评一个人。一个人犯了一个小错，就被钉在耻辱柱上，这导致一种紧张和僵硬，这就是我们的现实。现在互联网上敢于表达真实想法的人越来越少，因为充满了风险性。男人谈女性主义或者女权主义，被骂的概率是很大的，很容易导致误解。所有人隐藏的攻击性被调动起来，缺乏对人基本的尊重和宽容，这是目前互联网社会的普遍现象。

来颖燕：很多时候，我们要警惕"主义"，比如要慎用女性主义。为什么大家对于把阿特伍德的写作归于单纯的女性主义写作很警惕？因为她的作品探讨了很多问题，包括经济的、生态环境的，如果太过聚焦于她的女性身份，这些问题就被漠视了。

读者：影视作品能否和书本一样，进行严肃深刻的思考？

赵松：当然可以，影视有自己独特的视角。所有的文学作品、影视作品，它们的基本功能不是对已有的事情作出思考，而是提供一个语境，让你有新的思考。针对问题是一方面，以什么方式提出和呈现问题是另一方面。

读者：阿特伍德是不是站在一定的高度上回应社会现实，履行作家的社会责任感？

赵松：作家总谈论高度是件很危险的事，那意味着他自己有很多答案。作家总能发现很多问题，而这些问题他也没有答案，如果自己有答案，可以去写哲学性、批判性的东西。作家永远是问题的提出者和问题的承担者，最好的作家永远以最敏锐和最具冲击力的方式触及问题，这些问题总是能触动别人总结和重新思考，这一点很关键。作家的责任不是取代其他领域的人，站出来指明一个方向，不是对当下的现象作出判断。作家必须面对人本身的微妙性和复杂性，几千年来能够留存下来的作品，大体上具备这种特征。

来颖燕：有人采访阿特伍德，阿特伍德有一句话：科幻永远是针对当下的。这句话很有深意。她说作家永远有两个，一个在生活，一个在写作，不知道什么时候，一个身子会变成另外一个身子，这两个部分是互相寄生的。她写作的出发点不一定是回应当下，很多问题没有答案，恰恰证明那是一个好问题。那么多文学的问题留存到现在，不同的时代里被不同的读者解读，会有不同的价值，会催生新的意义，这就是写作的意义所在。

杨懿晶：谢谢三位老师的精彩分享，谢谢读者的参与。

我们心爱的批评家
——《既有集》新书分享会

时间：2020年11月7日

嘉宾：刘铮、黄德海、张定浩

左起：黄德海、刘铮、张定浩

主持人：下午好，欢迎大家来到第 344 期思南读书会。特别欢迎远道而来的北京作协的同仁们。今天台上的三位嘉宾是我非常喜爱的写作者，因为刘铮老师的《既有集》，有机会把他们三个人聚在一起，谈谈他们心目中最喜欢的批评家。中间这位是刘铮老师，著有《始有集》《既有集》，译有《纪德读书日记》。他边上的两位是张定浩、黄德海，是思南读书会的常驻嘉宾。先把时间交给刘铮老师。

刘铮：我对到思南文学之家很期待，我很喜欢这里的氛围。我参加过一些其他地方的读书分享活动，台下坐的或者是二十多岁的年轻人，或者是三十岁左右的，而思南读书会里有年轻人，也有年长的人，大家在一起。我读过以前一些活动的介绍，觉得这里的氛围特别好，因为读书不分年龄，年轻人读，可以一直读到老，像我自己，也会读到老。今天很感谢大家来参加这个活动。我自己很惭愧，黄德海、张定浩是很有成就的批评家，我算是写过一点批评文字的人，但我的主业是读书，读书之余有一些感想，写一点评论。如果我今天谈得不够专业，不够深入，请大家原谅。

这次的主题是"我们心爱的批评家"。如果让作家们来谈，这个题目可能要改成"我们 ×× 的批评家"，以常理推断，×× 代表的两个字可能是"不屑"，可能是"厌恶"，如果是四个字，可能是"深恶痛绝"，因为作家对批评家的印象通常不好。今天既然谈自己心爱的批评家，不如先从批评家负面的形象讲起。

去年我读了一本美国人文主义者、保守派批评家莫尔（More）的评论集，其中有一篇是谈批评的。莫尔引用了达拉斯（E. S. Dallas）的一段话，这段话是归纳、总结历代文人对批评家的嘲讽的，其中把批评家比作锅匠、屠夫、蠢驴、毛虫、剪径大盗。比作锅匠，大概是想说批评家所做的事无非是修修补补；屠夫，自然意指野蛮、血腥、大开杀戒；蠢驴，人所共喻；毛虫呢，大概是说批评家"不咬人膈应人"；剪径大盗，也许是说批评家攘夺别人的财富，取之"无道"。

19 世纪法国有位崇尚现实主义的批评家，叫尚弗勒里（Champfleury），他说大多数的批评家扮演的是三种角色：cataloguers（编目师）、embalmers（尸体防腐者）、taxidermists（标本剥制师），再无其他。我的理解，那就是原本已经死透了的却要费心加以保存，而原本活蹦乱跳的却要给它弄死，然后心肝内脏统统挖掉，最后剩下一张皮。

那么批评家对自己就只有恭维吗？不是的，19 世纪末 20 世纪初的英国批评家沃尔特·雷利（Walter Raleigh）在书信中就对批评家这一身份大放厥词：他说"阉人是第一位现代批评家"，他说"如果我来写一部自传，我会管它叫'皮条客的自白'"，他说"在我看来有学问的批评家是个畜生"，当然他自己就是特别有学问的一位批评家。批评家是阉人，用中国话说，不就是"太监"吗？皮条客，就是拉皮条的，是不是对着普通读者宣布哪本书很好，就像拉皮条一样呢？无论如何，不管是被评论的对象——作家、诗人们，还是批评家自己，对批评家都有很多负面评价。

对批评家还有一个常见的指责，就是在批评的职业化、产业化之后，作家们说批评家是个寄生性的身份。海明威就很爱这样说，我们作家写出作品来，养活了批评家这个行当。批评家是依附于作家的作品来生存的，是寄生性的。

对批评家有如此多的责难，有如此多的"差评"，在此我不可能也无须一一加以反击。我就只说这最后一条吧，也就是"寄生性"这个问题。确实，围绕着大作家形成了一个又一个的研究群体，围绕海明威也的确可能有一个小型的批评产业。不过，说起来，类似这种衍生性的批评或研究，恐怕不是批评的主流，也不是批评最高的体现。

我们都知道，作家里面也有很多不入流的、糟糕的人，拿他们来代表作家，可能作家的群体也会觉得不公平。事实上，海明威的作品我已经十几年没有重读过了。当然他也写过很好的东西，比如说早期以尼克·亚当斯为主角的短篇小说，甚至第一个长篇《太阳照常升起》，我都觉得写得不错。但是对我来说，这十几年来没有感到重读的迫切需要，而且这些年也没有改变对他的认识。但好的批评家的作品我是每天都在读的。一个作家自信自己的作品能比批评家的作品更垂诸久远，其实是虚荣心的反映，且未必符合事实。是不是没有作家写出新作品，批评家就没事做了呢？也许有人会这样问。但这是一个没有太大意义的问题。这就好像是在问：要是没有农民种植蔬菜，没有养殖场养猪养鸭，是不是厨师就没事做了呢？当然如果真的发生那种情况，厨师就无用武之地了。然而，那样一种假设是没有意义的——因为假设的情况不可能发生，总会有人种田，总会有人养鸡养鸭，也总会有人写出新作品。

那么如何理解作家与批评家的关系？是否可以认为他们分处产业的上下游？的确，先有作品，后有批评，但是我们不会说因为先有水泥、钢材，建筑行业就寄生、依附于水泥厂、钢铁厂了。大家其实在各干各的事。通常来说，批评家做的事，不是为诗人、作家服务的——老实说，诗人、作家是个数量非常小的群体，批评家是为读者服务的。读者这一群体至为广大，心胸开阔的诗人、作家自己也属于读者这一群体。

说批评家为读者服务，那他是怎么服务的呢？他做的事又是怎么体现价值的呢？我自己有一个"一道光"的提法。"一道光"是说批评家将一道光投射到古往今来的作品上，让读者注意到那个地方，让读者学会观察进而理解那个地方。所谓"洞烛幽隐"，批评家是把被人忽视的、隐藏在幽暗之中的美和好指给人看。一道光束打上去，你的视线随之转移到那个地方，把它清清楚楚地看明白了，这就是批评。当你越来越多地领受这些光线，你自己的心房也变得越来越明亮，你自己也越来越多地向外投射光线，你变得越来越会领会文学、品鉴作品，你也成为"照射者"之一了。

不管我的认识或预期对还是不对，有道理还是没有道理，它都必将影响到一个人的行动——这个人就是我自己。作为一个写评论、喜欢评论的人，我既然抱有如前所云的想法，那我必然会采取相应的行动。在过去的两年时间里，我有意识地沉入 19 世纪到 20 世纪初的欧美文学评论中去，我读了大量今天已被人遗忘了的评论家的著作。一方面，这是"尚友古人"，与古人交朋友，另一方面，我也是试着探寻对抗我们这个时代昏沉症的良方。

我想回到一个热烈的、充满个性的、充满真知灼见的批评氛围中去，我想回避在我看来经常是虚假的、无关痛痒的命题，我想借古人的一股"真气"。

在我的阅读过程中，有一个值得忆念的时刻：当时我在顺德出差，半夜 12 点，我手边只有一本书，就是我们之前提到的那位英国批评家沃尔特·雷利写的一本小册子 *The English Novel*，一部写到司各特为止的英国小说史。那个晚上，我为他对文学的体会之深刻、判断之透彻所触动，感慨很深。比如在谈到英国 18 世纪的女作家拉德克利夫（Radcliffe）时，雷利说过这么一句话：Romantic Movement may be described, in an aspect, as an invasion of the realm of prose by the matter of poetry（从某种角度看，我们可以说，浪漫主义运动是诗的题材闯入了散文的领土）。这样一种判断，在我看来，真有石破天惊的效果：它不只把英国的浪漫主义运动讲明白了，也把雨果、夏多布里昂讲明白了，同时也把"德国浪漫派"讲明白了。而这种深刻透彻就埋藏在一本 1894 年出版的旧书里。在那个晚上，我就在想，在中国，我们把时间放长点儿，比如说十年，在十年时间里有没有另一个人读了沃尔特·雷利的书，得到深深的触动和共鸣呢？也许都没有。那么这些深刻的话语是不是就躺在黑暗深处，也在等着"一道光"来把自己照亮呢？

我们回头来想雷利的这句话，我不知道大家有没有注意到，"浪漫主义运动是诗的题材闯入了散文的领土"这样一种判断有个什么特点？这种判断是没法用事实推导出来的。你知道很多关于文学流派的知识，你读了很多作品，你也说不出这句话；这种判断，也不能用事实来证明或者否定。这种判断来自深透的审美体验，来自灵机一动的心理感悟，它只能以"一语道破"的形态存在，它是不可能靠事实性的学问积累来获得的。比如说我的书里，其实我是不做这种判断的，因为我觉得自己不够资格，所以我还是按事实的方式去论述事情。

我们今天谈"心爱的批评家"，我想说我心爱的，正是能做出这种判断的批评家，他超越了学问，是只有内行人才会为之击节叹赏的。波德莱尔也说过，实际上最好的批评不是那种貌似合情合理、四平八稳的批评，而是相反，充满激情的、丝毫不加掩饰地表露个人好恶的批评。勒南（Ernest Renan）也说过，"批评即不敬"。批评不承认"尊敬"这回事，批评就是撕去面纱，就是不顾权势，打破神秘，本质上是不敬，是背叛。它是唯一的权威，是只凭自己的权威。勒南说这是一种圣保罗式的精神存在：它判断一切，却不为任何他人所判断。当然，勒南的表达过于激烈了，但我想说，如果有好的批评家，那他一定是一个能做出超越事实层面、超越单纯学问的判断的、充满激情的、在某些时刻能表现为"大不敬"的批评家。在与这些被遗忘的批评家朝夕相处的日子里，我有时候会有一种脱离了当下、脱离了这个俗世的体验：好像这些人就像幻影一般飘荡在我的周围，我的耳朵里似乎听到伊波利特·丹纳怎么说，欧内斯特·勒南怎么说，阿纳托尔·法朗士怎么说，圣伯夫怎么说，布吕纳介怎么说……就这样，我摆脱了我认为已经相当疲沓、相当乏味、相当无所适从的当代。

当然我得承认，当我在这些故纸堆中沉溺、吟味的时候，我是不知道我要寻找什么的。甚至直到今天，我也不知道我所获得的东西能够怎样被加以利用。在此之前我没有跟任何人谈起过我在做这样的阅读，我也没有寻章摘句的企图，打算把它们引用到我今后的文章里，我也没有任何计划，想要把这些阅读变成一种有具体目标的研究……没有，完全没有。我就这样漫无目的，像在荒野中一个人信步走走地读着书。对我来说，可能这样一种存在方式，就是我选择的，与这个世界对抗、对立的方式。也是像人家说的，在一个人身上，反抗这个时代。

我想感谢那些死去的、已经被人遗忘的了不起的批评家，他们的"潜德幽光"仍然向我投来光线，让我看清文学、看清文明，也看清自己的卑微的存在。这一切是如此之好，于是我决定，今天来到思南，来谈"我们心爱的批评家"。

主持人：刘铮老师刚才讲的，是他理解的批评是什么，他为什么读，以及为什么写批评。批评家的工作，就是把大家带到他的视野里，让我们看到他看见的东西。更重要的是，我们将同时收取你的答案。下面请德海来谈谈他的看法。

黄德海：写批评这件事，你不问，我知道自己在干什么，你一问，我还真不知道自己在干什么了。一旦你把某个人叫作批评家，就已经把活生生的人变成了一个标本。为什么？无论什么类型的写作，都属于一条活的文化长河，在文化长河里去做自己能做的事情，只是因为性情、天赋、倾向的不同，各自用不同的写作方式来参与。或许正是源于这种不同的方式，就有了"批评"这个词，而这个词也倒过来，对批评家提出要求。一个人对这种要求的回应，就是作为批评家存在的意义。一个行业能够成立，是因为里面有一点杰出的东西，或者说，这个行业里有经典。刘铮刚才说的"一道光"，应该就是杰出作品发出的光。杰作累积起来，慢慢形成了序列，便成了我们思想和人生的路标。因为有这些路标存在，在时代里摸索的时候，我们就会知道走到哪里了，怎样沿着这些路标继续往前走。往前走的过程中，不同的路标给我们不同的提示，这样累积得越多，思想的地图就越丰满。对一个人的内心来说，在思想上变得丰满一点，就增加了一点自身与社会相处的能力。

在写作过程中，不得不反复地遇到一个问题，就是衡量这个作品的标准是什么，这个标准又是怎么形成的，这么使用正确吗？这个过程非常有意思，当你使用一个标准的时候，这个标准本身也需要接受检验。一检验就知道，这个观点有其出处，出处就是那些杰出头脑构成的思想星河。有时候，我们会试着把其中四五个结论组合成另外一个结论，或者说一个标准。在这个过程中你会发现，标准在不断地变化，不停地游移，不停地缩小、扩大。有时候你又会发现，这些所谓的标准带着某些偏见，需要纠正，比如其中一些带着明显的时代特征。我甚至想说，一个时代的思想结论有可能只在那个时代有较大的适应性，要把它放到这个时代，必须经过变化和修改，否则那个结论可能会不成立。这个过程中，最艰难的是，文字不是有形的，你在挪动过程中是不是经过精心的修理，很多人看不出来，只有使用者知道。观念的横移会带来很多排异反应。在这个过程中，思维周密的杰出头脑会把跟这个时代不符合的内容逐渐去除，让它符合现在这个时代。

我们在刘铮的书里，看到很多原先不熟悉的东西，这些不熟悉的东西是在这里产生的，它抵达汉语的时间，标志着我们对某些事情的认知过程。在这个意义上，批评一直在参与总体的文化和思想过程，这个过程是不断变化、不断调整的，每个人都在这个过程中。

张定浩：对我来讲，乔纳森（刘铮的笔名）一直是一个传奇的名字。十几年前我们就曾私下谈论过他，有人认为他是小钱锺书，大家对乔纳森都抱有非常高的期待。我跟乔纳森的认识是源自《南方都市报·阅读周刊》，他在阅读周刊做编辑，约我写书评，我觉得很荣幸。而我发表在阅读周刊上的文章，对我来讲也是一个起点。和乔纳森相比，我是不太称职的编辑，因为我约他的文章一直没有约到，所以今天首先再向乔纳森约一次稿。

他今天说这些话，让我挺感动的。他说回到相对寂寞的时空里去捕捉路径，他提到很多对批评家的负面意见，在他是一种搜集。他有一方面的兴趣是我所缺乏的，那就是对史料文献的兴趣。这本书里有一篇谈钱锺书，说到钱锺书对法国历史读物不感兴趣，感兴趣的方面是文学批评，从这个角度来讲，乔纳森又不那么像钱锺书。

所谓的批评家，做的就是梳理谱系的工作，并参与对文明的塑造。最近我有机会把自己的藏书整理到书架上，我发现我购买的书大多数是作家、批评家写的文论著作。我看到这些书的时候就会想，你阅读到了什么东西，最后就是这些东西慢慢构成了你自己。这样的过程是特别有意思的。

很多时候我会丧失读小说的欲望，因为人到中年会觉得时间越来越少，你期待更有密度的阅读，更有心智强度的阅读。很多好的批评家，如果从译本的角度，我们会忽视其文笔，但其实很多批评家在他的母语世界中，其文笔毫不亚于同时代的作家。类似文笔和风格的东西在翻译中会丧失，而对域外批评家的谈论，如果能够捕捉到这些东西，就会令人更振奋一点。

这本书里很多文章我以前都在报刊上陆续看过，这次重读，有一种很奇怪的感觉，因为里面谈到的很多人也是我曾经写过的。这里有一种奇妙的对照，无论是分歧还是共识，对我都特别有意义。他谈庞德，庞德是很好的文学教官，对文学批评持很尖锐的态度，扫除垃圾，对坏的东西说不，我有段时间写文章似乎也是如此，非常激进。但后来我慢慢调整自己，希望能尽量在当代文学中找到肯定性的东西，唯有肯定性的火焰能带你走得更远。

主持人："批评"这个词，在中文语境里常常指向负面，好像是要说谁写得不好。其实不是，批评更是一种欣赏的能力。所以，当他们谈完自己如何看待批评之后，我们进入下一个环节，你们喜欢谁？

刘铮：我写了三个名字：第一位是 T. S. 艾略特，他是一个诗人，但他在我心目中更重要的角色是文论家。第二位是保尔·瓦莱里，也是诗人，我更看重他的文论。读他的诗需要在法文里读，这就像杜甫的诗，翻译成英文后就没法看了。非常重视语言而不是意象或哲理的诗人，通常读他诗歌的译文，效果会打折扣。第三位是卢卡奇，匈牙利的批评家，我列的英国、法国、匈牙利，把欧洲的精英大体上都囊括进去了。他们这几个人各有侧重，比如艾略特，他的人生提示的一点很重要，也是我个人在生命中把自己交付给文化事业所非常看中的一点，那就是他很关注传统与当代的关系问题——历史上的人创造了很多价值，今天的人怎么跟那些价值发生关系。这种关系，可以是否定的关系，也可以是全盘接受的关系。通常你不是在两个端点上，而是在中间的某个位置，你为什么会选择这个位置，这大有学问。艾略特对于上一代人的、维多利亚时期的文学标准或者诗歌审美标准是极力反对的，他认为，我们跟传统的关系，更重要的是回到很远的历史中去。他曾经下过一个论断，这个论断对我看待中国文学、看待文明有很大的启发。我问在场的各位一个问题：英国文学的顶点在哪里？你觉得英国的文学顶点在狄更斯那里吗，还是在勃朗宁那里？一般来说，越到后来，大家对自己时代的文学越有信心。维多利亚时期的文学好像具有一种国民性，是参与塑造这个民族的，所以大家会把那个时代的权重标得很高。但艾略特认为，英国文学的顶点在伊丽莎白时代，在 16 世纪。而 16 世纪之后的三四百年的时间里，英国文学在他看来是一直在走下坡路的。

这个问题很大，牵涉到你怎么看待文明。你承不承认艾略特所谓伊丽莎白时期的戏剧是英国文学顶峰，或者他对玄学派诗人的格外重视是不是经得起历史推敲，这些并不是最重要的。重要的是，他让我们意识到，文学的发展并非只能是一个进步的历程。这是艾略特对我影响比较大的一个观点。

瓦莱里代表另外一个角度。他是很好的诗人，他详细地记述过从事诗歌创作的体验，而那些体验，往往是混沌的、模糊不清的，对于很多写作者来说，是说不清道不明的，而他很细腻地捕捉到了这个东西。他把创作和批评之间的分歧消弭了，让二者融合在自己的身上，而且他的文章写得特别好。

瓦莱里在第一次世界大战之后写了一些谈欧洲文明的东西。我很赞同张定浩说的，任何一个伟大的批评家同时必然是文明的批评家，他不只是评论文学。即使我们是很普通的批评者，但在我情怀的最深处，也存着对文明的关怀，也许在一些小文章里不会把这个东西体现出来，但是深层的关注确是在这里。艾略特和瓦莱里是一致的，他们都很关注文明的命运。

卢卡奇比较看重的，是从社会的角度看文学。一般来说，我们喜欢看作家对文学的评论，或者是对别的批评家的评论，但卢卡奇通常是把某部文学作品放到时代里，放到社会里去看。而他个人经历了许多变化，他的思想发生过很多次变化，他一个人活了几个人的一生。他的观点不断地蜕变，到后来，蜕变到我们几乎不认识他了，好像是走了教条之路。这位批评家处于纷繁复杂的历史背景中，这样一个人的命运对我启发很大。我们被抛在某一个时空里有很大的偶然性，如果我们经受了他的命运，也可能面临同样的蜕变。读他早期的《小说理论》和后来写的关于社会主义文学的评论，你会觉得完全是两个人写的。这经常提示我，你自己在这个时代的变化中，应该秉持住什么东西不流失，怎么立身在这个世界上。卢卡奇对我的作用，是他的经历的启示。所以我列出这三个了不起的批评家，不是说我只读这三个批评家——可能有几百个批评家我都很喜欢。

黄德海：第一位是 T.S. 艾略特，跟刘铮一样。对我来说，艾略特基本上是一个写批评的人的理想，他既有准确的感觉又有精准的判断。读艾略特的过程中，你会发现，有些话是你要说的，但没有找到合适的描述，但他就那样"创造"出来了。比如"传统与个人才能"，比如"客观对应物"，这些词并不是天然存在，而是一个杰出的心灵创造出来的。只有当它们被创造出来，这些词才存在于思想世界。

第二位是 E.M. 福斯特。有一年，我在书摊上买到他的《现代的挑战》，读后非常感动，真是一个英国文化培养出来的雍容节制、说话有分寸的人。书中有很多对当时文化现象的批评，对文学的判断，都能够用非常从容的文字说出来。其中有一篇谈到他最喜欢的一本小说，开头说：我们都知道，在文学领域最伟大的是《神曲》、莎士比亚戏剧集和《战争与和平》，可这些不是我最喜欢的。他最喜欢的是威廉·莫里斯的《乌有乡消息》，他说你喜欢一个作品，就表明你觉得自己会写出这样一本书来。我们通常会把伟大的作品理所当然地作为喜欢的对象，这有微妙的偏差。伟大的作品并不一定就适合你。

然后我想到的是钱锺书。钱锺书的文言很好，20世纪40年代前后的随笔也很好，但我最受益的不是这些，而是《七缀集》和《宋诗选注》里的文章。这些文章里，他把过于密集显示才智的东西去掉了很多，而他自己的讥诮、渊博、忍不住的尖刻还是会带出来。这批文章里，即便是尖刻吧，也带着奇特的活力，在这么密集的材料里，仍然流畅自如，忽然露出一点真容来，让人莞尔。你读的时候，会觉得一个人正当壮年，心智从容，材料又熟悉，并且不时眨眨眼睛，露出狡黠的笑容，读起来真是非常开心。另外补充一句，对我来说，钱锺书的白话，在现代汉语里自成一路，没有他的这些写作，现代汉语里就少了这么一个类型。这已经是非常难得的贡献了。

张定浩：有时候我们喜欢一个批评家，不是因为觉得自己能够做到像他那样，而是恰恰因为做不到。他是我们没有完成的人，没有走过的路，而那个东西对我们的吸引力是巨大的。刚刚乔纳森说的三个人，和他自己的写作或者追求显然是有某种分歧的，他自己在序里很谦虚地说自己是做包子的人中间那个切葱丝的人。他提到的艾略特我也很喜欢。

刚刚说到一个人在混乱的时代如何自处，或者在黑暗中走出自己的一道光，钱锺书就曾作出这样的榜样。他在20世纪五六十年代所做的工作就是做自己，回到基本的文学问题上，这是对自我的认知，这种自我认识的能力非常强。文学首先不是什么题材或者主题，而是在片言短句中呈现出微妙的对于人类复杂情感的理解，对于各种东西的精妙感受。

特里·伊格尔顿是非常博学的批评家，他早年在学院面对学术圈写作，晚年的写作则更多面对普通读者，尤其是大学生，或者刚刚喜欢文学的人。他能够把很多复杂的问题讲得特别清楚，不是简化，而是把复杂的东西用准确的方式表达出来，这是非常强的能力，而且是在做一种普及性的非常有意义的工作。乔纳森说批评家是为读者服务，而不是为作家服务。詹姆斯·伍德也是我很喜欢的，他的特点是，既博学，又适应媒体时代。他的文章写得很好看，他也有一种非常强的幽默感。博学，强烈的幽默感，以及在幽默中的锐利，这三种东西可能都很吸引我。这是我希望能够抵达的批评的样态。

刘铮：白话文的问题是特别重要的问题。《既有集》这本书里写过吴兴华。我从历史的角度看，到了张爱玲、钱锺书写小说，吴兴华翻译莎剧的时代，50 年代初，白话文从五四之前一路走来，到那个时间点上发生了某些化学作用，使白话文能够在那个时代既脱去文言的影响，又保存了中国语言的韵味，还把西方逻辑化的、能够很清楚地表达复杂概念的语言能力注入到白话文里。到 20 世纪 40 年代至 50 年代初，白话文可能到达了顶峰。我们看吴兴华翻译莎剧的时候会感觉，那个时代保存了白话文最好的状态。我对当今的译者挺尊敬的，但是我感到很多译著翻译得往往不够味，不是意思不对，是文章不够好。这个不够好，是个人能力问题吗？也有，但也可能是语言本身的问题。语言也有青年，有壮年，有中年，有老年，发展到一定的时候，你想让它有很鲜嫩的感觉，或者很有色泽，就不可能了。当代有这个问题。我看很多当代人写的文章，或者看他们翻译的东西，那个不是好的语言。在任何语言的系统里，也许都会有这个遗憾。具体的解释，可能需要语言学家去展开。

关于批评的作用，我想说，有时候我看狄更斯的作品不如看批评家的作品。我是几十年的读者了，我对读书的感情也是非常深厚的，但是我一直有一个深切的体会：自己去读的时候，你读不出什么。比如文学经典，我直接把《奥德赛》丢给你，把《神曲》丢给你，你什么都读不出来。即便你是大学教授，即便你在别的方面修养很好，你直接扑到那个东西上，根本体会不到深的地方，也发现不了那个作品与现代之间契合的、能引发你思考的东西。你必须借助于别人的思考。我为什么一天到晚读那么多批评家的书，我是闲着没事吗？其实是因为我自己选择硬攻那些堡垒是攻不下来的，需要借助他们的眼睛看，才能看出一些东西来。我经常看了评论之后，才会去读原著，比如去年我读了《国王的两个身体》，之后才去读莎士比亚的历史剧。因为直接去看莎剧时，就像看京剧表演一样，只看到故事。莎士比亚的剧本，如果读的是汉译本，也很可能相当于没读，因为语言的精妙之处从译本里消失殆尽。很多诗歌也是如此，又比如雨果早期的戏剧，也是如此。为什么艾略特对伊丽莎白时代的戏剧更推崇？是因为微妙、精美的东西在那些句子里。如果说我对在座的各位能有什么好的建议，那就是，大家在自己的阅读里，至少应该抽一点时间，去读读批评家的说法。因为我们作为干这个行当的人，每次稍微有点翘尾巴，觉得自己挺行的，一去看艾略特，一去看瓦莱里，马上就灰心、就老实了。因为他们给人的启发太大了，他们树立了很高的标准。这个标准，对于普通读者的意义是很大的。普通读者觉得自己拿到一本名著就好像接近了文学，其实不是的，你读不出最妙的东西。

主持人：现在请读者提问。

读者：听了你的讲话，感觉你对这个时代有点屏蔽。你什么时候感悟到你该走这条路，或者为什么走这条路？

刘铮：您说得很对，好像给我开了诊断书。我跟时代有点脱节。为什么走向脱节？因为我是一个个性主义者。我看古往今来的东西，得到这样的体会：哪怕我不是最高的，我一定是有个性的，否则在历史上就没有存在的价值。如果大家都用同样的方式写作，你比他写得好一点或差一点，很多时候是看不出来的；只有你跟他在不同的方向上，哪怕你不是很深入，哪怕你不是很高超，你跟他也是不一样的。如果我们的批评家也好，作家也好，每个人都有个性的话，这个时代才能丰富多彩。我个人能达到什么水准，有时候要靠天赋、运气。我努力一生没有达到，没有关系，但我追求的是跟别人不一样的东西。我的阅读的一个特点，也可以被看作一个缺陷，就是有时候太偏重于读跟别人不一样的东西。但今天我谈的只强调了一个侧面，其实我读书还是挺多的，大家都读过的那种书，我大体也瞄过。那我为什么强调那个侧面？因为在当代，不只在中国，千人一面的东西太多了。

比如小说，我看了印度人写的小说，看了非洲人写的小说，看了拉丁美洲人写的小说，看了中国人写的小说，我觉得是同一帮人写的。2001 年之后，时代已经混一了，不同的文明之间全沟通在一起，像我们吃火锅要弄调料，已经调成一个综合的味道了。这时你说你是非洲来的，你说你是亚洲来的，没有意义了。这个时代特别需要个性，如果没有个性，你就是跟别人一样的。虽然写着非洲的事情，写着印度的事情，在我看来都是一样的。我为什么会回到古代，将眼光向后看？因为我觉得那个时代还是每个人有他各自的面目的。为什么到了今天，我们每个人看起来很像呢？这是有问题的。我个人的成败，在这种试验中，是不重要的；牺牲我一个，没关系，我们试试，看看能不能有什么结果出来。这个试验本身很重要。

读者：哈罗德·布鲁姆，你们为什么不选择他？

张定浩：布鲁姆我读得挺多的，他的文章也很有气势，但他太沉浸在一种自我的情绪中。我不太喜欢他把所有东西都归结到莎士比亚，不太喜欢他的强势。如果跟伊格尔顿比，我会站在伊格尔顿这边。布鲁姆要充当一个导师，他最后走向某种神秘主义的东西。他并没有扎实的文本细读和分析，他一直在比较中。他谈论一个人的时候，背后谈论着十几、二十个人，总有你不知道的，你会失语，只好信赖他的谈论。而伊格尔顿会走向扎实的东西，从最基础的东西开始。虽然他也很博学，但他给你的门槛更低，是更加切实的道路。

刘铮：我用一句话来概括我对布鲁姆的看法：我每次读他的书都不会完全没有收获，但他肯定不是一个非常好的批评家。那我们为什么会翻译很多他的书？应该请出版社自己检讨一下。

读者：三位没有提到本雅明，我有点吃惊，因为本雅明有非常大的野心和抱负，他本人是非常出色的批评家、作家。中国古代的文学批评家，我非常崇拜，不知道三位有没有心仪的人物？

刘铮：艾略特的成品多，本雅明的未成品多。这跟他较早去世有关系，跟他的思想注重趣味和探索也有关系。本雅明是这样一个评论家：他很富有提示性，如果你写论文要选题目，但现在脑子里没有题目，看他的文章，会发现有好多线索隐藏在他这些文本里。他成品少，没有把这些东西很精确、很明确地提炼出来，所以你自己得花很多功夫。我对本雅明非常崇拜，我原来也预想着，可能会谈一点本雅明，因为前段时间读了《本雅明选集》的第三卷，其中有些篇目没有翻译过来。这个英文版选集很好，版本信息、背景信息注得比中文版好很多。本雅明花了非常大的篇幅，用了几十页谈一位德国小说家。这位小说家我是闻所未闻，他谈得非常细腻，非常深入。先不说这篇文章好不好，这样的个案折射出，你要做一个好的评论家，得积累多少东西。这个感触是很深的。你去看本雅明的书，有名的篇目就那么几篇，但实际上那只是从海里露出的冰山尖，下面有很深厚的东西没有体现出来。他还有一些想法没有形成文字，他的思想倾向，比如弥赛亚主义的倾向，研究还比较少，他也只在几篇文章里提出来。你顺着这个路径，有自己的勇气或耐心去挖，那就是宝藏。但他跟成品多的批评家是不一样的。

张定浩：本雅明我们读书的时候都读了，现在的学术界把他的未完成性当成完成性在吸取养分，意味着在本雅明那里的很多晦涩和语焉不详渐渐变成一种新的可以示范的文风，或者学术语言，这是挺成问题的地方。前段时间看克莱夫·詹姆斯的《文化失忆》，他据说是当代非常重要的批评家。他在书里谈到本雅明，觉得本雅明被学术界捧得过高，如果把他的作品当成完成性的典范，会让模仿者走向歧途。古代的批评家，我会选写了《文心雕龙》的刘勰，而钱锺书写的是近现代的《文心雕龙》。我们做文学批评、做读者，要做作者的知音，要通过大量的观察，你所观察的同样的东西多了，自然会有比较，这点在我说的几个批评家身上都存在。从事文学批评没有捷径，唯有大量观看，大量感受。唯一的方法是比较，不停地建立比较的谱系，在不同的比较中认识到自己的位置。

主持人：我做一个预告，刘铮刚才提到《本雅明选集》，我们明年将出一本目前最权威的《本雅明传》。明年肯定有更多的时间再谈论本雅明，谈论未完成性和去魅的部分。谢谢大家！

一代人的法国文学翻译
——《郑克鲁文集》分享会

时间：2020年11月28日
嘉宾：褚孝泉、袁莉、施施

左起：施施、褚孝泉、袁莉

施施：各位读者朋友下午好！非常感谢大家来参加第 347 期的思南读书会。这次读书会和大家分享的是《郑克鲁文集》，让我们一起追念当代翻译界的泰斗郑克鲁先生。郑先生集翻译家、学者、教育家于一身，他在外国文学翻译、研究、教学三方面取得的成就为世人所敬仰，他的艺品、学品和人品也为世人所称道。他用整整一个甲子，将半个法兰西文学搬到了中国。令人伤感的是，今年 9 月先生离我们而去。自 2018 年起，商务印书馆陆续出版了三十卷《郑克鲁文集》，其中包含译作卷和著作卷，如今已成为先生遗赠世人的宝贵财富。今天我们在这里一起分享、一起追思先生的生活与劳作，一起回顾一代人的法国文学翻译。

下面请允许我为大家隆重介绍今天的嘉宾：复旦大学外文学院的褚孝泉教授和外文学院的袁莉教授。褚教授和袁教授都是当代法语翻译研究界的知名学者，也在翻译与创作的工作中与郑克鲁先生有所交流。我们非常想听一听两位教授与郑先生交往的点滴故事。

褚孝泉：很高兴今天下午有机会和大家在这里相聚，谈谈郑克鲁先生的生平事业以及我对郑克鲁先生的印象。我跟他的交往不是很多，在开会的时候见过，但是郑克鲁先生这个名字在我们翻译界，在法语界，在中国的外国文学研究界是个令人肃然起敬的名字。说起郑克鲁先生，大家的敬佩之情油然而生。

今天我们在这里举行一次交流，谈谈他的全集，这是件非常值得庆贺的事情。现在中国的翻译事业非常繁荣，走进任何一家书店，翻译作品几乎是半壁江山，但是能够出版译文全集的人，在中国的翻译界是很少的。傅雷有翻译集，鲁迅有翻译集，能够把生平翻译作品收集起来作为全集来出版，在中国是很少的。不仅在中国是很少的，可以说在世界上也是很少的。在中国以外，就我们所能看到的，一个翻译家能将其所有的翻译作品合起来，作为全集出版，是非常罕见的。出版社把翻译家的作品集起来出版，这是对翻译家的主体性的认可。

出版翻译全集，是一个时代的标志。像郑克鲁先生这一代翻译家，以及更早的傅雷先生，五四时代的大翻译家，他们的作品能够收集起来出版，一是说明他们的翻译成就很大，另外一点是表明，他们的翻译事业并不是纯粹工具性的，他们做翻译并不仅仅是因为喜爱一个作家。他们对于翻译事业有相当高的理解。从五四时期开始，一直到郑克鲁先生的时代，翻译并不是简单的工具性的事情，它是一种文化建设。如果看得远一点，为什么从林琴南开始，我们需要对西方小说进行大规模的翻译？鲁迅先生把一半的精力用于翻译，他的译作跟他的散文小说创作在篇幅上是差不多的。鲁迅对这项工作是有深远的考虑的。

回到法国文学界，傅雷先生一辈子的翻译也是洋洋大观，他的译作在书店里占了很大的空间。他们做翻译，是出于文化建设的需要，他们的翻译工作背后有一个理念的支撑。因为中国在五四以后经历着两千年未有的变革，文化的旧路走不下去了，所以要建设新文化，而翻译是非常重要的一部分。

林琴南先生的小说翻译，钱锺书非常重视，为什么？并不是因为这些小说具有娱乐性，看着能解闷，而是因为它们对中国文化的发展具有很大的意义，有不可忽略的影响。他们选择什么作品进行翻译，背后是有着理念支撑的，看中国新文化的建设需要什么。鲁迅先生选择东欧弱小民族的作品来翻译，傅雷先生选择巴尔扎克，选择罗曼·罗兰，都有深刻的信念在里面。我们可以在这个大的背景下看，郑克鲁先生也是基于这个传统，对于新文化的建设起到非常重要的作用。所以我们如此重视郑克鲁先生的翻译事业，在这里纪念他，谈谈他对我们新文化建设的贡献。我先讲一下他一辈子的翻译事业的重大影响和作用，让我们从一开始就有比较全面的认识。

就个人来说，我和郑克鲁先生交往不是太多，我在复旦，他在上师大，我们有时候在一起开会。他在上师大是中文系的教授，而我在外文系，所以个人交往很少。袁莉老师跟他的交往更多一点，请你接下去谈谈吧。

袁莉：谢谢大家这么忙还赶过来听我们讲郑克鲁先生。非常感谢商务印书馆，刚才褚孝泉老师说得好，在快消文化盛行的时代，商务印书馆还愿意出 38 卷本的《郑克鲁全集》，把郑先生的著、译作品完整地呈现、留存给世人，这是非常了不起的事情，背后是一种文化责任感。商务是百年老社，名不虚传，这是令我感动的地方。

施施的第一个问题：我们和郑克鲁先生的交往点滴。我是得到郑先生很大的恩惠的，包括有形的和无形的。先说说郑先生对我的无形之惠。和在座的许多朋友一样，我在青少年时代热爱文学，尤其喜欢外国文学，最喜欢两本杂志，《世界文学》和《名作欣赏》。我第一次知道郑克鲁这个名字，就是通过它们。大学时代我选择了法语文学专业，郑先生编的《法国文学史》《欧洲文学史》，是我们必修课程的必读书目。读博期间，因为论文打算用法语写，而 20 世纪 90 年代国内的原版资料少，我曾经两次赴武汉大学调研，因为那里有当时国内最好的法国研究中心，有最全、最新的法国文论方面的原版书籍和杂志。后来我才知道，这些研究中心、资料中心、赴法博士预备班等，都是郑克鲁先生当武大法文系系主任的时候成立的。那时候虽不认识郑先生，却受到了他这些无形之惠。

再说有形之恩。1998 年我的博士论文写作遇到瓶颈，需要第一手的译者资料，这位译者必须是具有理论眼光且愿意和我进行理论对话，同时也要具备非常丰富的翻译实践经验。抱着试试看的心态，我以一个普通读者和法文学子的名义，给当时早已盛名远播的郑克鲁先生写了一封信。没想到先生很快就回了信，而且是洋洋洒洒近三千字的回信，详细解答了我的所有疑问。我的信不到一页，先生的回信远远超出我的篇幅，可以想象，当时的我多么感动，借用傅雷先生曾经用过的说法，"如受神光烛照"。可以说郑先生发出的这束光，一直照在我前行的路上，鼓舞着我，引领着我，直到今天。这就是我跟郑先生之间最早的私人交往。毕业后我到复旦大学任教，来上海后第一个想见的人就是郑克鲁先生。

褚孝泉：郑克鲁先生主要以他的翻译事业而为大家所崇敬，他留下那么多译作。作为一个翻译家，首先要选择翻译什么。郑克鲁先生选择的作品，基本上都是文学作品，有几个特点。一是经典，而且是为大家所喜闻乐见的、大众化的经典。他翻译雨果比较多，也翻译巴尔扎克，以及凡尔纳，一直翻译到当代作品，他也翻过加缪的作品。这很有意义，为什么很有意义？我们对西方文化的借鉴，并不是出于追求新异的目的。现在西方文化里出现了许多后现代的东西，看上去是很新的，有许多人觉得，要看就看最新的，但实际上，最新的东西未必就是我们最需要的东西。郑克鲁先生选择的都是 19 世纪到 20 世纪上半叶，在法国文学和世界文化里作为基础的东西。这些作为基础的作品翻译过来，在中国的读者中间得到广泛的传播。这样，法国文化里最主要的那些部分，已经成为大家的文化背景中不可缺少的一部分。在这方面，郑克鲁先生的选择是很有眼光的。

改革开放以后，中国打开国门，有许多人求新求异，热衷于过去从没听到过的东西。当然，从某种意义上来说，这些东西也是需要的，郑克鲁先生对西方先锋文化的引进也很关注。但他把主要精力放在最基本的文学经典作品的翻译上，这是一个非常有眼光的选择。因为，你所做的创新，如果没有坚实的基础，肯定是站不住脚的。他所翻译的《悲惨世界》等作品，成为中国新时期的文化背景的组成部分。这方面的工作是非常值得做的，郑克鲁先生做得非常好。

选好了打算翻译的作品后，该怎么翻？袁莉老师是翻译专家，我只是作为读者谈谈我的看法。这方面，郑克鲁先生的工作非常值得我们学习，为什么？他是作为学者来翻译的。你们看他的作品，每一部译作前面都有很好的译者序。现在许多翻译作品前面，译者也会写几句，写写在这本书的翻译过程中碰到什么问题，或者这部作品在西方的影响，这当然是读者需要知道的。但是你们看，郑克鲁先生的译文序言，基本上是一篇篇学术论文。他会对这部作品的思想、内容、风格、艺术特征做一个非常简明的，读起来不困难的，但是又非常重要的介绍。而且大家知道，郑克鲁先生除了翻译以外，本身也是法国文学的专家，他写过影响非常大的法国文学史。他是以专家的学术背景来翻译普通读者的经典。这两者结合起来，构成了郑克鲁先生生平翻译事业最大的特色，这也是我们目前比较缺乏的。现在学者做翻译的越来越少。过去在法国文学翻译界，傅雷先生的学养大家有目共睹，现在恐怕很少有人追得上。郑克鲁先生也一样，他本身是有深厚的文化修养的，对法国文学有专深的理解。他以这样的学养翻译出来的作品，可以说是别人难以超越的。现在把他的翻译作品收集起来一起出版，可以说是为以后的翻译事业树立了一个很高的标准，好的翻译应该这样做。

现在中国的翻译事业，从量上来说，空前绝后，在西方比较有影响的书，我们立刻就翻译过来，但是在质的方面就很难说了。现在缺少像郑克鲁先生那样，既是文学专家，对法国文学具备专家式的深刻理解，又能够在自己的书斋里几十年如一日地翻译的译者。

袁莉：郑先生 81 岁离开人世，给我们留下了 1700 万字的翻译作品，2000 万字的研究论述。人的一辈子能有多少天？两万天，每天两千字才做得到。翻译理论家谢天振先生说郑老师是超人，丝毫不夸张。《郑克鲁全集》出版后，有媒体赞曰：译事一甲子，半壁法兰西（《南方周末》），最贴切不过！

我个人比较关注也比较喜欢郑先生的早期译作，年轻的时候读得比较多，比如《基督山恩仇记》（1992）、《康素爱萝》（1984）、《魔沼》（1984）、《茶花女》（1993）、《失恋者之歌（法国爱情诗选）》（1990）、《法国抒情诗选》（1991）、《雨果散文选》（1996）、《罗曼·罗兰读书随笔》（1999）等。今天我带来了一些郑先生翻译作品的片段，或许能让大家一睹郑先生的译文风采：

Assises autour d'une table éclairée par des bougies parfumées, sept joyeuses femmes échangeaient de doux propos, parmi d'admirables chefs-d'œuvre dont les marbres blancs se détachaient sur des parois en stuc rouge et contrastaient avec de riches tapis de Turquie.

七个兴高采烈的女人，软声款语，围坐一桌。香烟缭绕的蜡烛把桌面照得通明。四周全是杰作珍品，洁白的大理石雕像在红色的仿大理石壁板衬托下，分外显眼，同富丽堂皇的土耳其壁毯相互辉映。

——《长寿药水》（巴尔扎克著，郑译第一次发表，
1977 年《世界文学》第一期，复刊号）

郑译的长句处理很巧妙：过去分词构成长状语（置后），主语（提前），介词 + 长定语从句。也就是说他把长句处理成了三个短句，

中间加了两个句号，再把一些动词非常巧妙地用四字结构体现出来：兴高采烈、软声款语、分外显眼、相互呼应。这样的翻译非常精致讲究，非常老到。

Elles ne différaient ni par les mots ni par les idées; l'air, un regard, quelques gestes ou l'accent servaient à leurs paroles de commentaires: libertins, lascifs, mélancoliques ou goguenards.

这不同既不在用词上，也不在思想上；神采，眼色，手势，抑或音调，都可以给她们的说话作出注解，表示放浪、淫邪、忧郁或者揶揄的情态。

——同上

郑译的句式处理：更换主语，动词（表示）＋四个形容词，用来修饰前置主语，避免了一般人容易犯的"的的不休"的毛病。

On était au plein de l'hiver et cependant une journée radieuse se levait sur la ville déjà active.

仲冬时节，一清早，城市就繁忙起来了，又开始了晴空万里的一天。

——《沉默的人》（加缪著，1981 年《名作欣赏》第三期）

郑译：巧妙调换主语，拟人手法更生动，状语提前，断句漂亮，节奏感好。

Au bout de la jetée, la mer et le ciel se confondaient dans un même éclat. Yvars, pourtant, ne les voyait pas. Il roulait lourdement le long des boulevards qui dominent le port.

　　堤岸尽处，海天一色。伊瓦尔却无心观看。他沿着居高临下、能鸟瞰海港的林荫道，笨拙地踩着自行车。

——同上

　　加缪原著的语言简洁短促，刚硬含蓄，是一种零度叙事的风格。郑译的表现不在形似而在神似，超以象外，得其环中。

　　另外，我还喜欢郑克鲁先生的译诗。不知道你们有没有读过郑先生翻译的诗。上海翻译家协会每年都举办"金秋诗会"，郑先生基本每年都会提供稿件。其中有一首诗，给我印象特别深刻，我常常在课堂上引用。魏尔伦，法国 19 世纪象征派大诗人，被称作巴黎的诗歌王子，他曾经写有一首诗，很应和今天的景色，郑先生翻译成《秋歌》。这首诗最能体现魏尔伦诗歌中的音乐性：

Chanson d'Automne | Paul Verlaine

Les sanglots longs/Des violons/De l'automne/Blessent mon cœur/D'une langueur/Monotone.

Tout suffocant/et blême, quand/Sonne l'heure/Je me souviens/Des jours anciens/Et je pleure.

Et je m'en vais/Au vent mauvais/Qui m'emporte/Deçà, delà/Pareil à la/Feuille morte.

秋歌　郑克鲁译

萧瑟秋天／提琴幽咽／声声情／单调颓丧／深深刺伤／我的心
一切闷人／苍白，钟声／多忧郁／我回想起／美好昔日／泪如雨
行走匆匆／任凭阴风／卷我到／四处漂泊／此情宛若／枯叶飘。

郑老师曾经在《名作欣赏》杂志上写过一篇长文《论法国的抒情诗》，其中专门拿出魏尔伦的这首诗来举例。你们刚才听我读的过程中，有没有感受到浓重的鼻腔元音？它是第一段里所描述的提琴的幽咽声，表达了缠绵、惆怅、拖沓的感觉。这些充满感叹、无奈但又有音乐和谐的东西，读者竟然都能够在郑克鲁先生的译文中体验到。

1998年郑克鲁先生曾著文谈傅雷的翻译，他有这样一段话："不少论者指出，傅雷的翻译作品中存在一些错译现象，因此大不为然，似乎这个翻译界的泰斗不过尔尔。窃认为，与其去寻找傅雷翻译中的瑕疵，不如研究一下他在翻译方面的一些成功经验更为有益。……总结、寻找不同译法的可能。"郑先生坦诚地表示自己是属于"直译"派。他对于"直译"有自己的理解，如德国浪漫派思想家施莱尔马赫的主张：走向作者的翻译。一个例子，巴尔扎克《家族复仇》里有一句话："我把自己的头给您送来了。"这就是郑的直译，而不是把它译成"我来负荆请罪了"。郑先生认为傅雷也是"直译"派，从不随意增减原文。比如巴尔扎克有时行文累赘，常有重复，傅雷会尽量选取不同的词汇，增加语言的色彩，调整句子结构，以国人更易理解的方式一气贯通。郑先生看到，傅雷的成功是源于"对原文吃得透，善于处理长句，中文功底深厚"。他说，应该从翻译名家的实践中总结技巧，认识其翻译理念和可操作性。

我所认识的郑克鲁先生是见过大世面的人。他为人很洒脱，心怀悲悯，实事求是。刚才褚孝泉老师也说，郑先生是具有文学史大视野的人，他对法国文学的流派、发展脉络、坐标系一清二楚。他翻译一本书，从选材开始就很注重历史定位，宏观把握之后再做文本细读。他所有的译作都会附上介绍、评论，而且言之有物，非常有底气，经得起推敲。比如郑克鲁先生翻译的雨果的《九三年》，这是雨果作品里我最喜欢的一部，也是雨果人生中最后一部长篇小说。我家里收藏了 1957 年郑永慧先生的译本，已经很精彩了，我当年就是读了《九三年》才决定学习法语专业。我做过对比，郑克鲁先生是参考过前译的，但是他加了很多注释，译文语言也有所变化。这部小说，雨果是当作历史小说来写的，你读郑克鲁先生的译本就能够学到很多知识，背景更加清晰，语言更加符合现在读者的口味。文学翻译是会老的，郑先生从来不回避重译这件事情，我认为郑先生的重译作品，比如说《九三年》，就是很优秀的翻译作品。

施施：谢谢两位老师！世界文学名著，我们通常可以见到多种译本。郑先生译本的特色是什么，与其他译本的差别在哪里？褚老师从翻译史、郑先生的史学观的角度展开，袁老师则给我们分析了很多精彩个案，相信大家心里都已有了答案。

有人说，翻译是一项爱的劳作，是永无止境的事业，是戴着镣铐在跳舞；也有人说，现在大家的语言水平提高了，甚至可以直接阅读原文了，今后将不需要翻译，况且翻译也不算学术成果。两位老师是专业的法语研究专家，想问一下，翻译、研究和创作之间是一种什么样的关系？我们可以从翻译中获得新的滋养吗？

褚孝泉：这是很好的问题。郑克鲁先生的翻译，不能说前无古人后无来者，但是我们看他的翻译，在他流畅的中文后面付出的辛勤劳动，有时候读者感觉不到。刚才袁莉老师用具体的例子说明了一下，听上去很技术性，但是翻译不是一件简单的事情。作为翻译者，整天在两种文字中间搏斗，你要把原文的美文用很好的中文表达出来，不是简单的事情。一般的读者常常会看轻翻译的工作，但其实翻译是一项困难的事业。提供可靠的流畅的中文译本，不是件简单的事情。

在这方面，郑克鲁先生为什么做得这么好？他有学术上的背景，他对法国文学的经典作品有很深刻的理解。另外，他的中文水平相当好。他是学法国文学出身的，但他能够在上海师范大学中文系里做系主任，说明他的中文修养也受到认可。

经过改革开放，我们的外语水平普遍提高，这是不可否认的，但是在中文水平方面，我很难有很乐观的看法，特别是对从事翻译的年轻人来说。原因之一是，现在出版事业大发展，除了商务印书馆这样的百年老店还保持着很高的学术水准以外，有许多新的出版社，有许多新的译者，看轻翻译事业，觉得翻译很简单。现在有许多新的译本，惨不忍睹，对外文理解有问题，中文表达也有问题。现在好像谁都能做翻译，有许多不太严谨的出版社编辑，认为大学生外语几级考试通过了，就可以做翻译。实际上翻译不是这样简单的事。从刚才袁莉老师举的例子可以看出来，提供好的译本不是件容易的事情。

郑克鲁先生翻译的那些作品，大多属于公版书。现在西方的经典作品成了翻译界的重灾区，因为翻译这些作品不再需要付版权费用。中国现在有个奇怪的现象，一部作品有十几个译本，这在其他国家是很少见的。这些作品很有名，家长要给孩子买课外阅读材料，少不了这些书，所以这些书肯定是有销路的，因此新译本层出不穷。当然，重译也是需要的，因为语言在发展，受众在变化，人们对作品的理解也在深入。但是有一个前提条件，就是要真正地重新翻译，而不是抄袭。你着手翻译的时候要有目标，要在前人的基础上再往前走一步，译得更好一些，在音调、意义、词汇、形态方面契合得更加天衣无缝一些，要有这个把握才可以进行重译。

为什么现在有那么多不能令人满意的翻译作品，而许多愿意做翻译的人并不能努力去做？因为在中国现行的学术考核制度里，翻译不算学术成果。在我们的大学里，特别是在一些人文基础较好的大学里，还是能找到中文外文都非常好的译者，年轻一代里也有，但是他们没有时间翻译。学校里的评估制度很严，必须在几年之内发表多少论文著作，翻译作品是不算的。

复旦大学外文学院做了一个突破，这几年来，经过专家评估认可的高质量的翻译作品在我们这里可以作为学术成果申报，这在全国是第一家。当然，这只是小小的一步。相信这个问题将来总会得到解决的。

说说翻译批评。对任何事业来说，你要进步，就必须有好的批评。电影事业要发展，就必须有好的电影批评；文学事业要发展，就必须有好的文学批评；翻译事业要发展，必须有好的翻译批评。但是如今的问题是，你一批评，就涉及个人，很少有人认为你是在就作品论作品。一批评就好像是针对个人的，所以现在健康的、学术性的、言之有理的、对翻译事业能起到正面作用的批评不多。而在媒体上，特别是在网络媒体上，我们常常看到的关于翻译的批评，基本上都是在谩骂。有些年轻译者为了推销自己的译著，把前面的译者骂得一文不值，这显然是很不好的。中国的翻译事业要进步，一定要在学术制度上有保障，能够吸引出色的翻译人才；另外，应该建立起健康的翻译批评体系。像郑克鲁先生这样的老翻译家，他们所创下的翻译事业，如果想要更进一步，就需要后来者在许多方面做持久的努力。

袁莉：施施提的问题特别好，关于翻译和创作是很值得说说的。大家能不能举出一些既是译者又是作者的例子？我可以举出很多，比如鲁迅先生，《鲁迅全集》里有一半是翻译。戴望舒、梁实秋、梁启超、巴金等人都做过翻译。国外的也一样，比如伏尔泰，启蒙时代的大思想家、哲学家，他翻过莎士比亚戏剧，他甚至根据赵氏孤儿的故事写过《中国孤儿》的剧本。再比如波德莱尔，他是法国象征派大诗人，开创了诗歌的现代性，他翻译过爱伦·坡的作品，他的爱伦·坡译本至今仍被公认为法国最好的译本。夏多布里昂，浪漫主义文学奠基者，他翻译过弥尔顿的《失乐园》。还有大家熟悉的《追忆逝水年华》的作者马塞尔·普鲁斯特，他翻译过英国艺术评论大师约翰·鲁斯金的作品。郑克鲁先生写了这么多，也翻译了这么多。翻译可以给人带来灵感，同样，创作反过来也能影响到翻译的选择。

文学翻译这件事情，没有什么功利性，在高校甚至都不算学术成果，但现在越来越多的年轻人加入译者的队伍，他们纯粹就是出于热爱。他们对这件事情很认真，很愿意探讨，很愿意实践，这是非常值得欣慰的。我加入上海翻译家协会也有二十年了，结识了很多海派翻译家，一代又一代，现在也有很多年轻人加入。我们每年都会举办"译者沙龙"，译友们一年两次相聚在一起认真探讨翻译问题。至于对前人的翻译应该保持什么样的敬畏之心，褚孝泉老师已经说得非常好了。

施施：《郑克鲁文集·译作卷》囊括了很多世界名著，我们现在该如何阅读这些经典呢？

褚孝泉：作为一个现代人，一个有文化修养的中国人，我们应该知道唐诗宋词，也应该了解世界各国的文学经典。我们应该用开放的心态，像读唐诗宋词一样接触它们，认识它们，使其成为自己文化素养中的一部分。

19世纪一直到20世纪上半期的西方文学经典，已经进入了我们普通人的生活中。有时候在弄堂里，会听到那些不见得读过很多书的人说：你这个人小气得像葛朗台一样。这说明这些文学形象已经深入人心了，这是很好的事情。面对人类文化最优秀的部分，我们应该敞开心怀接受它们，丰富我们的灵魂，丰富我们的精神。不要小看这些小说、故事、传奇，它们的背后深含人文主义的精神。

现在流行快餐式阅读、碎片式阅读，包括对经典作品。19 世纪作者的本领是可以把故事写得很长，我们现在这么忙，哪有时间读这些作品?《巴黎圣母院》里有对巴黎圣母院洋洋洒洒的描写，有对哥特式建筑的很多见解，我们好像没有时间读这些东西，而且也不需要了。因此简写版很多，改编的电影、音乐剧也很多。两小时电影看下来，一场音乐剧看下来，很轻松，故事也了解了。但是要知道，这些作品不只有故事。现在不少人觉得两小时的电影也太长了，网络上可以把一个电影缩成三分钟。实际上，这些文学作品里的内涵是非常深厚的，对人物的刻画、对心理的描写、作者的哲理思考、语言的美，构成一个整体。这些小说就像雨果说的，像巴黎圣母院大教堂一样，宏伟壮丽，每个细节都是整体不可缺少的一部分。如果沉下心来，把这些作品好好读一读，欣赏每一个细节，欣赏整体结构，对人在美学上的教育，是与光知道故事不可比的。通过郑克鲁先生的译文来认识它们，这对人文教育而言益处很大。

袁莉：这套书可以当作收藏，放在书房里，非常漂亮，也可以随手取下翻阅，温故知新，必有所得。我想起我自己译过罗曼·罗兰的"名人三传"，其中《米开朗琪罗传》的最后一段说道：这些经典，或者说这些伟大的灵魂，有如高高耸立的山峰，寻常人每年至少应有一次怀着朝圣的心情往山上走一趟。当你站在高山之巅，你才能够荡涤你脉管中的藏垢之血，才能够驱散你胸肺中的污秽之气。经过这番洗礼，你再回到原地，在每日必行的战斗中，你才能更有力量。

郑克鲁先生的文学天地体大精深，壮丽辽阔，他用一支不老的健笔，纵横文坛六十载，著、译作品，以量论，以质论，让读者目不暇给，足以傲视学界。早在 20 世纪 80 年代，他就已经站上了山巅，90 年代留法归来后，更是执学界牛耳、一时无两的权威。但是郑先生仍然谦虚好学，礼贤下士，时时不忘提携后辈。正是他们这一代人，肩负着帮助中国读者打开窗户、拥抱世界的责任，为中国读者介绍法国文学、现代派思潮，影响了中国改革开放之后四十年的文学样貌。郑先生选译的法国文学作品，从中世纪、文艺复兴、古典主义到现代，凡有译作，必有论述。他翻译的小说炼字炼句，力戒矫揉造作；译诗重形达意，似信手拈来，却浑然天成；他写书评，从容不迫，鞭辟入里。在我心里，他既是能够纵横捭阖、一览众山的引路人，又是能够细致入微、曲径通幽的探险队长。一切经典，唯有经过漫长时光的淘洗，为大多数人所传颂，才能成为经典。郑先生这一代人的作品，其艺术美学价值、文学历史价值，都是一种"独异"的存在，是独特的"这一个"，它们是不可绕过，也不可替代的。即或是将来的某一天，我们以及后代之中的某一位，再译出某些煌煌巨著，再写出某些文学史，假设可以拿来与郑先生比肩，我们也只能说在翻译史上，或者是在文学史上又耸起了一座高峰。可是它难以超越，难以遮挡，更谈不上取代那一代人作品的艺术魅力。郑先生这一代人和他们的作品，好比是我辈"头顶上的星空"，需要时时对之心生敬畏。想起贝多芬的一句话，或许可以描述郑先生所执着的这一份文学翻译事业："世上最美的事，莫过于接近神明，而把它的光芒撒播于人间。"

读者：请教两位老师，英美文学对法国文学、俄国文学的影响和冲击是怎样的？

褚孝泉：各个国家的文学都有它的特点，英美文学、法国文学、俄罗斯文学，在中国都有过重大的影响，从五四到现在，这是不可否认的。你说它们之间是不是有较量？文学家自己不一定有这样的感觉，并不认为各国文学在互相争先。李欧梵先生说他们那代人的文化背景是俄罗斯文化。对于法国文学在世界上的地位和影响，英美文人也是心服口服的，因为在许多方面，新的文学潮流、新的文学模式，基本上是法国人创导的，因为法国人喜欢创新。无论是 19 世纪还是 20 世纪，特别是 20 世纪七八十年代，法国文学在英美世界具有很大的影响，起到了推动作用。

英美文学对法国文学的影响，也是相当大的。现在跟过去不一样，当代英国人、美国人读法语会感到困难，过去不是这样的。有一个英国人说，在 19 世纪的时候，有一些法国文学作品，大家觉得没有必要译成英文，因为大家都能直接读法文。西方现在的教育变得比较功利，人文教育受到很大冲击，现在英国的普通读者能直接读法国文学的比较少了。19 世纪末 20 世纪初，英吉利海峡两边的文化交流非常频繁，彼此对对面的文学潮流非常熟悉。许多法国作家都喜爱英国文化，喜爱英国文学，英国作家受法国文学的影响也非常大。同时，所有欧洲人都受到白银时代的俄罗斯文学的影响，俄罗斯小说在那时达到了一个高峰。整个西方文化是一个整体，不同国家的文化并不是互相竞争的关系，而是浪潮翻腾的关系，你这片浪起来，那边是低潮。一直到现在，它们互相之间的影响也是非常大的。西方世界以外的文学对它们的影响就比较小。就目前来说，因为中国的教育界比较重视英语教学，所以英美文学，特别是美国文学在中国的影响就大一点。相比之下，学法语的人少一点，法语专家也少一点，所以法国文化界、思想界的成果，常常是英译本先进来，然后再从原文翻译。这完全是因为学习英语的人多，恐怕是社会性的原因，不是文学本身的原因。

从具体文学类型来看，前卫文学、先锋文学方面，还是法国比较有创造力。新型的文学形式，特别是一些类型文学，比如想象文学、奇幻文学，《魔戒》这类文学，则是英美比较强。各国文学都有自己的长处，都有自己的特色。各国文学是合力的，并不是互相竞争的。

读者：我有一个针对翻译本身的问题。在法语中有很多句子，是属于长难句，可能是作者精心安排的句子，包括时态运用。但中文里不存在结构很复杂的欧式句子，所以在翻译的时候，有些译者会断开，这会不会使原文失色？我记得福楼拜曾经说过，他写的一些句子是精心打磨出来的，他认为一字一句都不可改动。请问两位老师怎么看？

袁莉：这是个很专业的问题。福楼拜最有名的作品是《包法利夫人》，国内最早翻译《包法利夫人》的是谁，在座的各位知道吗？1925 年左右，最早翻译《包法利夫人》的是留法归来的川籍大作家李劼人先生。到 30 年代，另一位李姓的译者（李青崖）出了第二个译本。50 年代，北大的李健吾先生又重译了一遍。李健吾就是郑克鲁先生的研究生导师。我对上面的三个译本专门做了点研究，结论是：李健吾的译本太好了。您要读《包法利夫人》，就去找李健吾的译本。郑先生曾经说过，我敢翻译《茶花女》和《巴黎圣母院》，但是不敢翻译《包法利夫人》。为什么？因为我老师翻得太好了。还有一位老先生罗新璋说过，李健吾的译本是定本，后人就不要再去挑战了。

《包法利夫人》，我们从李健吾的翻译里可以学到什么？我举个例子。《包法利夫人》的第一句话："我们正上自习，校长进来了，后面跟着一个没有穿制服的新生和一个端着大书桌的校工。"除了李健吾先生的版本，其他两位都做了句式上的改动，把"我们"这个人称忽略掉了。事实上，福楼拜这部小说的写作时间漫长，共经历了54个月。法国鲁昂大学的一个研究团队发现，全书定稿前，总共有四千五百多张经过不断修改的草稿页，从中可以清晰地解读出福楼拜艰苦的创作历程，看出其选词造句的纠结与用心。这个开头，福楼拜写了五遍，每一字每一句都不可更改。我们翻译的时候怎么办？李健吾的译本就告诉我们答案了。就像郑克鲁先生说的，译文一气贯通，一气呵成，让中国读者能够读下去，这是译者的本事。学翻译的，推荐大家多读李健吾，多读傅雷。中国社科院的罗新璋老师翻译了《红与黑》，傅雷先生对他有所指导。罗先生年轻的时候做了一件傻事情，他为了学法语、做好翻译，把傅雷的译本250万字，抄在原文的字里行间。罗新璋先生现在八十多岁了（已于2022年2月不幸去世），他是北大毕业的，也是李健吾的学生。抄了250万字，你说他能翻得不好吗？希望我的回答能够解决您的疑惑。

褚孝泉：汉语和法语，无论从哪个角度，差别都非常大。没有百分之百的忠实翻译，翻译的工作就是在忠实性和本国语言的可接受性之间找一个平衡点。忠实一点，汉语读上去就拗口，汉语读上去流畅，忠实度就差一点，所以要在两者之间找到一个平衡点。这是指文学翻译，科技方面的翻译是应该能做到百分之百忠实的。而且，每个人对这个平衡点的理解不一样，这就提供了重译的可能性。每个人对汉语和原文都有自己的理解，将来哪个人把李健吾的翻译推翻再来，也不是不可以，因为两种语言之间的差别那么大。福楼拜提供了这么美的文本，对他来说是达到了完美的程度，而你要用完善的汉语来表达它，又要忠实于原文，这几乎是可望而不可即的目标。但正因为可望而不可即，就总要继续努力，继续往前走一步。现在中国的翻译研究非常流行，有许多研究翻译的论文，从福楼拜的作品里挑句子出来，比较几位译者的翻译，认为都是有瑕疵的，然后提出自己的译法。看上去，这些研究者水平很高，能在前辈的翻译中指出毛病，但是要知道，他写这篇论文时只研究了这么一个句子，而译者翻译了一两百万字的小说，不可能每句都斟酌这么久。翻译难就难在这个地方，每一句都很难，但又必须在规定时间里完成。以中文来翻译外国文学，这是艺术，这是创造，这不是技术。翻译绝对不是技术。我们为什么那么重视郑克鲁先生的翻译事业？因为他是创作者，是语言的艺术家。

读者：袁老师，您刚才提到非常喜欢雨果的《九三年》，甚至因为受到他的影响而选择法国文学。您能分享一下您与这本书的机缘吗？为什么它对您的影响如此深远？

袁莉：这是比较个人的问题。雨果，不管有没有人觉得他过时，我还是很喜欢他的，因为他有一个主张。雨果的家庭构成，不知道您清不清楚，他的父亲是共和党，母亲是保皇党，他童年的时候是站在保皇党一边的，成年后却站在共和党的一边。雨果很长寿，他所处的时代，经历了法国大革命，经历了一段很动荡、很混乱的政权交替更迭的时期。《九三年》是他人生中最后一部小说，是总结性的，但又不单单是小说，还是历史的写实。这部书里有很多长段的议论，要翻译好是不容易的。我最早读的是郑永慧先生的版本，第一次读的时候是十几岁，受到很大的震动。

　　这一类充满人道主义精神的作家我都喜欢，包括后来特别关注的加缪。我翻译过加缪出车祸去世前的未完之作《第一个人》，写过几篇文章。郑克鲁先生曾写过一篇《论存在主义与加缪的小说创作》，我认为郑先生的这篇评论受到一点时代的局限。因为在他那个年代，搜索资料不容易。郑先生的理解有偏差，加缪不能算作严格意义上的存在主义作家。但是在加缪的作品中，您可以找到荒诞主题，还可以找到反抗的主题。但很多人忽略了，或者说不了解加缪式的人道主义。加缪的作品里充满了人道主义，那是一种人间信仰，普通人的人性之爱。加缪是自幼生长在阿尔及利亚的法国人，其祖祖辈辈虽然是法籍，却是"黑脚"（Pied-Noir，指生活在法属阿尔及利亚的法国公民），非常贫穷。20世纪50年代阿尔及利亚闹独立，法国殖民者不让，当然有非常激烈的斗争，有意识形态层面的，也有实际层面的战斗。加缪身处漩涡，他虽是法国公民，却又同情阿尔及利亚的独立运动，但根本上他反对一切暴力和战争，这有点像罗曼·罗兰的观点，"超越于混战之上"。加缪爱他从小一起长大的阿尔及利亚朋友，但他更爱他的母亲，他们都生活在这片土地上，他说不该伤害像他母亲这样的人。这就是最基本的人性。这是我为什么喜欢雨果，也喜欢加缪的原因。

施施：感谢大家对《郑克鲁文集》的喜爱，对商务印书馆的关注与支持。再次感谢褚孝泉教授和袁莉教授，为大家带来这场思想盛宴。

小说中的青春与伤逝

——《时间的仆人》新书沙龙

时间：2020年12月19日

嘉宾：蒯乐昊、周嘉宁

左起：蒯乐昊、周嘉宁

主持人：今天的两位作者都是我自己非常喜欢的作者，很高兴能把他们请过来。第一位是蒯乐昊。蒯乐昊在新闻界是知名人士，很多人会很期待，当她进入小说领域的时候，她的转化会以什么样的方式呈现。她书中的一篇小说写了很多女性，叫《开满鲜花的果园》，可以看到一个小说家如何召唤女性人物进入这个场域，小说成为造梦的过程。在我看来，蒯乐昊是一个天生的小说家，到底有多好，需要更多读者来识别。

今天也请来了同样卓越的小说家周嘉宁，她思南读书会的老朋友。周嘉宁从写长篇小说开始，最近这两年在写中篇小说，处于一个非常安静的准备期。

这两位都很关注女性，不仅因为她们本身是女作家，她们在小说中也书写了很多女性，包括女性和男性、和社会的种种关系，并不局限于性别的议题。今天讨论的书名也特别好，《时间的仆人》。两位年轻的小说家在各自的写作领域都积攒了大量的经验、技术和认知，让她们来聊一聊时间，聊一聊小说，也聊一聊生活。接下来的时间交给你们。

蒯乐昊：真没想到你会对《开满鲜花的果园》印象这么深刻，我的很多男性朋友看到这一篇时都被吓住了。那是一篇写生育的小说，就不免写到很多生理的内容，很多人被这篇小说劝退了。今天是第一次，一位男性当着我的面说喜欢这一篇。我在其他城市做分享，现场都是女性读者居多，读小说的好像大部分都是女的，没想到今天来的男性朋友不少，我挺期待你们的反馈。当然，我的小说并不是只围绕女性，也有很多以男性为第一人称的故事，总体来说，还算是一个老少咸宜的集子……我跟周嘉宁是文学上的朋友，但我们平时好像不会谈文学。

周嘉宁：我跟蒯乐昊认识是由于工作关系，我们以记者身份去英国伦敦采访同一个人，其实也就是去年的事情。我是一个特别弱的记者。我之前看过蒯乐昊写的知名人物的采访，现在能够说得上来的作家、艺术家，她几乎全都采访过。要跟这样一个人一起去做采访，我的心理压力非常大。

蒯乐昊：但其实我俩的大部分时间都用来逛街喝酒啦。

周嘉宁：对，我们一开始并非以文学身份成为朋友。我们一起去了博物馆，在博物馆里喝酒，谈的大部分内容是关于艺术的，也谈了很多生活，并没有怎么谈小说。但我知道她在写小说，她抱着不想让别人知道的心态，在偷偷写小说。我今年知道她快要出书了，夏天见面的时候，我还问过她，当时她很惊讶。可能在这本书出版之前，她并不那么乐意公开自己的小说作者身份。

蒯乐昊：就是因为我以前没写过小说，一件你没有干过的事情，别人就不会来问你，我自己当然也羞于提起。我跟嘉宁很有缘分，就像现在，我俩面前摆着一次性纸杯，假装在喝茶，其实里面装的是热红酒，就是我们刚刚在思南读书会门口街边买的。我记得我跟嘉宁一起去英国采访，天气太冷了，一路上我们都在买热红酒取暖。当时嘉宁正在跟人远程约稿，约一个关于 90 年代的稿子。我们就非常自然地谈论起 90 年代。

我跟嘉宁是广义上的同龄人，我们只相差几岁。我当记者的时候，80 年代会频繁地被我的采访对象提及，作为文学上复兴和思想上启蒙的十年被提及。80 年代已经被充分讨论过了，但是 90 年代到底意味着什么呢？尤其是，对于我跟嘉宁这个年龄段的人来说，意味着什么呢？

90年代对于我来说，正好是从初中到大学的十年，是我三观定型的十年。对于嘉宁来说，90年代可能是小学高年级到高中毕业的十年？我俩大概有三岁左右的年龄差。时代是这样，当你身处其中的时候，你毫无感觉，一定要退开，站在更高的地方回看。这时候，时代的河床开始出现清晰的脉络。今天回看90年代，我个人的感受是什么呢？我采访了很多人，他们回忆中的80年代是很具体的，他们会一本接一本地提起当时从西方引进的书籍，而且他们所引述的书籍是相似的，都是《小逻辑》《百年孤独》和弗洛伊德什么的。

如果说80年代的一代人读到的是整个世界朝中国涌进来，90年代我们这一代读到的则是中国对此的回应。90年代我们在读余华、莫言，还读那些现在想起来都觉得非常难懂的先锋文学，读诗歌。然后，我们除了听港台歌曲，也开始听内地音乐人自己的摇滚。这些其实是在对80年代涌进来的东西进行自己的回应。所有影响今天的最深刻的东西，大潮流都是在90年代开始的，我们已经看到潮水的方向。

大家不妨回想一下，如今影响我们最深的几桩事情：教育、医疗和住房的商业化，都是从90年代开始的。我家1996年有了"大哥大"，非常厚的手提电话，当时还有BP机，别在腰里。然后我们开始上网，在QQ上跟人聊天，开始有论坛、网吧什么的。信息化渗透到个人，是从90年代开始的，我们现在所身处的整个商业时代都是从90年代开始的。我是1996年上的大学，是教育产业化的、"扩招"的第一届。

我跟周嘉宁都属于这个年代，90年代覆盖了我们比较重要的青春期，那些深刻影响到我们内心的东西，都是90年代完成的。我现在发现，跟我们同龄的作者都开始书写 90 年代了，歌颂 80 年代的那一拨渐渐过去了。我跟周嘉宁可以说是 90 年代文化的产物。

周嘉宁：前两天要做一个活动，当年有关 90 年代的约稿内容，我又拿出来看了一遍，还是觉得很有意思。

蒯乐昊：都不知道该怎么给 90 年代贴标签。

周嘉宁：有一个说法，80 年代其实有很多人书写，但是 90 年代还没有被认领，现在还处于一个散乱状态，有待被整理。

蒯乐昊：是一个有待复习和重温的时代。

周嘉宁：现在已经是 2020 年了，三十年过去了，90 年代所产生的影响还没有结束。我上礼拜参加了一个活动，是关于上海淞沪铁路的，很多人应该知道这段铁路的存在。90 年代末，由于上海要造地铁 3 号线和 4 号线，要把铁路拆掉，周围的民房拆迁，才有了现在的轨道交通。

有一个摄影师从 90 年代末到 21 世纪初，一直在跟拍铁路的拆迁过程。那里虽然已经荒废，但周围有很多居民，他们会搭桌子在铁路上吃饭，慢慢地，房子和铁路被拆除。他在拍的时候并没有意识到自己在做什么，只是凭着一种本能，拍了几万张照片。隔了二十年，这些照片的意义现在才体现出来。当时他就是一个 20 出头的年轻人，完全是出于本能和直觉在做这个事情，并不是要给这件事赋予一种意义，但随着时间流逝，结果会呈现出来。我们现在的时代也是如此，有很多变化还在发生中，没有办法预测。

蒯乐昊：我们写作的路径不太一样，嘉宁应该是从很年轻的时候就决定了自己的道路。我这两天一直在看她的书。我想问问你，你是非常早地确定了自己的文学方向吗，中间有过很长的摸索过程吗？

周嘉宁：我这两天也在想这个问题。尽管我俩从来没有这么直接地谈论写作，但是我们谈论过写作边缘的问题，谈论过很多人，但我们没怎么谈论自己。当我看到你这本书的时候，觉得很羡慕，你的书能直观地让我感觉到，你是在自我认识比较清醒的阶段开始写作的，而我当初完全不是。我是从单细胞生物的阶段就开始写作了，所以我走过很多弯路。

蒯乐昊：你现在不太想看少年时期写的东西吗？

周嘉宁：我现在很不愿意看。你现在处在比较成熟的阶段，你是在自我探索比较完善的时期才开始写作，少了很多混乱的部分。我从来没在你的小说里看到任何过度自我、自恋的部分，也没有看到对知识的炫耀，这是很多年轻写作者在起步时期的通病。过度的倾诉欲，源于自己认知的模糊，源于对外界和自己的不自信，会产生很多负面的东西。但我看你的小说时，完全没有这样的感觉，甚至都不会有这样的担心。看过你小说的人，都会被带入阅读的快乐中，你也减少了很多阅读上的障碍。

蒯乐昊：这个倒是我刻意的，我故意想写得通俗一些。

我今天来这儿之前特意查了百度，因为我印象中，周嘉宁是新概念作文大赛出来的，我想查一下是不是。结果真的是！我也参加过那个比赛，算是我跟上海的缘分。我参加的时候还不叫新概念作文大赛，第二年才改了名。我当时也拿了一等奖。有朋友取笑我说，我们参加的才是新概念作文大赛，你参加的那个，是老概念作文比赛。

新概念作文大赛催生了很多青年作家，让 16、17 岁的孩子觉得自己可以当作家，这点特别了不起。周嘉宁羡慕我开始得比较晚，其实我羡慕嘉宁开始得比较早。我最近因为要写张爱玲，去采访了南大文学院的余斌老师，他很喜欢张爱玲初出茅庐时的作品。我说，你不觉得青涩吗？因为在我看来，张爱玲早期的有些作品还是略显生硬，有些地方明显套用《红楼梦》的句子。结果余斌老师说，那就是年轻人有魅力的地方。到我现在这个年龄，我会把自我压得最小，甚至会把自己藏起来。但是那种凡事冲在前头，要把一切都告诉你的东西很动人。按余斌老师说的，这恰恰是一种元气。张爱玲老了之后写的东西当然很好，很圆熟，但是年轻时莽撞中带着荷尔蒙，他觉得那种东西消失了。人到老了，是我知道 100，但我只告诉你 1，而年轻的时候，可能是我只知道 8，但我要统统讲给你听。

我现在也在做这样的平衡。一方面我固然希望写得克制，但带来的副作用是，这个"我"藏得太远了。这其实是一个尺度的问题。我对于在小说中写自我比较克制，这是我对读者的体谅。我觉得在一个碎片化的时代，不要指望别人有耐心看你个人的故事，你个人觉得很浓烈的爱恨情愁，在别人眼中其实不重要。我会有意识地选择收缩。李伟长之前给我写推荐语，他说我"不沉迷于自我"。另外还有一句话他说得挺好玩，他说我是"操弄文字的将军"。这个"将军"有意思，基本上就是说我像个男的。我的写作常常被别人说成雌雄同体，别人看了我写的文章，猜不到我的性别。在杂志社的时候，我常常收到热情读者的来信，一律叫我蒯先生，觉得从名字到文笔来看，我都应该是个男的。反而是最近写了关于生育的小说，开始有人怀疑我是女的了，因为能把生育写得这么细，男的恐怕写不了。

我确实有一个明显倾向，我非常害怕在文章中过度祖露自我，但是我很羡慕那种可以自如地把自己经历过的一切都变成写作营养和来源的人。我好像做不到。

周嘉宁：这个时代并没有在歌颂自我和鼓励自我，你刚刚讲到的特别具有元气、急于倾诉、想把自己知道的一切告诉大家的精神状态，在当下是比较受挫的。

蒯乐昊：可是这些都在社交平台上实现了啊。那种自我表达，不断地发微博、发朋友圈、拍抖音……

周嘉宁：我反倒觉得，在近十年的国内原创文学作品中，特别自我的作品很少。大家都处于一个往后退，不想把自我暴露在公众面前的状态。写作者有一种担心和自我保护感。近十年，我没有看到有谁写过好的爱情故事，也没有看到90年代的那种特别放肆、跟其他人都不一样的东西，通篇都是讲大道的。大家都在更为专业、更为基础和更为谨慎的状态下，面对自我以及自己和世界之间的关系。

蒯乐昊：但你自己就写了很好的爱情故事啊。不过你说得很对，我就完全写不了爱情小说，我特别想写爱情小说。大家对一个女性写作者，往往首先期望她可以写一个情感故事，但因为我是比较克制的性格，特别不擅长写爱情。但是我又想写，于是我就绕开了，去写了一个老年人的爱情故事。当人的荷尔蒙不是决定因素的时候，当他面对生死大关的时候，他开始需要爱了，这个我心里比较有底。爱情的参照系不是性和占有，而是生死的时候，我觉得会不一样。

其实我很爱看周嘉宁写的爱情小说，她笔下的爱情小说都有点像成长小说，不是小情小爱，而是女性通过爱、通过了解男人来了解自己，从而了解这个世界。这是爱情中的成长。我特别在意时间这个维度，大家看我这本小说的标题，其中有一篇是跟时间相关的科幻故事，也是我小说集里唯一一个科幻故事，本质上也在说时间这个命题。当我去看别人的小说时，我会特别有意识地用时间作为一个轴线来衡量写作，不仅仅是书写者的轴线，也包括小说情节里内在的时间线索。

嘉宁的小说，几乎没有什么时间描写。有时候我们看某些电影也是这样，电影里你看不出场景的变化，似乎是在混沌的时空里，但在混沌的时空里我找到了时间不同的质地。周嘉宁笔下的女主人公一旦陷入爱情，那个时间是停滞的，所有的成长都在爱情有一个突变之后，但当女主人公陷入爱情时，周围时空是停滞的。女性恋爱时可能就这样，所有的感官全部在接受来自爱人以及爱人周边的信息，其他频道都闭合，仿佛时间不存在。小说后面突然出来一个叫"蘑菇"的女性，像女主人公的另一个自我，因为她身在局外，所以她那条时间线是正常的。她总会跳出来，点醒女主人公，大谈男人如何如何，以及文学如何如何。

我对于把日常对文学的谈论写进小说里非常谨慎，就像不能让魔术师在变魔术的台子上谈论魔术是怎么变的。但我觉得，周嘉宁就有本事在小说里让两个女人大谈文学，依然很好看。如果让我来写的话，我写到一半就会心虚，但她写得很好看，而且很自然。

周嘉宁：我写这本书的时候年纪比较小，处于幼稚状态，以前的思维比现在要混乱很多，给自己的界限和标准要少很多。长大之后，你会要求自己做得更好。

蒯乐昊：不必自我设限太多，如果这些都变成限制，会越写越窄。你那样写是很有趣的。

周嘉宁：限制也好，勇敢地去打破界限也好，对我来说不是写作最重要的部分。你可以在有限制的情况下写作，也可以在更成熟的情况下写作。你的整本书，从头到尾，很多篇目是完完全全不一样的故事，你描述的人群也差异很大，都有一种大的概念在感动我。你前面说到时间的概念，如果让我描述一下你对时间的概念是什么，我除了会说，时间不是一个线型的概念，时间像球体，在所有空间同时存在，其他的我说不出太多。但你用自己的话很形象地说了出来。看这个故事的时候，特别是看到结尾，我沉浸在作为一个人类的悲伤中：人类处于时间中，还要标记出自己的刻度和存在，标记出自己的有限性，这甚至不是虚无感，但就会让我感觉失落。你的书里没有写爱情，但是你会写婚姻，所谓的婚姻关系，其实就是两个人之间的关系。人跟人之间的关系很无奈，婚姻也是千疮百孔的状态，每个人都这样，人会老去，会面对死亡，你要跟所有的东西告别，你会失去所有的东西，你在不断失去和被失去的过程之中……

但最奇妙的是，即便你的大世界观是往下沉的，你又让我觉得，生活还是有温暖、开心、鼓舞人的部分。生活让你失望，但又有很多闪光的瞬间。2010年，我在爱尔兰听一个作家演讲，他说了这么一句话：生活中有无数小的快乐瞬间。比如你今天出门，吃了一个刚烤出炉的面包，都会给你的心灵带来小慰藉。无数个这样的小慰藉、小温暖和小闪光结合在一起，但最终呈现出来的人生仍然是无奈和痛苦的，这种永恒的矛盾，是你这本书让我特别感同身受的部分。

好几篇小说的结尾都非常巧妙，结束在一个很突然的地方。你会制造出一种幻觉，你会在结尾的地方，给你的主人公制造一个梦境、一个幻影，把他们突然从现实中救出来。比如《黑水潭》的结尾，一对父子本来走进了墓地，天色也暗了，蚊子像乌云一样进攻他们，但是天色暗了。

蒯乐昊：他们所在的荒地周围都是坟墓，突然出现了磷火，像萤火虫一样飞舞。

周嘉宁：而且还在沼泽里面。之前的过程很痛苦，这两个人突然就看到整个现实世界在一个瞬间变了，带动起强大的幻觉。你的好几篇小说里都有类似的东西。如果没有在结尾出现的话，也会在中间一段出现，你在营救你的主人公。我觉得很好，你没有去欺负他们，没有在他们已经很痛苦的时候，再去踩踏他们，或者仅仅是利用他们的痛苦。你抱着一种很爱他们、想要帮助他们、想要跟他们交谈的很温柔的态度。

蒯乐昊：听起来我这本书写得很丧。促使我写作的是巨大的虚无感。很多年轻人写作，是出于雄心壮志，出于成就感——我要做一个好作家。但我不是这样，对我来说，我人到中年开始虚无了，这时候才开始写作，出发点有本质的不同。我相信，这种虚无感，远非我一个人独有，我相信所有人在生活里一定有虚无的时刻，哪怕你是乐观主义的人。生活在大城市，你的生活压力该有多大？我们有许多理由不喜欢我们正在过的生活，因为生活里真的会有不顺。恰恰是这种虚无感让我去反思，人生如果无意义，那我们因何在此，而且还恋恋不舍？如果人生有意义，那人生的意义到底是什么？我是为了想清楚这些事情才来写作，是怀抱着巨大的虚无来写作。

周嘉宁说我要拯救我的主人公，或者是试图让我的读者轻松一点，这本质上是为了拯救我自己，在人生有限性的前提下，找到继续活下去的理由。这是我性格里的底色。我挺乐观，在朋友中间像开心果一样，总是笑哈哈的，喜欢说段子，但本质上我又是一个非常悲观的人。为什么很多谐星有抑郁症，我特别理解这个事情。

把抑郁消解之后，喜剧就诞生了，或者自黑到极点，幽默就诞生了。意识到人生的局限性就开始欢笑，我特别想在小说里面实现这个事情。我所有的小说几乎都跟我的真实生活没有关系，只有最后那篇《平安夜 夜安平》写的是我自己的生活，几乎就是原封不动地记录了我生活中发生的事情。我的阿姨去世了，晚上爸妈带着我去阿姨家里奔丧，但是我父母之前买了第二天的机票去旅游。他们表达过哀悼之后，跟我阿姨的家人说，明天火化我们就不来了，因为我们要去云南。我阿姨的丈夫，88岁了，耳朵听不见，自己也在写东西。我去吊唁的那天，他把他写的小说掏出来给我看。

这给我造成了巨大的冲击，死亡就在他们面前铺陈着，那张床甚至就在客厅里放着，上面躺着我阿姨，被锦被包着。一个老人，她的姐妹死了，但她明天照样要去旅游；另一个老人，老婆死了，但他还惦记着要把自己的小说拿给我看。这不是荒诞，也不是残忍，甚至可能是一种慈悲，其实我们特别擅长在悲伤面前完成切割。我们知道人生是苦，生老病死是苦，无常是苦，所以我们时时刻刻拯救自己，打捞自己，这是弱者最顽强的反抗。我们在顺从生活的同时，完成自我保护，这可能是每一个人类都会携带的基因。当你极其疲惫的时候，你一定有自己的方法去对抗这个东西，每一个人都会找到自己的密码。

周嘉宁：我还有一个问题。你的第一篇小说《玛丽玛丽》是用第一人称的男性视角写的。为什么想跟你讨论这个呢？因为我自己也在想这个问题。从两年前开始，我小说中的主人公变成了男性，上一部小说也是用男性的第一视角写的。一直到今年，我开始写新的小说，才把视角重新回归到女性。我觉得我用男性视角写要顺得多。我跟其他朋友讨论过这个问题，但是没有得到好的答案。我自己的想法是，当我用男性第一人称写作的时候，没有考虑性别的问题，他只是一个人类。所谓的"男性密码"是什么，作为女性，我不知道，我只是在写一个人类，可以撇除很多性别身份。可一旦我回到女性身份，女性有很多秘密是没有被写过，也没有被好好谈论过的，我自己作为一个女性，要不要去书写这些秘密，还是继续保守这些秘密？如果我一定要去写，又要写到什么程度？这是加在自己身上的枷锁。我应该守护这个秘密地带吗，还是应该让这些东西在公共领域占据话语权？这时就会有一个问题：你的边界在哪里？你言说到什么程度才能够被接受？

蒯乐昊：我觉得，你得在主观意识上想通以下两条：第一，你已经无法真正成为一个守护者，你不说也会有别人说。这已经是一个大家在抖音上直播自己睡觉的时代了。没有什么"女性秘密"还可能被彻底守护，她们以往可能出于某种考虑都不说，但是未来，越来越不可能被守护。即使你不说，别人也会说。

第二就是，不要以为你探索了，你就能呈现全部。关于"女性秘密"，只有写得好或不好，没有能写或不能写，只有写得高级和不高级的区别。这些女性议题以往没有被提起，我们会很自然地想到一些原因，比如女性出于自我保护，出于羞涩，或者出于道德上的洁净感。归根到底，这些书写，到最后冒犯的不是女性群体，冒犯的是读者。读者可能会觉得，你为什么要给我看这个？我看了以后很受冒犯，我以往的伦理道德被你们的写法冒犯了。但在一个观念冲突变化的时代，总会有人发出声音，这个我觉得没有什么。

最近编辑给我布置了一个不可能的任务。当时我在珠海文学节上，跟郑执做了一个对谈。他是男性小说家，新书里有一篇《凯旋门》，写的是男性性功能障碍。我们也谈到了生死，因为《凯旋门》里说：ED 对于男性来说，就像是一场小型的死亡。我们是从死亡的话题谈起的。然后我的编辑就忍不住挑战我说，不都说你是雌雄同体的写作者吗？你已经写了女性生育，你能不能写一个男性 ED 的小说看看？这样才能证明你是真的雌雄同体。我马上怂了，我的第一反应就是我真的写不了。

人的生理属性带来的约定性是非常强大的。你可以在心理上模拟男性的所思所想，但你的身体不是他。你作为一个女性，大致可以揣摩女性议题被讲到什么程度，但是男性议题里面，那些没有被讲过的事情，你很难决定到底要冒犯公众到什么程度。

周嘉宁：就是因为你面前没有可以被模仿的范本，你面前的道路是你自己要走的道路，必然存在试错的过程，你必须去承担你犯错所带来的后果。这可能也是对写作者的一种考验。

蒯乐昊：《开满鲜花的果园》写生育已经是小型的尝试。不知道今天在座的女性有没有生过孩子，生育是不上台面的事，很容易写得别扭。我们以往写生育，会赋予庄严和美的东西，把母性写得非常伟大和感人，但如果你经历过生育，你会感觉到，生育这个事情本身还是充满动物性的，是非常原始的一件事。纯粹歌颂母性光辉，不太能够覆盖这件事。我们在电影里看到的女人生育，女人身上永远有一块布盖着。布的上面是可以拍给你看的部分，女性大汗淋漓，头发粘在额头上，痛苦地呻吟、用力、挣扎；布的下面是不可能拍给你看的，但女人真正经历的是布下面的事情。当一个女性真正需要面对这个过程的时候，她无法从过往的文学、影视里去寻找经验，她只能去各种医学论坛、生育论坛里看过来人讲述那块布底下到底发生了什么。同理，那块布底下的事情也很难直接写进小说，直接写了读者也不爱看，但我就想试一试。

周嘉宁：现在的女生可以在知乎上看生育过程。

蒯乐昊：是的，作为科普的资料还是有的。但如果你要写一个女性生育，既要兼顾社会心理，又要兼顾个人真实感受，把那块布上面和下面的东西同时呈现出来，文学上没什么好的范本。

周嘉宁：我之前看过一个男性以女性第一人称的视角，写了女性生孩子。他是巨蟹座的男士，极其细腻和敏感，他见证了女性的生育过程，我当时看了觉得写得非常好。但我最近看了你写生育的东西，有点怀疑自己当时的判断是不是准确。当时可能是由于没有人这样写过生育，给了我一种震撼，导致我忽视了其他的内容。我看完你这篇，应该回过头再看一下那个小说写的生育过程，去除了最初的震撼，应该可以更为理性地看待。

蒯乐昊：这本小说集里，我最担心的就是这一篇《开满鲜花的果园》。其他故事我基本不担心，我觉得读者应该读得下去，并不枯燥，语言也比较通俗。这篇我真的有点担心，我特别怕别人看不下去。一开始这个故事排在比较靠前的位置，我让编辑往后放了。我怕放在前面，会把很多读者直接劝退了。

我们以往没有看到文学里这样细写生育，我觉得有点难写。让我比较高兴的是，有读者给我反馈，说难得有人能把生育写得这么真实，但同时又不尴尬，因为生育很容易写得尴尬。有一个妈妈看完了这个故事，把这本书送给了她的女儿，希望她女儿也能看一看。得知这一点，我可真是松了口气。

周嘉宁：我看完之后，马上给我的女性朋友分享了。之前听你说，你这篇小说最初给文学杂志编辑的时候，他让你修改。我的第一直觉，这个编辑应该是一个年轻男性，而且没有经历过婚育。

蒯乐昊：你猜对了！他可能不太能领会故事里布下面的部分。

周嘉宁：其实讲生育，还是在讲人，讲人的关系。书中有一种女性友情，非常动人。女性之间的友谊跟男性之间的友谊很不一样，女性友谊有时是被妖魔化的。尤其男性作家在写女性友谊的时候，往往不准确。女性之间的友谊比较复杂，同时也极其强大。

蒯乐昊：你一说女性友谊，我就想起《我的天才女友》。

周嘉宁：女性友谊里当然会有情感的占有欲，同时也有一种可靠、坚强又极其复杂的东西。我觉得你的小说里有所呈现，包括女性如何对待敌人。女性在面对敌人的时候，不是简单地对抗，她会有很多方式，有各种观察和小聪明，种种因素混合在一起。这非常有趣，我希望以后可以看到更多这样的东西，可以把这个领域变得更充分，让它变成一个越来越丰富多彩的世界，因为现在这个世界总体还是比较单调。

蒯乐昊：我之前看了一个采访，采访东北的几个男作家。采访者质问他们：为什么你们男作家都写不好女性？吓得我也扪心自问了一下：难道女作家就能写好一个男性吗？我不知道周嘉宁在写男性第一人称的时候会不会有担心。我第一次写男性第一人称的时候，不是本能的选择，因为那个故事本身就是从采访里得来的，那个采访对象本身就是一个男的。我也不知道，好的作家是不是就得像好的演员一样，好的演员据说是什么人都可以演，反串也没问题。

周嘉宁：我没有去触碰男性的秘密，因为那一部分，我知道我没有能力做到，所以我是完全绕开的。那也不是我感兴趣的部分，我感兴趣的就是一个人类。我觉得我写的是人类共通的情感，男性和女性之间一定有公共地带，不可能是简单的性别对立。

蒯乐昊：共性的部分越来越大。

周嘉宁：共性的地带就是你作为一个基本的人，所遇到的快乐和挫折。和性别相关的部分我没有描述。而一旦我回到女性身份，我觉得我撇不开，我觉得我应该写，这几年越来越觉得自己应该去写，要承认自己的性别身份，认同自己。

蒯乐昊：《我的天才女友》的作者，出了一本新书叫《碎片》。这个作家很有意思，她叫费兰特，但这是个化名，她把自己弄得非常神秘，没人知道她的真实身份和性别。《碎片》出版的时候，为了宣传，她破天荒地接受了采访，采访形式非常特殊，全世界二十多个译者，每个译者向她提一个问题。其中有一个问题：对你来说，写作是一种救赎吗？对你的个人生命经验来说，对你的伤痛来说，是不是一种疗伤？还是重新揭开伤口，再体验一次的过程呢？

周嘉宁：我没想过这个问题。从性格来说，我特别理性，在日常生活中是会不断反省的人，写作只是我反省的结果而已。

蒯乐昊：也就是说，疗伤的过程在之前就完成了。

周嘉宁：我会不断反省和学习，两方面同时进行。不断反省和学习必然会产生一个结果，类似于你要进行一个年终总结一样。

蒯乐昊：年终总结一般是挑一些好看的写一写。

周嘉宁：那个是写给领导看的。我觉得是类似于到年底写了一个新年愿望，我不完全告诉别人，我挑选一些告诉别人。

蒯乐昊：我跟你很像，如果一件事情我能写，基本上疗伤已经完成了。我必须充分消化伤痛，然后才能审视和表达。如果是一个血淋淋的伤口，我不太能写。我也不太能理解有些边哭边写的人。

周嘉宁：我觉得你的小说时代性很强，你的小说是在这个时代发生的事情。你刚刚说你的疗伤完成，它是可以在短时间之内治愈的。

蒯乐昊：我此刻说的伤口，当然是指个人的伤口。我觉得时代的伤要愈合比较难，而且并不是通过个人了悟或者写作就可以治疗的。像这种变动很大、速度很快的时代，一定会留下很多的擦伤。我们可能会在书写中面对这些问题，但疗伤可能是更长周期的事情。我相信我是有时代意识的，为什么今天一坐下，我们就大谈90年代？因为我们个人的书写已经到了一个非常蓬勃的时代，每个人都有非常充分的余地和空间开展个人书写，所有人都可以写微博、写朋友圈，发各种心情文字。可是在这些个人书写之外，有没有时代共性的东西？这个是我比较在意的。我日常的工作大量是观察别人，观察别人的时候我会明显看到一些共性，看到时代共同的征候。

周嘉宁：你刚刚说到时代，我觉得不仅仅是你了解这个时代，或者你有这个敏感度，我觉得你可以在比较短的时间内做出一种反馈。我很乐于看别人发的内容，当发生一个重大事件的时候，有很多人在社交媒体上提供他们的反馈，表达他们的观点。当他们抛出观点的时候，悬殊很大，你可以看到，当时代晃动了一下之后，他们做出的第一反应是怎样的，这也是通过他们平时的积累和训练。我觉得你就是这样的人。

蒯乐昊：可是我现在几乎不发社交媒体了，我甚至开始怀疑第一反应。我觉得随意表达和急于表达的第一反应可能很致命，往往第一反应是一个错误的反应。

周嘉宁：我说的并不是在社交媒体上的表态。

蒯乐昊：明白，是对变化的事物有一个态度。

周嘉宁：从你的小说里可以感觉到这一点，你的小说并没有在写90年代，其实你写的就是现在此刻。每天会有各式各样的人物，每一个人物面对的时代背景都不一样，他们提供给你的线索其实是完全不同的。在这个激烈晃动的时代，捕捉到这些人物，并且连成一个虚构世界，这是经过训练的快速反应，这个东西我没有。

蒯乐昊：我本身的工作是做非虚构写作的，每天光是看新闻和编辑新闻已经让我目瞪口呆。那些新闻比最狗血的电视剧还离谱，还不真实，但就是这样的新闻，每天都在真实地发生着。其实我还挺想用一种非虚构的方式去写这个时代。非虚构有非虚构的写法，也可以写得很好。确实，有能力的话，我们应该每天画一幅时代的速写，但是这个时代太快了。

小说家就是在每天拍一张高速运动中的速写，这些速写叠加在一块儿，会出现一个固定的影像。把这个影像提炼出来，写到小说里，就可能折射出时代精神，或者某种时代共性。这个过程本身是非常有意思的。可能也不能局限于当下，我还在想，有没有可能写历史题材？有没有可能通过写一个过去的故事来表现现在？张爱玲写《金锁记》的时候，写的并不是30年代的上海，其实要更早，但里面的男女关系放到今天来看，依然不过时。有没有可能找到一些故事，在过去，在现在，甚至在未来，都在发生，反复发生？

一百年前的文学家非常笃定，一百年后还有人在看他们的故事，现在就不一样了。比如我出了这么一本小书，为了卖书，我得到全国各地去大声吆喝，我们根本不知道我们写的故事能流传多久。当每一个人都能把自己的恋爱故事放在网络上，我们这个时代怎么还可能有共同的声音呢？你怎么有自信，把这个共同的声音提炼出来，不被巨大的众声喧哗淹没呢？这是比较考验我的事情，我想这种事情会想得比较多。

　　我的阅读特别杂，经常读一些乱七八糟的东西。昨天我读到，一个科学家几十年前做过一个实验，他是研究动物行为学的，研究动物的行为对我们人类有什么意义。他把四对老鼠放在很大的空间里，每天给老鼠投喂食物，给老鼠创造了衣食无忧的环境。于是老鼠开始疯狂繁殖，繁殖速度太快，在很短的时间内就从八只变成了六百多只，这六百多只又继续生。突然有一天，老鼠发现事情不对了，空间不够了，它们突然不再生孩子了，每个老鼠划地为王，开始抢地盘。公老鼠忙于厮杀，抢夺资源，不再履行家庭职责。这时母老鼠变得非常强大，当母老鼠发现自己没办法照顾小老鼠的时候，它们就吃掉一些小鼠，或者抛弃一些小鼠。下一代小鼠在出生一段时间之后，它们的行为就迥异于之前的老鼠，变得非常压抑，不社交，只有在喂食的时候才出来。每天只在意自己美不美，一直在用嘴和爪梳理着自己的毛。越来越多的公老鼠和公老鼠变成一对，母老鼠和母老鼠变成一对。整个鼠群生育意愿极低。女性变得非常强大，母老鼠包办了所有的事情。几十年前的这场老鼠实验是一个非常大的警示：原来生物被社会改变可以来得这么快，前后只不过几百天的时间，一个完美的老鼠世界就被颠覆了。

　　我们刚才所说的那些世界潮流，可能就用了两百年不到的时间。工业革命之前的人无法想象我们今天的世界，信息化普及之前的人也无法想象信息可以分类到今天这个地步。人类正在经历一个过去的所有文学和经验都不再提供答案，甚至都无法分享问题的时代。

　　在这种时候，找到个人书写和时代的契合点，会变得有意义，但也变得更难。当所有的声音汇集在一块儿的时候，可能声音会互相遮蔽，互相抵消。

周嘉宁：你刚刚说你的非虚构写作跟小说之间的关系，我想起前两天在《纽约客》上看了一篇文章，写作者的大儿子自杀了。

蒯乐昊：我看过你说的这篇。

周嘉宁：大儿子自杀之后，这位母亲得了很重的病。她回到北京看父亲，犹豫要不要在父亲临终前，把儿子去世的事情告诉父亲，但是她最后没有说。她提到她跟大儿子以前的对话，两个人在讨论虚构世界跟真实世界的关系，大儿子跟她说，他觉得虚构世界里的人物要比真实世界里的人物复杂得多。母亲就问，为什么你会这么觉得？我们一旦看到虚构世界的人物，就会把真实世界的人物给忘了。

蒯乐昊：我觉得真实世界里的人物，其实比虚构的人物要复杂。虚构人物你可以写尽，真实的人物写不尽。为什么她儿子觉得虚构的人物更复杂？因为虚构人物身上容易实现戏剧性，显得复杂，呈现出戏剧的一面，而真实的人物你看不出来。你看你周围的同学，会觉得他们简直平淡极了，但是隔二三十年再看，你会发现，就在你认为最平凡的这些人身上，最惊心动魄的事情都发生了。我们写作，选的就是惊心动魄，设置话里有话的对白，只是写得复杂。真正的复杂是隐藏在平淡里的，隐藏在一无所有里面。我们大家都看职场剧，看宫斗剧，职场剧多复杂啊，你日常在办公室里体会到的是非常表层的，你看不到那么复杂，但其实该发生的事一样发生，只是被大量平淡的事情淹没了。在日常打卡上下班的时间里，照样有人通过钩心斗角上位，都是一样的。拟态真实是对写作最大的考验，就像画家画礁石是容易的，但要画暗流涌动，水面底下藏有礁石，就要难得多。

周嘉宁：我跟你的第一直觉是一样的。

蒯乐昊：这个区别是因为，母亲是写作者，她深知如何把复杂从日常生活中提炼出来，而她的儿子是读者，读者看到的是结果。你把最惊心动魄的东西呈现出来，当然显得复杂。

周嘉宁：因为里面有一句问句：虚构世界的人物比真实世界的人物复杂？用了一个问号，瞬间我心里有了不确定。之前我也不确定，就问了一下自己：是这样吗？

蒯乐昊：真实生活的复杂性容易被忽视，因为它被稀释了。文学是给你一杯酿好的酒，而真实生活是葡萄。你以为酒很复杂，但如果没有葡萄的复杂，根本不可能有酒的复杂。

今天的时间过得真快，剩下的时间，我们请读者提问吧。

读者：有一些成熟作家、名作家，以前也出过不少书，这两年出的书，在豆瓣上评分不高，6分、7分而已，但还在不停地出。你们怎么看？

蒯乐昊：我肯定还不是成熟作家，也不是名作家，如果评分不高，大家骂我，我会看，我会反思。你提的这个问题，其实我有两个回答。第一是，豆瓣评分并不永远正确；第二是，成熟作家也不会永远正确。作家写书，就跟果树结果子一样，有时候，最好最甜的果子就结在那几年。

读者：他自己都感觉到写得不是特别好了，为什么还要出版呢？

蒯乐昊：果树本身还有结果子的需求，并不是一定要结最甜的果子才配当果树。吃不吃是读者的事情，果子卖得贵不贵是出版社的事情，果树结不结果子是作家的事情。有的果树，结了十年好果子，声名远播，后面的果子就不甜了，不但不甜，还特别酸，但它还想结果子，一年一年地结，不停地冒出果子来。你能拿刀逼着果树不让它结果吗？果子结了出来，就是有人愿意冲着这棵果树的名头买，不管是甜是酸是苦，都愿意吃，不吃也愿意放在书架上摆着，看着高兴，你能逼着他不许买吗？这是非常自然的事情，都是因为搅入了功名心，才变得不自然了。如果大家都用平常心看待这件事，这就是自然规律。

读者：写作的时候，会提前考虑受众的接受度吗？如果考虑大众的话，会不会让一些自我表达和艺术独创性受到限制呢？

蒯乐昊：我是会考虑的，起码要让读者读得懂。你写书肯定还是希望别人看，不然你就自个儿去写日记算了，何必出版呢？艺术性这个事，不是通过让别人不懂来完成的。艺术性的难，不在于你是否能表达，而在于你是否有能力让对方接收到你的表达。好比看电影，那种带有个人审美的文艺片、大闷片其实一点都不难拍，反而是拍一个高级的商业片要难得多。

读者：你们的讲座题目是"小说中的青春与伤逝"，请问，什么叫伤逝？

蒯乐昊：伤逝就是，青春虽美好，但青春留不住。

读者：《时间的仆人》是由十个中短篇小说构成的。你写短篇是考虑到我们在碎片化时代适合读短故事，还是因为故事本身适合中短篇？鸿篇巨制的小说是不是不符合我们这个时代的阅读口味了呢？

蒯乐昊：我写作的时候想不了那么多。我写中短篇是因为我的时间很碎片，我在工作之余写小说，精力有限，气是断的，我没有整块时间去琢磨一个特别长的东西。但我觉得你说得非常有道理，指望忙碌年代里的读者去啃一个长篇，有点奢侈，那一定要这部长篇值得你花时间。对现代人来说，中短篇非常友好，在传播上非常有效。

我如果能找到一个故事，它最适合长篇表达，也值得读者花这么多时间，而且我自己有能力写得好，同时满足这三个条件，我才会去写长篇。

读者：你谈到虚无感，我很好奇，虚无感发生的时候，你们怎么面对？

蒯乐昊：对我来说，这个事特别简单。我有虚无感的时候，只能接着活，接着活就得去处理活下去的问题。每个人有自己的处理方法，我的方法不见得对你有用。比如我就仰望星空。我不见得相信某一个具体的神，但我相信总有更高的东西在我之上，仰望星空对我来说是一种治愈和引领。宇宙这么大，这么多小星星，你从地球上看过去，这些星星小得简直像头皮屑一样，地球只是众多小星星中的一粒。这么大的宇宙，这么多的星球，里面还有一个这么一点点大的我，我还有这么一点点大的喜怒哀乐，这点喜怒哀乐，很重要吗？我常常在这种瞬间立刻被治愈。另外就是，不管你自己快乐不快乐，你是否有给别人提供快乐的能力？如果你尽量把开心带给他人，这个东西也会反过来疗愈你。

生活在彼岸的人们

——《海南岛传》读者分享会

时间：2020年12月26日

嘉宾：孔见、王鸿生、张滢莹

左起：张滢莹、孔见、王鸿生

张滢莹：欢迎大家参加今年的最后一场思南读书会。今天请到的两位嘉宾，一位是孔见老师，他先后担任《天涯》杂志社社长兼主编、海南省作家协会主席，另一位是王鸿生老师，同济大学教授、博士生导师。

我们今天讲的这本书是以一个岛屿命名的作品。其实许多人对海南的印象可能还停留在观光层面，但当你翻开这样一本大作，重新了解海南岛，你会发现海南有着如此深厚的文化历史积淀，值得大家探寻。孔见老师是海南真正的土著，他家族二十七代都在海南生活，先请孔见老师谈谈创作这本书的原因。

孔见：大家好。实际上我姓邢，是海南邢氏家族的第二十七代子孙。我的祖先在北宋灭亡的时候到了海南岛，到现在将近九百年。在风雨飘摇的荒岛上生活了这么长时间，我的家族经历了很多事情。海南建省以后，已经成为举世瞩目的地方。很多人把它作为自己旅游的目的地，或是生活的第二故乡，但是人们对海南岛的了解，可能仅仅局限于阳光、沙滩、仙人掌这样一个色彩缤纷的空间。

实际上，海南岛在两千多年的历史变迁中，是人类命运的特殊现场。海南岛是极其具有命运感的地方，在命运中积淀下来的人生经验有很大的差异，需要整理挖掘。我觉得至今没有多少人在深入地做这样的工作，作为海南岛的一个土著，我有着不可推卸的责任。大概在 2003 年，我打算写一本《海南岛传》，并且开始收集资料。由于工作繁忙，一直到去年才开始有整块的时间，让我能投入实质性的写作，把这本书完成。这本书算是我对生养我的地方的回报，或者说是向家乡的致敬。大概是这个情况。

张滢莹：您前面提到您的家族，您的书中提到海南岛比较大的几个宗系家族每年会有祭祖的仪式，您家也是这样吗？

孔见：对，我们邢氏家族，最初是两兄弟逃亡到海南岛，到了现在，已经有将近三十代人生活在岛上，人口十几万，从两个人变成了现在的十几万人。每年清明节，在这两位渡琼先祖的墓前，有黑压压一大片人跪下来向祖先致敬，感念他们的养育之恩。海南岛这个地方很特殊，因为它是一个完整的地理单元，周边被大海所包围，所以先人们到了这里，子孙就一直安家在这个地方了，很长时间都不再往外迁移。因此每一个家族都有完整的族谱，他们的祖先埋在哪里，哪一代人做了什么官，出了什么人才，建立了什么功业，都写在了上面。海南岛是个移民岛，很多家族的血脉源流都非常清晰。倘若把这些族谱统起来，一本海南岛的历史也就可以写出来了。

张滢莹：海南是一个巨大的岛屿。住在海南岛上，可能根本不会觉得自己是在一个岛上，很多人会觉得脚下踩着一片很坚实的大地，有一种安稳踏实的感觉。而当你到了大海边，举目四望，突然发现自己其实是在一个岛上，会产生很微妙的和大陆间离的感觉。这两种情绪融在一起，会不会对海南人民的性格造成一定的影响？

孔见：对，我觉得生活在一座海岛上，和生活在广袤的大陆上，是有很大区别的。生活在大陆上的人，脚下有绵延不断的辽阔土地，土地是由岩石、沙石挤兑形成的坚实的板块，在陆地上生活的人们会有一种安稳和内心的踏实。在海岛上生活的人，就没有在大陆上生活的人脚下的那种踏实感。都说条条大路通罗马，在海南岛上，条条大路都通向海里。在岛上，沿着任何一条道路往前走，最终都会走到水里，如果不回头，你会变成一个落汤鸡，所以在海南岛上只能走回头路。去过三亚的人都知道，那里有个地方叫鹿回头，其实就是路回头的意思。海南就是一个回头是岸的地方。水和陆地给人的感觉不一样。水是一种动荡不安、漂浮不定的存在，是让人沦陷、淹没的地方。水的表情特别诡异，水里面经常会有漩涡，这就是诡异的表情。大家可以想想，如果你背靠着一种危险的、动荡不安的事物，背靠着浩浩汤汤的汪洋之水，无势可仗，无山可靠，手里抓不住任何东西，你怎么站立起来，面对叵测的命运？

我们一般认为，婴幼儿需要有人扶才能站起来走路，实际上大人何尝不是如此？我们大人在世界上行走，在社会上做事，都要有所依靠。但在海南岛这样的地方，恰恰不能够满足人与生俱来的对于有依有靠的渴望，所以在海南岛上要站立起来是很困难的。

我出生的地方在海南岛的西南角。大家看一下卫星地图，就会发现海南岛的造型特别像一只乌龟，我的老家就在乌龟的尾巴上。记得小时候，深更半夜，做了噩梦惊醒过来，这时候天地一片寂静，只有大海的潮声在起伏。风小的时候，潮声就像老人在哀叹；风大的时候，潮声好像一群野兽在房子后面愤怒地咆哮。天怒人怨的样子，让你感觉好像白天做错了什么事情，心里不踏实，不能理直气壮。

像老人的哀叹，或像野兽咆哮的潮声，成为我生命的背景音乐。直到几十年以后，只要一个人读书，我还会听到这种涛声。现在人多，我才听不到，但晚上我一个人回到宾馆，那个声音还会响起。人在一种背后无山可靠的情况下，怎样从孤岛上站立起来，面对这个世界的风云变幻，这是我从小就面临的问题。而台风让这个问题变得真实而迫切。

在我的印象中，即使到了20世纪70年代，海南岛上的多数房子都还是草木结构的，土木结构的房子较少。土木结构的房子要抵抗11级以上的台风都相当困难了，如果是草木结构，就像杜甫家那样的房子，台风扫荡过来，就是茅屋为秋风所破歌。各家都拿着扁担、桌椅、水缸来抵住门窗，接连几天几夜都在抗洪救灾。直到风雨消停，走出来便是一片白茫茫的大水。台风都是在秋天的时候来，正好是快要收割的季节，它抢先下手打劫，收割农民们一个季节的收成。几场台风下来，许多人家就会回到一贫如洗的状态，生活从零开始。几乎每年都要重新安家落户，从头再来，一次次扎根下去又一次次被连根拔起。我的家族在岛上已经繁衍了二十七代，生活了九个世纪，但到现在，我还是感觉扎不下根来。

因此，在海南岛上生活，既需要一种无依无傍的孤勇，更需要屡败屡战的韧性。面对这样一种动荡不安的生活，岛民必须要有足够的勇气和韧性来加以抵抗，不然他们的生活是无法持续的。最早来海南岛上的黎族祖先，据说是抱着葫芦游泳过来的，他们在没有任何舟船的情况下，渡过了四十多公里宽的琼州海峡。

海南岛上的共产革命的领袖是冯白驹，在 20 世纪 30 年代国民党大扫荡的时候，他的队伍只剩下了衣衫褴褛的二十五个人，跟党中央完全失去了联系。因为完全失去联系，党中央到底还在不在都是个悬着的问题。他曾经派人到上海来，住了一年都找不到党中央。革命还要不要继续？不少人心里生出了疑惑。这时候，冯白驹没有说过多的豪言壮语，只是从榕树上摘下了一片叶子，折成笛子吹了起来。在笛子的声音里，大家渐渐恢复了原来的勇气和决心，终于把这场革命坚持了下来，于是才有了海南二十三年红旗不倒的红色历史。在四面楚歌的形势下背水一战，需要一种孤勇和坚韧。

在写《海南岛传》这本书的时候，我有很多感慨。为什么今天的题目是"生活在彼岸的人们"？跟这个地方的人文历史有关系。说起来也很奇怪，10 岁之前，我就经常一个人跑到海边的沙丘上去，久久地眺望海的对岸，一句话也不说。有时候直到傍晚，妈妈到处找不到我回家吃饭。我内心隐隐觉得这个地方不是我的家乡，我的家乡在大海对岸很遥远的地方，我必须渡过大海才能回到我的家乡。这是很古怪的想法，我明明就是在海南岛上出生的，但是就觉得生我养我的地方不是自己的家乡，在这里有一种流离失所的感觉，渴望被拥抱、被收容。这种感觉对我来讲是与生俱来的。

后来我才了解到，我的祖先是九百年前宋朝的三品文官，他和弟弟在北宋灭亡时从开封逃到海南岛。那时候，我还不能理解我的祖先，为什么把我们这些子孙抛在一个荒岛上？再后来，读了书以后我才了解到，海南岛原来是一个流放犯人的地方。从隋朝开始，海南岛就成为中国最遥远的流放地，一直到明朝朱元璋时代，海南岛有一千多年的流放史。我翻阅了很多历史资料，世界上有一千年流放史的地方，真的找不到第二个。流放拿破仑的圣赫勒拿岛，流放的历史不超过两百年；中国人特别熟悉的西伯利亚，流放的历史充其量只有一百多年。所以我曾经倡议海南省建立一个世界流放博物馆，把人类历史上有关流放的文物、资料全部拿到海南岛做一个展示。

在海南岛上流放过李德裕、苏东坡、李纲等很多中国历史上威名赫赫的人物。所有的流放者都有一个共同的愿望，那就是被赦免归去。流放者不会把流放地当成自己的故乡，包括我们这种自我流放到这里来的家族，也是一样。海南岛的汉族人基本上都是从大陆流放过来的，相当大的部分来自福建闽南，他们的根都扎在大陆的某个地方。以前很多人家筑墓的时候，会让坟墓朝着大陆的方向。

后来，我每到一处海边，都喜欢站在海岸上眺望，眺望大海对面的一片苍茫，看着什么都看不见的地方。而这个时候我会发现，周边也有人像我一样在眺望，整个海南岛都在眺望着大海的彼岸。包括到了近代，海南人大规模下南洋，女人被留在岸上，她们都眺望着大海的彼岸。实际上，很多下南洋的人最后都没有回来。有的人在那边死了，有的人在那边建立了家庭，而这边的女人一辈子就在岸守望。

所以我觉得，眺望几乎成为海南人的生存姿态。在很长一段时间里，他们都没有把海南当成自己的家乡，而是当成一个流放之地，保持着随时归去的状态。他们总是生活在彼岸、远方、他乡，不能完全投入自身的生活。在眺望之中，人的心不在自己的心里，人的灵魂会出窍，他的精气神会被吸走。这种姿态对海南人而言是致命的。他们认为岛屿生活不是真正的生活，一个人要有出息，必须渡过海峡。直到近世，这种姿态才逐渐被扭转。

张滢莹：王老师说过，他特别喜欢关于苏东坡的那一章，那是很多流放者共同的灵魂画像。请王老师说说。

王鸿生：谢谢大家坐在这里听我们聊天。感谢孔见先生从海南岛飞过来，给上海送来精神食粮。可能大家不太熟悉孔见先生和我，有些学生都比我出名，为书站台这件事情我轻易不做。我为什么乐意为孔老师这本书站台？因为他是个高人。你们刚才听他讲海南的生活感受，听他讲他的那种心态，就知道他是个高人。虽然他比我小十岁，他今年刚六十，耳顺之年，但我心里很敬佩他，他是有学问、有心胸、有涵养而且有才华的人。

我非常同意有些作家对他的评价：从他开始，海南岛开始创建自己的当代文化了。原先海南出名的作家，比如我的好友蒋子丹，都是从大陆过去不久，而真正在海南本地出生的文化人，又能够拿出作品在全国引起巨大反响的，应该说孔见先生是代表。这本书写的是海南岛的历史，是为海南岛作传，但实际上，它不光是一部岛史，也是人的心史，是中国人的国史。

这本书里的所有材料基本上都有详尽的出处，他经过了非常详细的考订，同时在无法证实或者证伪的问题上做了一些文学想象。孔见先生原来是诗人，又是散文家，同时他也有点苏东坡的味道。他当过海南省作家协会主席，但是他又能够在这个过程里安顿自己的身心。写这本书，他是在写史、品人、阅世。这个岛就是一个世界，这本书里涉及的文化、历史、经济、政治、哲学，他都如数家珍。

我觉得很有意思，海岛和大陆实际上是"隔"，但是他所做的全部工作就是"通"，把这个岛和大陆、和世界打通，把他自己的心和世界的风云打通，把自己的人生体验和对宇宙的思考打通。他来回穿梭在中西文化之间，又非常踏实地站在海南岛的土地上，讲述他们的生活、他们的语言、他们的习俗、他们的物产、地理环境、历史，以及从大陆放逐过去的人的故事。这本书读起来特别有味道，这种文体是你以前没有见过的，它不是一般的非虚构文学或者报告文学，既有的那些文体概念很难框住它。它像一本历史书，也像一部故事汇编，也像一部岛史，也像一部沉思录，有些文字真的非常美。

他读了苏东坡的很多诗词，根据苏东坡在海南写的那些诗，他构想了一些情境，而这也是他自己的情境。他刚才讲，生活在一个孤岛上，要有孤勇和韧性。因为现代交通、物流很方便，海南岛现在是天堂，大家都愿意去度假，但是在有现代性的工具和设备之前，海南岛人的生活非常艰难。而他是在那样一片土地上长大的，所以他一直要安顿自己，在这一点上，他和苏东坡的心情是相通的。苏东坡最后在那儿写了"问我何处来"，最后是在无何有之乡安顿自己。这样安顿自己，最后到处都是自己的家，苏东坡最后也把海南当成自己的家了。其实人在世上，买个房子建个家，这是表面的，内心真正安定下来，把自己的心魂安住，这才是根本。

孔老师每写到一个人，每写到一段往事，每发掘一段历史，甚至写到那些植物、风景，都是用哲学的眼光看的。他自称岛民，可他是世界人，因为他读的书太多了。现在大学里很多教授、副教授的学问都做不到他这个程度。他把历史上的所有人物、事件都和自己的生命、魂魄连通起来了。岛是个"隔"，这本书却是"通"，无处不通。我读这本书的时候觉得哪儿都是透气的，无论是微观还是宏观，无论是地理学还是文化理论，无论是史实还是哲学思考，都通了。所以今天很高兴能有机会坐在这里，和孔老师一块儿聊聊天。

孔见：谢谢鸿生老师给我这么高的评价。说实在的，我是鸿生老师的读者，还是孙甘露老师的读者。鸿生老师写的文字，我是90年代从《花城》的专栏上看到的，后来有幸认识了王老师。当孙甘露老师说请我到这边做交流，让我选嘉宾的时候，我首先就想到了鸿生老师。他坐在那里，我就有一种踏实的感觉。

关于这本书的写法问题，其实，《海南岛传》这个名字听起来很像地方人文知识的汇总，像一本地方史志。但对于我来讲，我是把海南岛作为人类命运的一个特殊现场加以诠释，所要叙述的是人在岛屿生存境遇中的命运，和他们对命运的承担，以及在承担命运的过程中所展示出来的人性的高贵与龌龊，这是我特别关注的。书里写到了李德裕、苏东坡等许多被流放的人物。尤其是苏东坡，他把命运强加于自己的一切公正与不公正的待遇，全都照单收下，承担起来，挥洒开来，活出了一种天地的气象，这是特别令我敬佩的。

张滢莹：历史上被贬到海南的有名有姓的官员多达数百位，比较有意思的是，包括苏东坡在内，他们都在海南岛上留下了灿烂的篇章。您觉得这是他们的性格使然，还是岛上有一种魔力在？

孔见：两方面应该都有。在安稳的生活中看不出一个人品质的高低，但是一旦命运跌宕起来，碰到很难过去的坎的时候，人会展示出不同的内心世界。人的性格、精神里的高贵或龌龊都是藏不住的，一定会暴露出来。平缓的江面流过的都是水，只有到了跌宕度特别高的地方，才显示出了不同的气象。某种意义上，历史上的海南岛有点像黄河的壶口瀑布或者长江的虎跳峡，给人性的展现提供了很多可能。

比如刚才提到的李德裕，中国历史上十大宰相之一，有人甚至把他排在管仲前面。他当过十年的唐朝宰相，他的父亲也当过两届宰相，他的生活相对来讲是安逸平稳的，但是一旦被贬到海南岛，他的很多东西也会暴露出来。

刚才我们提到了流放。所谓流放，是把一个人从原来的生活背景中，从原来的权力结构里挖出来，扔到天地尽头，让你自己去收容自己，自己承担自己的全部重量。你原来编织的各种关系都被废掉，你成为无用的人、死无丧身之地的人，你如何来接受个人的身世？这个话题现在看来也是具有现代性的话题。

西方哲学中有一种叙述，说人是被抛到这个世界上来，而不是主动到这个世界来的。对于李德裕、苏东坡这样的流放者而言，他们不仅被抛到大地的尘埃里来，还被抛到了大地的尽头。在这样的情况下，一个人怎样面对这种被抛的处境，收容自己的身世？这是相当困难的事情。李德裕基本放弃了。他来到海南以后，整个人受到了很沉重的打击，内心非常悲伤，经常跑到一个叫作望阙亭的地方眺望长安，感叹着这个地方离长安那么遥远，即便自己是一只鸟，飞到长安也要半年的时间。他觉得归去已经无望了，就埋头写《穷愁志》，把自己内心穷途末路的悲哀情绪倾诉到纸上，没过三年就死了。实际上，在别人抛弃他的时候，他没有把自己的命运承担起来。苏东坡恰恰相反，在被权力体系甩出来以后，苏东坡并没有放弃自己，本着对生命负责任的精神，他拥抱了自己，坚定地站立起来。他在无依无傍中活出了一颗"无所住而生其心"的大心，体现了《金刚经》里所说的那种精神气度。所以，我在写苏东坡的时候，用了将近四万字的篇幅，实际上这本书的十分之一就是写苏东坡的。

人在世界上，除了母亲，没有人有义务收容你的身世，任何人都有可能抛弃你，你也不能指责他们。他们有自己的自由和权利。我们本身作为生命的拥有者，要对自己的生命负责任，懂得安顿和收拾好自己的生命，不要动不动迁怒于人，怨天尤人，这是我们可以从苏东坡身上学到的东西。

王鸿生：书里写到很多被流放的人，也写了很多名人，李德裕、黄道婆、苏东坡、海瑞、利玛窦、宋氏姐妹，一直到共产党人像冯白驹、红色娘子军。基本上叙述到1950年，但是重心是放在历史上。你刚才用了一个词叫"自我收容"，特别好。你不要我，我还抱着希望等你召回我，但是你没召回我的时候，我也活得很好，自我收容。孔见老师特别强调把仁慈和智慧融入一个人格，传统士人要做到这一点挺难的。一个人要完全出世很容易，完全入世也很容易，但是要在出世和入世之间找到出入的方式，还要把仁慈和智慧结合在一起，锤炼出一种人格来，很不容易。孔老师这样解读苏东坡，实际上我觉得也是他自己的一个修炼过程，真的给了我很多启发。所以这本书真的不是一本简单的海岛传，对于世界、人生、人性，书里有很多的洞察和思考。

张滢莹：讲到流放这段文化史，孔见老师在书里提到，总体而言，好像海南岛只接受忠臣赤子，同样是被贬过来的，最终跋涉了千山万水终于成功登岛的，基本都是忠臣，而奸佞之辈多半死在半路上了。这一点特别有意思，值得玩味。

孔见：我是在写流放历史的过程中发现，宋朝蔡京这些人无法登上海南岛，他们要么就在路上被赐死，要么自己病死了。被贬的官员中不乏忠良之辈，为什么出现这种情况，是很蹊跷的事情。这是我在书中的感慨，不是专门要证明善有善报、恶有恶报。

张滢莹：我觉得海南岛上的人，性格是特别倔强的。

孔见：或许是地处偏远的缘故，海南岛像海瑞这样特别倔强的人很多。一般来讲，在京城生活的人，往往懂得怎样迂回地寻找他们所要的东西；但是在边地的人，读了一些圣贤书后发心特别纯正，为了实现他的信仰，可以赴汤蹈火，付出生命也在所不辞。宋朝以前，海南岛的汉人很少，汉人主要是在北宋灭亡到南宋灭亡之间的这段时期南下的。海南岛的汉族人的主体就是南宋的移民，海南话就是闽南话，和福建人讲的一样。闽南话在当时是官话之一。实际上闽南人多是南宋士大夫家族的移民。整个中国最早到南洋、西洋去的是闽南人。我还接触过专门研究中国外交史的专家，他说最早到西班牙、葡萄牙那边的人，全是讲闽南话的。

闽南人是一个值得研究的人群。他们温文尔雅，一般不轻易生气，但是内心汹涌澎湃，敢于走向海洋，走向世界。他们把很多人文礼仪、儒家和道家的精神带到生活与生意中来，茶道就是最集中的体现。

王鸿生：孔老师的书里写到，闽南语被公认为世界几大方言语系之一。从闽南文化到岭南文化，实际上传承了宋代的很多东西。中原士族南迁，把他们的生活习惯、器物、语言、文字、文化都带了过去，所以闽南语里还保留着一部分中原的古音，是语言文化的活化石。

海南岛的地理位置太重要了。黑石号沉船的珍品正在上海博物馆展出，孔老师的书里写到，南海底下有两万艘沉船，现在打捞出来的是很少的。海上丝绸之路，海南岛就是一个起点、一个枢纽。

我现在有点后悔，其实我差一点成为岛民。80年代我在河南省文联工作，90年代初我第一次登上海南岛，当时是参加一个全国学术会议。我对海南岛的感觉特别好。到了90年代中期，我的几个好朋友都去了海南大学，我当时也准备去。韩少功骑着摩托车带着我，把海口市兜了一圈。当时海南大学已经把调令表送到我手里了，最后我太太不同意，她说你是上海人，你要么回上海，要么就别动了。90年代末，我还是回到了上海。这二十多年里，我至少去了一二十次海南，但是真正了解海南，还是通过孔老师这本书。我想起柳宗元的那首诗，"城上高楼接大荒，海天愁思正茫茫"，最后两句是"共来百越文身地，犹自音书滞一乡"。海南原来是个孤悬海外的地方，现在真是通途。我第一次去还是从湛江坐船过去的，现在都是飞来飞去，方便多了。

张滢莹：可以说，王老师对海南的感情比得上对上海的感情了。

王鸿生：上海是我的出生地，我18岁下乡。一条鱼，头尾在上海，中段在中原，差点成为岛民，我真的特别喜欢海南。

张滢莹：如果真的做了岛民，今天来谈又是不一样的感受。孔老师把沉香和黄花梨作为海南的珍宝，单独列了两章放进书内。海南的物产非常丰富，奇珍异宝很多，孔老师为什么选择了这两样？

孔见：大家以前说起海南，都说是宝岛，这句话放到汉代、唐代和宋代，确实是名副其实。那时候海南岛是珍珠的盛产地，各种各样的宝贝可就太多了，除了珍珠，还有象牙、犀牛角、珊瑚、沉香等。汉唐时期，你到海南岛当个小官，回来时到海边抓一把贝壳也能卖钱，就连椰子叶也特别珍贵。赵飞燕皇后最喜欢的就是海南岛椰子叶编的席子。因为有很多稀有资源，所以海南成为冒险家的乐园。历史上很长一段时期内，海南岛是天高皇帝远的地方，不能建立起稳定的社会秩序，给岛上的居民提供庇佑和保护，海盗、山贼、土匪等各种各样的力量之间的暴力冲突此起彼伏。

但是，稀贵的资源经不起人们的攫取。宋朝以后，沉香和黄花梨这两种东西一直是海南岛在丝绸之路上特别叫得响的商品。沉香在苏东坡时代就非常昂贵，明清时期的红木家具，首选海南的花梨，清东陵慈禧太后的墓园里就有很多用海南花梨做的设施。沉香和花梨都是自然的遗产，但在人类社会里获得极高的价值认同，很大地干预了社会生活，这是一种很有意思的现象，所以我专门用两个章节来写。

很奇怪，黄花梨在东南亚各地都有，缅甸、越南、柬埔寨都有黄花梨，但是从品质上来讲，最好的还是海南的。海南黄花梨的价格一度比越南黄花梨高上几十倍。沉香也是，真正的玩家首选的还是海南沉香。这个地方出产的东西有着其他地方不能比拟的价值和品位，恐怕是有原因的。有人总结说，海南岛形状像一只灵龟，是个有灵气的地方。当然，这只是一种说法，因为我们提供不了更多的理由。

王鸿生：孔老师说海南岛是白蚁的乐园，无论是砖头还是木材，白蚁都能把它吃光。所以他在书里说，海南岛的历史遗存差不多被白蚁吃光了，只有黄花梨这么坚硬的心不能被吃掉。书里还有一句话：

如果想让子孙记住自己的恩德，就给他们留一张黄花梨的八仙桌或者几把太师椅。我真的想了这个事儿，就是买不起，太贵了。

孔见：我们家的黄花梨，前年全部被盗光了。

王鸿生：可惜了。

孔见：我们家以前有对花梨太师椅，有一年我回去不见了，问我妈，她也不吭气。实际上，她和我婶婶以 700 元的价格卖掉了。我问她的时候，两把太师椅已经价值几十万了，现在不知道涨到多少了。我妈嫁过来的时候，有一个装衣服的柜子，三面都是普通红木，但是底板和背板却是黄花梨。我们都不知道，在老家也没人看管，前年有一天晚上被人拆了盗走。至此，我们家的黄花梨全都没有了。

王鸿生：黄花梨确实是天价。为什么你的那句话会触动我？因为到我这个年龄会思考这个问题。现代社会的家族、血脉关系越来越被淡化，个人越来越原子化了，而我们中华民族有一个很重要的传统，就是修家谱、族谱。现在的年轻人越来越不看重这个，就活在当下。历史记忆怎么传承？一个家族，一种文化，怎么传承？你给了我很大的启发。别的东西很容易坏，很容易流失，而黄花梨那么坚硬，能够一代代传下去，有文化的承载力。

孔老师的书里其实写到了一个秘密，他说在热带雨林里，植物也是很凶残的。看起来生性平和的花草树木，也在为攫取土地、阳光而相互挤兑与绞杀。在尖峰岭、霸王岭的热带雨林里，寄生植物到处可见，参天大树被藤萝绞死的情况并不稀罕。只有极少数的植物不急于开花结果，也不急着成什么材料，完全依照内在隐秘的天机自在生长，花梨木就是其中一种。它是慢生活的经典，生长的节奏极其舒缓，呈现出一种近乎无为的状态，哪个季节看上去都是一副与世无争、悠然自得的样子。它不抛头露面，不绚烂，一点点长出它的心，能够玉化。木头能够玉化，你想想这个感觉，真的是慢慢地使劲长。

张滢莹：感谢两位老师的分享，收获良多。哪位读者想向两位老师提问？

读者：我是很普通的"沪漂"，18岁以后到外地读书，之后来上海工作。我感觉这两年回家，内心会有既不属于那里，又不属于上海的感觉。想问问两位老师，你们去其他地方工作、生活，怎么对待那种不确定感？

孔见：你的情况和我略有不同。我基本上在海南岛生活了一辈子，除了出去读书，其他的时间都在海南岛上，所以我在书里写道："也许是因为对这座岛屿的爱，今生今世我已经无处可去。"所以我自称是一个海南土人。鸿生老师刚才讲到苏东坡的时候，特别说到了心安的地方就是自己的家乡，不要纠结于某个具体的空间位置。所谓"此心安处是吾乡"，确实是十分精辟的见地。人的心安在任何事物上都不可靠，最终都要分离；若是能够在心里面安住自己，任何地方都可以是你的故乡。

张滢莹：我们今天的分享活动就到这里，谢谢大家。

图书在版编目(CIP)数据

在思南阅读世界. 第 6 辑/孙甘露主编. —上海：
上海人民出版社,2024
ISBN 978-7-208-18724-5

Ⅰ. ①在… Ⅱ. ①孙… Ⅲ. ①演讲-中国-当代-选
集 Ⅳ. ①I267

中国国家版本馆 CIP 数据核字(2024)第 025108 号

责任编辑 吕 晨
封面设计 一本好书·汪要军

在思南阅读世界·第六辑
孙甘露 主编

出　　版　上海人民出版社
　　　　　　(201101　上海市闵行区号景路 159 弄 C 座)
发　　行　上海人民出版社发行中心
印　　刷　苏州古得堡数码印刷有限公司
开　　本　720×1000　1/16
印　　张　21.75
字　　数　264,000
版　　次　2024 年 2 月第 1 版
印　　次　2024 年 2 月第 1 次印刷
ISBN 978-7-208-18724-5/G·2178
定　　价　98.00 元